中国当代大陆武侠小说代表作家

张宝瑞武侠小说全集

东归喋血

清末著名武侠英雄尹福传奇

张宝瑞 著

尹福

清宫武术教头

武林泰斗

中国武术名宿

群众出版社

·北京·

图书在版编目（CIP）数据

东归喋血／张宝瑞著．—北京：群众出版社，2012.1
（张宝瑞武侠小说全集）
ISBN 978－7－5014－4959－0
Ⅰ.①东…　Ⅱ.①张…　Ⅲ.①侠义小说—中国—当代　Ⅳ.①I247.5
中国版本图书馆 CIP 数据核字（2011）第 257399 号

东归喋血

张宝瑞　著

总 策 划：李国强
策　　划：易孟林
责任编辑：易孟林　方　玲
装帧设计：章　雪
封面插图：王紫华

出版发行：群众出版社
地　　址：北京市西城区木樨地南里
邮政编码：100038
经　　销：新华书店
印　　刷：北京通天印刷有限责任公司

版　　次：2012 年 1 月第 1 版
印　　次：2012 年 1 月第 1 次
印　　张：14.5
开　　本：787 毫米×1092 毫米　1/16
字　　数：230 千字

书　　号：ISBN 978－7－5014－4959－0
定　　价：26.00 元

网　　址：www.qzcbs.com
电子邮箱：qzcbs@163.com

营销中心电话：010－83903254
读者服务部电话（门市）：010－83903257
警官读者俱乐部电话（网购、邮购）：010－83903253
文艺分社电话：010－83901330

自 序

一

冬练三九，夏练三伏，保精养气，吞吐沉浮；每当拉开架势运气发功，便内在地生出一股升腾之力，瞬息可发。我觉得这种力就是我们千百年来一直推崇和渴盼的强国强民强种之力！董海川、杨露禅、王芗斋、张长桢、尹福等著名武术家便是这种力的代表。而正是这无数的杰出代表与勤劳勇敢的普通民众一起创造着中华民族的历史，让侠的精神贯穿始终。

据史书记载，捣毁祖龙居的陈胜义军中的许多勇士就是角抵的喜爱者。汉末的黄巾军在起义前也在民间聚集太平道徒练习武艺，终成强悍之师。唐初，以少林寺和尚昙宗为首的十三棍僧，搭救秦王李世民，救一明主，以致出现盛唐之治。燕青拳起源于北宋末年梁山义军浪子燕青之手。南宋初年岳家军中的岳家拳曾使金兵闻风丧胆，“壮志饥餐胡虏肉，笑谈渴饮匈奴血”。元朝末年朱元璋起义军中的常遇春、沐英等都是著名的武术家。明代抗击倭寇的戚继光创立戚家拳，名震国门。一九〇〇年的义和团运动更是中国数十万武术之众抗击外国侵略者的明证。

侠者，勇也，义哉。侠是一种精神。中国武术浩瀚博大的历史长卷之中，清代和民国初期是中国武术的鼎盛时期。八卦掌始祖董海川、杨氏太极拳始祖杨露禅等武术盟主，异军突起，各领风骚。八大镖局，叱咤风云；四大佛教圣地，侠香缕缕。更有那“醉鬼张三”“大刀王五”“鼻子李”“翠花刘”“铁镯子”“小辫梁”等性格各异的武林人物穿梭跳跃其中，展现了一派雨激雷荡、风啸马嘶、侠飞剑击、气壮山河的英雄风采。

二十世纪三十年代有日本记者问大成拳始祖王芗斋：“中国武术史上你最崇尚谁?”王芗斋毫不犹豫地回答：“八卦掌开山鼻祖董海川和杨氏太极拳创始人杨露禅。”

八卦掌始祖董海川，生于清嘉庆年间，自小嗜武成癖，秉性刚直，疾恶如仇，济困扶危；后来在江南遇道士毕澄霞指点穿掌，即八卦掌的雏形。据八卦掌研究会会长李子鸣先生介绍，为报家仇国恨，董公曾接受太平天国天王洪秀全派遣，忍辱割阉，栖身北京王府试图接近咸丰皇帝行刺，以酿成清廷内乱，使太平天国趁机北征。太平天国运动失败后，董海川壮志难酬，于是在北京正式设馆收徒五十六人，创立八卦掌，声名远扬。光绪八年（公元一八八二年）十二月十五日，这位武术大师端坐而逝，葬于北京东直门外红桥牛房村；一九八一年五月六日，迁于北京西郊香山脚下的万安公墓。

杨露禅（公元一七九九年——一八七二年），字露禅，别号禄缠，名福魁，直隶永年县人。年轻时慕河南温县陈氏拳名，往投陈长兴门下学太极拳。他天资颖异，秉性坚毅，终于尽得陈氏拳法之秘，数次与陈家诸徒较量武功，皆败之，师惊其才，遂传授秘术。数年后，以能避强制硬之力见长，柔中寓刚，绵里藏针，人称“治绵拳”。后至京师，任旗营武术教习，名震朝野，有“杨无敌”之称。曾与董海川交手，名望极高。其子班侯、健侯，自幼秉父教，均卓然成为名拳家。满族人全佑、凌山、万存、万春，亦得露禅之真传，但均奉露禅之命，拜于班侯门下。

“醉鬼张三”张长桢，是清末民初北京著名武术家，武术门派“三皇功”的创始人。他瘦骨嶙峋，弓腰垂背，平时上身穿一件雪白色对襟儿长褂，下身穿一条肥大的青布裤子，脚穿一双千层底布鞋；左手拎着一个竹鸟笼子，笼内养着一只红嘴绿头的画眉鸟儿；右手握一杆铜锅白玉嘴的尺余长烟袋；一双醉眼像两个灯笼，分外有光彩。他仗义疏财，藐视权贵，暗中帮助百姓，留下许多佳话，是京城老百姓竞相传颂的英雄人物。张三曾护送钦差到西藏，其经历也是跌宕起伏。

目前已查明，全国源流有序、拳理分明、风格独具、自成系统的拳种有三百多个，武术名家逾千人。一九七一年我创作长篇小说《落花梦》时，文中就已经有了武侠人物的雏形。在描写侠客国的时候，我写到了几十个侠客，主要是清代长篇武侠小说《七侠五义》《小五义》《儿女英雄传》对我的影响比较深。但真正接触中华武术，却是我在二十世纪八十年代当新华社记者的时候，当时分管文教报道，包括体育报道。中华武术属于体育范畴，我采访了很多武术名家，和众多武术界的知名人士便成为好朋友。像八卦掌始祖董海川再传弟子、八卦掌研究会会长李子鸣，副会长谢佩启，戳脚翻子拳研究会会长刘学勃等都是我的朋友。在交往的过程中，我一直注意记录他们讲述的人生经历和一些有价值的逸事。八卦掌传人李子鸣，他的家就在西草厂附近，我时常去他家中拜访他。新中国成立前，李子鸣曾经成功地掩护了当时中共北平地下党的一位负责人脱险。当时，国民党特务跟踪那位负责人到了李子鸣家附近，李子鸣将他藏在了自家的酱缸里，解救了这位地下党负责人。新中国成立后，李子鸣和他一直保持着来往。与武术名家交往，对我的影响很大。在同他们交往的过程中，我认识到，武术与京剧一样，是中华民族珍贵的文化遗产。同时，我也逐渐对中国武术史上各个拳派的起源、发展、演变以及代表人物产生了兴趣。

二十世纪八十年代初，国内出现了一批弘扬爱国主义和民族精神的优秀影视作品，如电影《少林寺》、电视连续剧《霍元甲》等，一度形成万人空巷的观看热潮，这在某种程度上表明了普通百姓对此类作品的渴求。这也促使我萌生了创作弘扬正义、歌颂爱国主义精神的武侠小说的想法。因为我觉得，真正意义上的武侠小说能够最直接地反映爱国主义和民族精神。我将我写作武侠小说的原因，详细地归纳成了五点：第一，我了解武术界；第二，武侠小说的侠是一种精神和境界；第三，写武侠小说可以发挥更多的想象；第四，我为人坦荡、豪爽大度的性格，多少有一些侠气；第五，当时武侠作品的热潮正席卷中国大陆。于是，我一边认真地完成新华社交给我的采访任务，一边利用业余时间开始创作武侠小说。

不久，我写的长篇武侠小说《八卦掌传奇》出版了。这部长篇武侠小说记叙了八卦掌创始人董海川富有传奇色彩的一生。董海川少年嗜武成癖，青年浪迹天涯，在九华山拜碧霞道长为师，并与吕飞燕结下不解之缘。这个吕飞燕是飞剑斩雍正的侠女吕四娘的后代，反清的壮志使这个年轻貌美、武艺高强的侠女与董海川一见钟情，心有灵犀一点通。十四年后董海川下山，历尽磨难。后来太平天国垂危，天王洪秀全泪请董海川进京刺杀咸丰皇帝。董海川为了反清大业，毅然斩断与吕飞燕的姻缘，慨然受命，阉割进京，栖身王府，寻机接近咸丰皇帝，以求谋杀。董海川自阉后先后在四爷府、肃王府任护卫总管，在圆明园皇会比武中，力挫群雄，冠绝一时。恰恰此时，太平天国失败，洪秀全自尽。董海川壮志难酬，抑郁而终。吕飞燕在万念俱灰之中凄然遁入峨眉山削发为尼。这部小说以董海川与吕飞燕的悲欢离合为主线，写出英雄与美人、侠客与情人的悲剧。《八卦掌传奇》出版后，和当时的《霍元甲》《螳螂拳演义》等成了名噪一时的畅销书。这无疑给了我继续进行武侠小说创作的信心。以后我又写出了《铁镯子传奇》《宦海侠魂》《醉侠传》《太极英雄传》《大成游侠》《东归喋血》等一系列长篇武侠小说。

长篇武侠小说《铁镯子传奇》，实则是《八卦掌传奇》的续集。董海川去世后，他的大弟子“铁镯子”尹福接任掌门人。有史可查，尹福又任清宫护卫总管兼光绪皇帝的武术教师。时值康梁“戊戌变法”时期，珍妃的翡翠如意珠丢失，朝廷震动，尹福会同八卦掌门人破案。一连串谜案发生，此起彼伏，尹福的师弟“煤马”马维祺被毒砂掌击杀，肃王府的宠妾金桔一反常态……尹福夜探肃王府，发现金桔的替身是其妹妹银狐公主；在颐和园又发现董海川的旧日仇敌、“塞北飞狐”沙弥。此时与尹福同往的银狐不幸中了慈禧太后的保镖文冠的天女散花针。为救银狐，尹福孤身闯千山寻解药。八卦掌门人二闯颐和园，设计杀了沙弥，但遭到清军虎神营伏击，伤亡惨重，“大枪刘”刘德宽等五人被俘。以后八卦掌门人在琉璃厂劫法场，救出刘德宽等人，弟兄们各奔东西。此时，尹福才明白，是后党设计盗去皇妃宝珠，为的是让光绪皇帝疏远尹福等八卦掌门人，以除掉刺杀光绪的障碍。以后尹福夜闯天津荣禄府，终于夺回宝珠，并无意中偷听了袁世凯向荣禄告密。尹福见维新党人和光绪危急，火速赶往北京，但为时已晚，维新运动失败，光绪被囚于瀛台。尹福愤而将宝珠投入御河之中，呼曰：变法既已失败，我主又已被困，我千辛万苦寻来的宝珠又有何用……

长篇武侠小说《宦海侠魂》，是《八卦掌传奇》的再续集。一九〇〇年八国联军的铁蹄突入北京，慈禧、光绪等皇族西逃，清宫护卫总管尹福、李瑞东护驾而行。八国联军、义和团、军阀宦官、巨盗土匪、绿林豪杰、将门遗族等出于不同的政治目的，企图刺杀慈禧和光绪，由此而展开了跌宕起伏、扑朔迷离的故事和惊心动魄的厮杀，刀光剑影，悲壮曲折。武术大师车毅斋、郭云深、马贵、张策等大显身手。其中一些宫闱秘史、西遁内幕均属首次公布于世。西遁之途，迢迢遥遥，山高路远，谷幽水深，始终是一个谜。据史书记载，皇家行列曾遇土匪巨盗骚扰、乱兵袭击、义和拳众阻击、内讧……这部小说有史实、逸闻、传奇、秘史，杯弓蛇影，烛影斧声，上演了一幕幕跌宕起伏的活剧。书中所写八国联军统帅瓦德西派出杀手黛娜欲刺慈禧是为酿成中国内乱；义和拳众欲杀慈禧是因她出卖了义和拳；袁世凯派人欲杀光绪是恐其死于太后之后，以绝复仇之患；于莺晓刺杀光绪是为反清复明；江南神偷乔摘星看中了光绪帝手中的小盒子，只因盒内藏着御玺；燕山大盗黑旋风劫掠皇族是为了食色谋财；“臂圣”张策师徒追杀慈禧是因为朝廷弃城而逃……皇家行列在八达岭遭到黑旋风匪帮的袭击，光绪被劫；正当黑旋风欲杀光绪时，女侠于莺晓从天而降要带光绪帝到恒山祭祖；她杀散匪帮，光绪又不翼而飞……在双榆镇，出现两个怀来县令，令人难辨真伪；怀来县城又出现由义和团众装扮的皇家行列。为索回被乔摘星偷走的御玺，尹福来到山西太谷，恰遇天下侠士云集此地，目睹形意门两泰斗郭云深与车毅斋比武；尹福夺回御玺，挫败八国联军暗杀的阴谋，最终护送皇驾安全抵达西安。

长篇武侠小说《东归喋血》，是《宦海侠魂》的续集。写的是一年后，以慈禧、光绪皇帝为首的皇族从西安返回北京的故事。莲花寺“花花和尚”、“天山二秀”秋家姐妹、少林寺恶僧悟慧、“通臂猿”胡七、八国联军女杀手黛娜等人，各怀异志，对皇驾多次实施突袭，由此险象环生。慈禧携瑾妃、隆裕皇后在骊山华清池洗浴，身染“花花和尚”所投之毒。尹福与假扮瑾妃的宫女木兰花深入莲花寺，骗取解药，使她们转危为安。李莲英献奇策，让王爷载澜的义女向昀假扮慈禧，去顶那“明枪暗箭”。向昀为救流放西域的义父，忍辱领命。此时，真慈禧突然失踪，向昀被少林寺僧人劫持。尹福独闯少林，救出向昀；归途误入陷阱，生命垂危。“天山二秀”秋千鸿、秋千鹄姐妹为报夙仇，千里迢迢，赶来突袭皇驾。光绪夜入英豪镇教堂祈祷，遭到假扮圣母的黛娜枪击，光绪佯死，虎口逃生。尹福与向昀产生真挚爱情，而尹福不能摆脱传统的世俗观念，两个人的爱情充满矛盾与痛苦。尹福为救向昀落入秋家姐妹魔掌，被劫持到西域女儿国。在一女侠的帮助下，尹福等人消灭秋家匪帮，恢复了女儿国的太平盛世。少林僧人围攻开封府皇驾，宫女木兰花壮烈殉难，恶僧悟慧毙命。皇驾北渡黄河，中流击水，风浪大作，又遭"通臂猿"胡七等人围困。尹福晓明大义，施展神功，胡七等人悄然退去。皇驾终于结束了三个月的流亡生涯，由直隶正定乘火车返京。在京城南部马家堡车站，正当向昀下车之际，黛娜从迎驾的洋人行列中疯狂跃出，身抱装有炸药的手提包，孤注一掷地朝假慈禧扑去；在巨大的爆炸声中，两人同归于尽。

长篇武侠小说《大成游侠》，描述的是大成拳创始人王芗斋的一生。清末王芗斋拜师郭云深，后来到北京曾投军做伙夫，因显绝技，被吴三桂后裔吴封君招为女婿。王芗斋巧入六国饭店戏弄俄国大力士康泰尔，与韩慕侠、王子平等武术名家结为莫逆之交。王芗斋为博采众艺，开始驰骋江湖；在少林寺遇到高师指点，于达摩洞前目睹天下奇雄比武；为追击武林败类小白猿，登峨眉山与群猴大战，仿佛身入猴国；以后辗转福建鼓山、浙江杭州，来到华山，邂逅鼓山老道、"江南第一妙手"解铁夫、方士桩、刘丕显等名家，又引出许多故事；在九华山终于击毙小白猿，替武林除一大害。这部长篇小说的特点是把动物人性化，如峨眉山的猴子、鼓山的鹤、华山的鹰，都训练有素，栩栩如生，极有灵性。苍鹰能千里报信，野猴能列阵搏杀，白鹤死后解铁夫为之立碑，特别是猴群中也有善恶之分，颇通人性，别开生面。

长篇武侠小说《醉侠传》，写的是京都名侠"醉鬼张三"以奇术绝技行侠仗义的一生。张三本名张长桢，生于清末，早年靠保镖护院为生，名噪大江南北。晚年看破红尘，息影家园。因他嗜酒成性，整天迷蒙着一双醉眼，又在家排行第三，人称"醉鬼张三"。他便也倚醉卖醉，不管哪位权贵相请，大有"天子呼来不上船，自称臣是酒中仙"之慨！故事以"小辫梁"大闹马家堡为引笔，张三为救小辫梁，夜探紫禁城找尹福出面相助。一九〇〇年，八国联军入侵北京，张三巧救于谦祠堂里众多被关押的妇女。为救天坛里的更多受难女子，张三又闯入中南海挟持八国联军统帅瓦德西，逼使他下令释放天坛里的被扼女子。八国联军退后，张三为钦差大臣王金亭护镖到西藏颁诏，后又到杭州铲除污吏，精武馆遇霍元甲，大明湖辨真假刘鹗，深州府鏖杀，夫子庙论扇，普陀山救人，悬念迭出。

长篇武侠小说《太极英雄传》，写的是杨氏太极拳名家杨露禅父子一生的故事。清咸丰年间，杨露禅三下陈家沟装哑偷拳；为救师父陈长兴，他闯孔林、下苏州，身陷黄葵帮匪巢，祸至福来。为救秦淮歌妓郑盈盈，他赴“雄县柳”家夺官印，身中剧毒；幸亏女侠陈玉娘大闹北京圆明园，戏咸丰皇帝，谑四春贵妃，巧夺解药，使杨露禅转危为安。英法联军火烧圆明园，总管文丰自尽前请杨露禅、杨班侯父子护送一批国宝转移至北京西山。潭柘寺刀光剑影。一路上曲折逶迤，清宫大内高手、黄葵帮和水澳帮巨盗、英法联军、宫娥侍卫步步紧随，对国宝垂涎不已，由此展开了惊心动魄的搏杀。猎户冯三保、冯婉贞父女血染山谷，与各路杀手同归于尽，结局出乎意料，令人回肠荡气，隽永不已。

我创作长篇武侠小说《醉侠传》是在一九八八年。“醉鬼张三”的旧居就在我家住的喜鹊胡同附近，我小时候经常去那里玩儿，因此，对“醉鬼张三”的题材有一种特殊的感情。为了写这部小说，我下了很大的工夫。我最先想到的是采访张长桢先生的长孙张芝纶，但他早已隐居。等找到他在甘肃的地址后，仍然联系不上，无奈我只好另寻渠道。功夫不负有心人，我终于找到了“醉鬼张三”这一门派的武术家贾振才，当时他已经是一位七十多岁的老人了。贾振才老人是剪刀匠出身，江湖人称“剪刀贾”。我还清楚地记得第一次去他家采访时的情景。他家里陈设简单，墙上挂着一个一尘未染的相框，框里正是“醉鬼张三”的照片。到了午饭的时间，老人拿出橘子、核桃，问我：“张记者，喝什么酒?”说着，手一伸，在床底下“嚓”的一声抽出一个箱子。我一看，里面全是白酒。老人一指桌子上的橘子和核桃说：“这就是当年咱们张三爷的下酒菜!”他拿起一颗核桃，手一用力，“咔嚓”一声核桃就碎了。“醉鬼张三”的照片很少见，所以我很想将贾振才家墙壁上挂的那张照片拍下来。一天下午我又去了他家。当时，贾振才的一个徒弟正好也在他家。这个徒弟比贾振才的年龄还要大，他看到我要拍墙上“醉鬼张三”的照片，就上前来对我说：“拍照片是不是应该给个价钱?”贾振才“啪”地打了他一个嘴巴，大声说：“张三爷从来不让自已的门下谈钱!”贾振才又转过身来，对我说：“张记者，你尽管拍!”我拍了几张照片。后来，翻拍的“醉鬼张三”的照片印在了我出版的长篇武侠小说《醉侠传》（原书名《醉鬼张三》）里。这部小说出版以后，我意想不到地见到了当初我千方百计寻找的“醉鬼张三”的长孙张芝纶。那是一九九〇年初的一天，我正在位于北京日报社里的新华社北京分社的办公室里写稿子，忽然听说有人找我。我出来一问才知道，是张三的次孙。他说：“张记者，我大哥来北京了，想见一见你！”我又惊又喜，就随他一起去了。我们去的地方正是离我家老屋不远的“醉鬼张三”旧居。走进旧居的大门，只见正堂的太师椅上端坐着一个又矮又瘦的老人，青衣长褂，很是精神。老人看到我们走进来，马上从太师椅上站了起来，热情地走过来，把我迎到太师椅旁边的座位上。寒暄之后，他仔细地端详我，见我高个头、身材魁梧，就问：“张记者，会不会武功?”

我一笑，回答他说：“我不会，我写武功!”

他说：“无论如何，首先感谢你为我爷爷写了一本书!”

我告诉他最初准备写《醉侠传》的时候，和他联系不上。他听后连声说：“多包涵，多包涵!”

我与“醉鬼张三”的长孙谈得很投机。他为人热情豪爽，向我讲了他自己的情况，而更多的是谈论他的爷爷“醉鬼张三”。据他讲，“醉鬼张三”是一个不事张扬的人。由于他的武功好，很多人想制伏他，借张三的名气来扬自己的名。所以张三行事一直很谨慎，包括在胡同里走路，他从来不贴着墙根走，总要与墙保持一定的距离，防止被别人暗算。他有三个孙子，而武功高强的是长孙。我有幸见到继承了张三武功的这位后人，可惜他于一九九七年在安徽悄然去世。

长篇武侠小说《醉侠传》被改编成电影是由于一次偶然的机会。一九八九年底，香港齐明电影制作公司准备拍摄四十集电视连续剧《大刀王五》，来到内地洽谈相关事宜；武术界的窦凤山先生和北京电视艺术中心的负责人郑晓龙向他们推荐我担任电视剧的武术顾问，主要原因就是我创作了很多武术题材的小说。我们一起拜访了“大刀王五”的孙媳和重孙，参观了“大刀王五”主办的源顺镖局，镖局位于北京东珠市口。这时，我将我出版的一些武侠小说送给了香港导演戴彻。他读过之后，有意将《醉侠传》改成电影搬上银幕；同行的西安电影制片厂导演张子恩也是这个意思。他对我说出这个想法之后，我欣然同意。一九九〇年，根据我的长篇武侠小说改编的电影

《醉鬼张三》，由香港齐明电影制作公司和青年电影制片厂联合搬上了银幕，在内地发行电影拷贝达二百三十二个，后来此电影还被评为新中国成立五十年优秀影片之一。

二

侠者，勇也，义哉。武侠小说是侠者的碑迹，是侠者心路历程的纪录。著名作家刘绍棠生前曾这样评价我的武侠小说："将武术、史实、言情、京味融为一体，革新了旧式武侠小说，应该是武侠小说中的写实类型。"我在创作长篇武侠小说时，力求历史与传奇、武术与侠义、文史与传说、言情与民俗相结合，使人读罢能恍入中国武术浩瀚博大的历史长卷之中。但是，能够称得上写实派也不是一件容易的事情。我在小说中描写的一招一式都是有渊源的，并不是完全依靠想象。在创作武侠小说的过程中，我有幸结识了几位武侠小说创作成绩斐然的大家，香港著名武侠小说作家梁羽生先生就是其中一位。

我与梁羽生先生的交往很有传奇色彩，我们至今都未曾谋面，却有书函辗转往来。一九九三年，我希望梁先生能够为我的武侠小说作序。当时，我找到梁先生的经纪人，他与梁先生联系后，梁先生表示要看我的武侠小说。我寄给他两部武侠小说，一部是《八卦掌传奇》，另一部是《醉鬼张三》（后更名为《醉侠传》）。正在澳大利亚悉尼隐居的梁先生在看到我的两部武侠小说之后，欣然应允为我写序；他在序中还对武侠小说的发展趋势，作了客观和卓有远见的评述。

为感谢梁羽生先生的谆谆教诲，也便于读者诸君了解梁先生关于武侠小说的真知灼见，现将所作序言照录如下。

六 W 与三结合

梁羽生

一

文章贵有个人风格，对长篇小说而言，更加如此。无风格不能成家——虽然成家的条件不止一种，但风格却是属于基本的因素。张宝瑞的武侠小说是有他的个人风格的。

我和张宝瑞不相识，只知他是记者“出身”。作家的风格往往受本身经历的影响，张宝瑞的风格似乎也是源于他的职业。西方新闻学有六 W 之说，把一篇新闻报道必须具备的因素概括为 when（何时）、where（何地）、who（何人）、what（何事）、why（何故）、how（如何）。此说虽来自西方，但中西一理，缺少六 W 之一，就不能成为一篇完整的新闻报道了。

张宝瑞的武侠小说具有纪实文学的性质，在大陆亦早有定评。以他的两部代表作《醉鬼张三》（编者注：即《醉侠传》）和《八卦掌传奇》为例，前者写三皇功创始人张长桢的一生，后者写八卦掌开山祖董海川的事迹。书中的主要人物和重大事件都是真有其人，实有其事的。纪实文学脱胎于新闻报道，其必须具备六 W，是无须说的。除了真人实事之外，张宝瑞还有严格的时空观念。例如，《醉鬼张三》中十三、十四两回，写了张三在某年春节期间的活动：闹花会，看艺人的杂耍；逛厂甸，听小贩的吆喝；游鸟市，赏珍禽的奇姿；进戏园，观名伶（杨小楼）的演出……在读者面前展开了一幅清末民初的北京民俗画卷。这些具有鲜明特色的描绘，是决不能移用于别的地方、别的年代的。

最后两个 W（why，how）属于叙事的范围。任何小说离不开叙事，因此只有技巧高下的问题，并无需不需要的问题。技巧问题，在有限的篇幅中是难作评述的。是否必须具有六 W，要看作品的性质。例如，历史小说必须有，科幻小说就无需了。武侠小说可以是写实的，也可以只是“成人的童话”，因此是要六 W 具备，还是只要其中的一部分，那就全看作者的取向了。许多武侠小说说不清楚故事发生于何地何时，但自有其文学价值，正如“成人的童话”一样。

不过，我还是比较喜欢有六 W 的作品，因为出于高手的成人童话固然有其文学价值，但若是粗制滥造的作品则难免令人有云山雾罩之感了。

二

有了个人的风格，还得有坚实的内容，否则就不耐看了。有如千娇百媚的美人，其魅力也终如彩云之易散。

张宝瑞的小说是够得上用坚实二字来形容的，尤其在“武”这方面。他写的是名副其实的武侠小说。武侠小说用简单的算式表示，即：武＋侠＋小说。必须三者结合，才能名实相符。并非所有的武侠小说都是有武有侠的，早就有人指出一个现象："许多武侠小说都是有武无侠，甚至武也没有，有的只是神，神怪的神"。

张宝瑞的小说，其最大的特色就是有关武术的描写，大陆作家林斤澜就这样说过："现在的文坛有两怪，一是张宝瑞，专写武术；二是柯云路，专写气功。"《八卦掌传奇》第十五回，张宝瑞写董海川与铁佛法师谈论武术，对各门各派的拳脚功夫如数家珍。张宝瑞的武术知识之广博，于此可见一斑。

张宝瑞的小说有侠，无须待我来说。他那两部代表作的主角——张长桢与董海川，本来就是有许多行侠仗义事迹在民间流传的真实人物。

张宝瑞的武侠小说有纪实文学的性质，但并不等同侠士的传记。他还是用小说的手法写的，有在特定环境中"可能发生"的虚构情节，也有为了突出主角形象而安排的次要人物。当然，也有人物的刻画和气氛的描写。

三

对于武侠小说的三结合，还有许多值得讨论的地方；因为在认同者中也还有枝节的差异，何况还有不认同的呢。这里无法作深入的讨论，只能略抒己见。

首先，在三结合中，哪一样是重要的？当然应是小说。不能写成传记，更不能写成论文（有人指出，我有几部小说犯了说理过多的毛病。这确是我应作自我检讨的）。这一点似无异议，问题只在于小说写法的讨论了。例如，小说总有叙事（武侠小说更加是以讲故事为主的），那么用什么人的眼睛来作见事之眼呢？用作者的眼睛还是用书中人物的眼睛？我比较倾向于用人物之眼。对三结合，我个人的排列式是：小说、侠、武。

武侠小说必须有武，这一点似乎无异议。不过，是虚写的好还是实写的好，就有不同的意见了。我觉得这也是一个取向问题。扬长避短，是任何作者都会选择的道路。如我，因为不懂技击，也不懂气功，就只能虚写了。但我总觉得欠缺这方面的知识是一大憾事。

最大的分歧在"侠"这一方面。有人认为"侠"的观念早已过时，不合潮流。武侠小说若受侠的观念所束缚，就会影响作品的艺术性。对于"潮流”，我不会视而不见。今年四月间，我在北京写的一首小诗，开头两句就是：“上帝死了，侠士死了！”

“侠气渐消”这一社会现象，恐怕亦非自今日始。一百五十年前，龚自珍就发过“吟到恩仇心事涌，江湖侠骨恐无多”（《己亥杂诗》于返乡舟中读陶诗三首之一。那年是一八三九年）的感慨。还有别人（清末文人吴伯揆）集龚诗的对联：“侠骨岂沉沦，耻与蛟龙竞升斗；人事日龌龊，莫抛心力贸才名。”

尽管如此，我还是坚持武侠小说必须有侠，否则干脆取消那个“侠”字，叫做武打小说或别的什么小说好了，何必挂羊头而卖狗肉。至于有侠就会损伤艺术性，我也不能同意。写得不好，那只是手法高下的问题。更何况，如果连纸上的侠士都已消失的话，我们将如何面对那“叹屠龙人杳，屠虎人无，屠狗人遥”的百年孤寂。

好在侠士并未死亡，我是无须过分悲观的，而武侠小说，有武有侠的小说，也仍是千年老树，尚发新枝。

一九九三年十一月　澳大利亚悉尼

我曾经有两部长篇武侠小说《八卦掌传奇》和《大成游侠》（原书名《形意拳传奇》）在台湾《力与美》杂志上连载，风靡一时。

而在香港出版我的武侠小说却与梁羽生先生有着重要的关系。一九九七年初夏，香港名流出版公司总编辑冷夏到澳大利亚的悉尼找到了梁羽生先生，与他商谈出版事宜。谈话期间，梁先生向他们极力推荐出版我的武侠小说。一方面的原因是由于我的小说别具一格，风格写实；另一方面则是希望内地的武侠小说能够流传海外。不久，冷夏就飞到北京，我们在钓鱼台签订了出版协议。正是在梁先生的推荐之下，我成为当代内地最早打入港台的武侠小说作家。

我与美国著名华裔武侠小说作家萧逸的交往大有相见恨晚的感觉。

一九九四年元月上旬，我与萧逸在北京见面了。我知道萧逸的名字应是在这次见面之前。我的大学同学王占海当时是《中国电视信息报》的总编辑，与萧逸是好友，恰巧萧逸与我都在《中国电视信息报》上刊登了征集原著改编权的信息。一九九四年元月，萧逸来到北京，在王占海的介绍下，我和萧逸约定了见面的时间。那是在北京大都饭店，我们一见面，各自都吃了一惊。我看见萧逸，风雅俊逸，潇潇洒洒，哪里像是五十七岁的武林宿笔，所以急忙说："老英雄指教！"萧逸也想不到我如此年轻，竟见不到四十出头的影子，便微笑着说："京都怪杰可畏啊！"我们一见如故，聊起身世，原来还是老乡。萧逸是美籍华人，祖籍山东菏泽；我虽然出生在北京，但祖籍山东荣成。自古以来燕赵齐鲁是一个多慷慨悲歌之士的地方，我们两人以笔作枪，"挥戈跃马"，"鏖剑武林"。萧逸不嗜烟酒，我也是烟酒不沾。聊起写作习惯，萧逸每日八时三十分至十七时写作，不熬夜。我则是一般晚八时至十一时写作，也不熬夜。萧逸背负远大使命感，三十余年执笔不辍。耳濡目染数千年的文化遗存，无数风云人物的英雄业绩，正史兼野史，前人传记和书札，无不在他搜集之列。一本好书，其乐无穷。我是有史即拾，有书即买，我的居室，仅书柜就有十多个，书箱几十个，柜内的书双层而立，还是不能如意，只好忍痛割爱，送给兄长一些。妻子莫愁曾戏言：居室大有图书馆之感。为查书方便，妻子还特意给我买来了一个折梯。萧逸先生与我谈得投机，不觉三小时已过。当谈到武侠小说的要旨时，我们一致认为武侠小说重在"侠"字。对于侠的理解，萧逸认为：侠是伟大的同情。有伟大的同情心，讲义气，就是侠，不一定要会武功才是侠。我觉得：侠是一种精神，一种境界；从某种意义上来讲，侠是一种原始的共产主义的精神。因为，侠的本身是除暴安良，路见不平，拔刀相助；侠所追求的是一种人人平等、个个仗义的社会。著名物理学家杨振宁先生说：武侠小说是成人的童话。童话的意境是美好的，武侠小说就是要使人摆脱困境步入理想世界。行侠仗义的精神使人振奋，使人忘记痛苦和烦恼，痛快淋漓地面对人生。在交谈中，我们才知道，我们都很喜欢民国时期著名武侠小说作家王度庐的作品，因为王公笔下的人物都具有真实的人性，一点儿也不夸张，素有真情实感，被称为"情侠小说"。而我们的作品都注重"情"、"义"二字。萧逸笑着说："我常和我写的小说中的主人公谈感受，她的一颦一笑左右着我的情绪，甚至到同呼吸共命运的地步。有时候写到人物死了，自己也不免悲痛难禁，泪沾双襟，稿纸都湿了大半。"而谈到读者，萧逸说："一个情感丰富的男人，在面对众多仰慕的女读者时，说自己不曾动心那是骗人的。但是，有缘无分，又如何呢？不可否认，读者的支持是创作的一个原动力，但两者之间的分寸是非常重要的。发乎情，止乎礼，是当谨守的。”萧逸有情，读者更多情。在汹涌澎湃的热情环伺之下，萧逸一路行来，有惊无险，始终守持在一种精神的境界，诚是功力超凡，定力颇深。萧逸说他对情的看法是：文人若无风流之心，就不能当个好作家，所谓“君子尚风流”。我个人则是有风流之心，无风流之行。两性之间的关系，是人类最基本最重要的关系，我注重儿女情怀，真实人生的儿女情怀。关于武侠小说中使用的武器，萧逸认为中国的剑是正统的、最高境界的武器，它代表正义、光明正大，所以他的作品中武功最高的侠客永远用剑。我认为使用不同武器反映不同人的个性，因此我的作品中主人公的武器奇特多变，如鸡爪鸳鸯钺、判官笔、如意针、梅花镖、流星锤等。

我获悉萧逸当时当选为美国洛杉矶华文作家协会会长，又荣获一九九三年拿破仑杰出华人成就奖，十分高兴，当即向他表示祝贺。一九九四年十二月，我希望萧逸能为我的武侠小说作序言，他立即应允，在美国为我的武侠小说写了序言。他写道：“在传统的文学境界里，武侠小说一直就举足轻重地占着重要地位，实为广大读者群众所喜爱阅读。‘武侠’二字，‘武’——尚武的精神，‘侠’——伟大的同情。一部好的武侠小说，是应该在这样的一个范畴之内尽情创作与发挥。张宝瑞的小说情真意实，质朴无华。书中人物、门派、掌故之交代，多为确有其人，果有其门，真有其事。读来备感亲切，不忍释卷；易古而今，真仿佛四邻周遭发生之事，不失为武侠小说别开生面之作。这样为保留中华武学文化精华的执著热情，诚是不易而难能可贵。”

一九九五年十月二十五日下午，香港著名武侠小说作家金庸在北京大学出现，他受聘为北京大学的名誉教授。当我见到金庸时，北大校长吴树青介绍说：“金先生，这位是新华社高级记者张宝瑞，也是写武侠小说的作家。”金庸听了，赶快从座位上站起来与我握手，他笑眯眯地上下打量着我。随后，我把自己创作的六部长篇武侠小说送给了金庸。金庸把我递给他的武侠小说接过去翻看了一下，然后高兴地对我说：“你这么年轻，出了这么多著作，我回去一定好好拜读。”金庸把这些书交给他的妻子保存，然后坐在沙发上与我交谈。

金庸说：“武侠小说并不是纯娱乐性的作品，其中也要抒著世间的悲欢，能表达较深的人生境界。”我对他的观点很赞同，点头回答他：“我非常赞同您的观点，文学是人学，衡量作家作品成就的最根本的标尺，就是人学的标尺，因为无论采用哪一种文学形式，文学的主旨是写人、塑造人，是拷问人的灵魂。”金庸点点头，说道：“写武侠小说也是写人性，只有刻画人性，才有较长期的价值。”我说：“作为武侠小说这种文学形式，其成熟的标志就是侠、情、武的融合贯通。侠是一种精神。”金庸赞同地连连点头，说道：“在武侠小说中，侠比武重要，侠是灵魂，武是躯壳；侠是目的，武是达成侠的手段。打抱不平，是小侠行径；以天下为己任，才是大侠之举。”

我在与金庸的交谈中，在荡然的话语中，悟出几许凄凉。金庸是一个能人，一个哲人，他洞察了人生的千奇百怪，喜怒哀乐。他为什么在人生最辉煌的时候，悄然隐退，归隐江湖？“人生在世不称意，明朝散发弄扁舟”。杨过身遭大难断了一臂，又忍了十六年相思之苦才得归隐；令狐冲身败名裂与盈盈团圆；陈家洛大事难成，终生抑郁，避居回疆；张无忌见大势已定无力回天，心灰意冷，率众出走；袁承志见父仇难报，家园难归，浮槎海外，空有安邦志，却吟去国行……金庸所念念不忘的是那些不得不归去的人物。他曾远赴英伦，也似袁承志浮槎海外。可见金庸是对某种现实、某种历史积淀感到失望，失望便不再写，故封笔挂剑，失望出走。一九九三年初，金庸移居英国，这位在香港驰骋了三十多年的“大侠”终于功成身退，在遥远的英伦半岛暂时觅得一片清静之地。“归去来兮”，如今金庸又回到祖国，在西子湖畔定居。世事沧桑，书香犹在；宝刀未老，雄心未泯。侠香一缕系天外，西子湖畔招魂来。

二〇一〇年二月十四日春节期间，我应位于浙江海宁的金庸书院之邀撰写了一副对联，是赞颂金庸先生的。联云：

举武侠进殿堂开天辟地功高摘日月

挟文雅入书卷革故鼎新位谦泣天地

中国历史从某种意义上来说，也就是侠的历史。《张宝瑞武侠小说全集》的出版，重新向世人展示了许多大侠的义举和英雄人生，无疑将再次唤醒读者心中沉睡着的侠的精神。侠的精神永远藏在中国民众的心底里，侠的精神必将不断发扬光大！正义终将战胜邪恶，人间正道是沧桑！

目录

目录

目录

目录

第一回 东归途慈禧忆绣鞋 皇轿中光绪怅枯井

这是一个凄凉的世界，万物凋零。

这是一个动乱的年月，人心惶惶。

慈禧疲惫地倚着黄轿的窗口，怅望着窗外灰蒙蒙的天空。

天色黯淡，没有一丝浮云，也没有一个生灵。

世界上的生命似乎都窒息了。就连西安城外的小河也显得瘦弱不堪。河床中心，像游丝般孱细的河水，在缓缓地朝前呻吟着，流淌着。

田野，一片枯黄，秋天应当是迷人的，可是这落叶，这麦梗残秸，看着叫人心烦。

慈禧的心如何不烦呢？庚子年间，八国联军以摧枯拉朽之势，击败了不可一世的清军和声势浩大的义和拳众，闯进了北京城，摇撼着大清帝国的金銮宝座。那是一个战战兢兢的炎夏，她带着皇家行列如丧家之犬，开始了令人耻辱的西遁。饱受八国联军杀手、土匪、大盗、侠客、匪兵等的袭击，多次死里逃生，逢凶化吉。

想到这里，慈禧瞟了一眼随行保驾的尹福。他面目清癯，两眼炯炯有神。一路上多亏他过关斩将，化险为夷。

慈禧望着尹福饱经风霜的脸，那一道道弯弯曲曲的皱纹，眼前仿佛出现一个个问号：

尹福是皇上的武术教师，他跟自己是不是一条心呢？

他曾同情维新变法，是不是跟康有为、梁启超等乱党有瓜葛？

他会不会协助皇上加害于我，夺我的江山？

宁叫我负天下人，休叫天下人负我。慈禧想起魏武帝曹操的这句名言。

马蹄有节奏地响着，重复着，显得枯燥、乏味。虽然是在回京的路上，但自从西安城里出来，她的心里就没真正地踏实过。

这一路上不知又有多少沟沟坎坎……

和约签了，巨款赔了，按照洋人的意图，主张抗战的载勋赐死；载漪、载澜发配新疆，永远监禁；毓贤即行正法；刚毅被贬；董福祥革职降调；英年、赵舒翘暂时监候；徐桐、李秉衡革职，撤销恤典；启季、徐承煜也即行革职……洋人满意了，息兵了，慈禧才算消停下来。

出西安城时的场面可比两年前出北京德胜门时威风多了。八月二十四日，天色未明，军机、御前、六部、九卿及西安全城文武，均已齐集行宫伺候。当行李登车时，两宫循例召见了军机大臣，方始升舆。

辰初三刻，前导马队先行，接着是太监，然后由侍卫内大臣开路，静鞭之响，黄轿出宫。头一乘是皇帝光绪，第二乘是慈禧，第三乘是皇后隆裕，第四乘是瑾妃，都挂起轿帘，不禁臣民遥瞻。唯有第五乘黄轿的轿帘是放下的，内中坐的是大阿哥。黄轿之后便是以军机大臣为首的扈从大员，随后是各衙门的车辆，首尾相接，一直到十时左右才过完。

一路上家家香花，户户灯彩，跪送大驾，十分气派。

慈禧想到两年前西遁路上，解溲犯难，几个贵妃、宫女拢成一圈，轮流排泄，羞不堪言，窘不堪言，尬不堪言，心里有一种说不出来的滋味儿。

她记起走进一家农户，一个老妇人端坐炕头缝着一双小孩子的绣鞋。老妇人风采依旧，不紧不慢地说："那是七十年前了，几个官人来到这儿，说是选妃子进宫，就把我选上了。可后来又不要我了，不然没准儿也是个贵妃了，哈哈……"

她问那老妇人："您高寿了?"

老妇人回答："男不问钱财，女不问芳龄呀。"

她又问老妇人："那您绣的小鞋儿……"

老妇人叹口气说："嗨，是给自个儿的，来世好有双鞋穿。我老了，就和这大清国一样，老了，不中用了。"

她对老妇人的话刻骨铭心。老妇人的话就像鞭子抽在她的心上……

一个人翻身下马，是李莲英。

李莲英悄悄地凑到窗前，小声说："奴才李莲英给您请安了。"

"事情办妥了吗？"慈禧问。

"妥了，载澜那老贼答应让她……"

"够了，还要声张出去怎么着？"

"不愁她不卖命！"

"下一站是哪儿？"

"骊山行宫，估摸下午就能到了。"

"这倒是个吉利的地方。"慈禧说完松了一口气。

此时光绪帝正坐在第一乘黄轿里。两年前他从北京城出逃时，虽然历经兵荒马乱，土匪骚扰，饥渴交加，但并不慌张，只是有一种无以名状的痛苦和惆怅的情绪笼罩着他。珍妃惨死井下，使他濒临死亡的边缘。他就像一具躯壳，横陈于世，灵魂早已出窍，珍妃的影子时常在脑际浮现。那甜甜的稚气的微笑，秀灵灵的脸蛋，袅如细柳的腰肢，活泼泼的笑语，让他心神恍惚。他多次想逃回京城，与洋人血战到底，留一世英名，死后与珍妃合葬一处，做一对鸳鸯鬼，让百姓知道他是抗战的英雄。虽然有个傀儡皇帝的奚名，但是死得壮哉，死得英勇，在中国历史的帝王录中，他的名字将闪烁光辉，在情史上也留下佳话。他也曾起过这个念头，逃回京城重振朝纲，变法维新，让中国像日本一样富强繁荣。但是每当他接触慈禧那刀子似的目光，便犹豫了，胆怯了，失望了，浑身瘫软无力，头冒虚汗，似虚脱一般。

他感到自己很孤单。

在西安栖身的两年中，他就像锁在笼中的云雀，像任人戏弄玩耍的木偶一般，缄默无言。如今要回京城了，他的心情愈加沉重，他仿佛已经看到太液池畔瀛台那黑漆漆的房屋，那昏惨惨的烛光，那形影相吊、茕茕孑立的日子。

他愈发心灰意冷。

他想到了那口井，漆黑无涯。

突然，一个闪电击入他的脑海：如果慈禧在东归路上遇到意外呢？端王的儿子大阿哥已经失宠，自己会不会执掌实权呢？

他掀开轿帘，望着灰蒙蒙的天空，可惜没有望到大雁，只瞥到一只孤鸟。那只孤鸟凄凉地叫着，扑扇着翅膀，钻入密林之中。

此时，护驾的尹福正与李瑞东并马而行。

李瑞东一路上气呼呼的，那些气催得他不停地打着嗝儿。

尹福笑道："你吃什么了，肚子里的东西一个劲儿往上翻。"

"太便宜洋鬼子了，他们杀我数万同胞，咱们又赔银子又割地。依我看，大清的气数已尽。"

"小声点儿，别让人听见。"

尹福小心地望了望四周，好在数尺之隔的几个太监在无精打采地骑马前进，没有注意他们俩。

"我就不明白，你保皇上，为何还保太后？"李瑞东小声嘀咕着。

尹福目光凝重，缓缓地说："多少年来我何尝不想杀她？她垂帘听政，执掌朝廷大权，欺压百姓，陷害忠良，仅戊戌变法那年就杀害了多少爱国志士？她挪用海军军费，在颐和园大兴土木，使国防空虚，兵力羸弱。老百姓盼的是一个清廉爱民的好皇上，她却机关算尽，重用奸邪，使百姓陷于水深火热之中。可是，两年前八国联军大举入侵，清兵惨败，人心涣散，只有她还能威服群臣诸侯。她若一死，袁世凯、荣禄那班奸贼哪里肯听光绪的，势必天下大乱。洋人乘虚而入，瓜分领地，中华民族岂不哀哉？这岂不正中了洋人的诡计！"尹福说完，重重地叹了一口气。

李瑞东嗟叹道："为帝难，为臣难，为人也难呀！"

"要知道，忍字头上一把刀，还要将刀往心头按啊！"尹福说完，又小心地望了望四周，见仍然无人偷听，这才舒了一口气。

尹福望着灰暗的远山，想道："尹福啊，尹福，将来后人不知如何评价你这西遁之行，是褒？是贬？只有青史知晓。如今唯一能够知道自己委屈的就是'鼻子李'了。'眼镜程'程廷华两年前被德国鬼子杀死了；大闹马家堡的'小辫梁'梁振圃逃出死牢后，也不知藏匿何处；'翠花刘'刘凤春、'贼腿'施纪栋等兄弟不知下落如何；其他的弟子，也不知命运如何。那个恐怖的北京城，洋人逢男人就打就杀，逢女人就奸就淫。唉，软弱的朝廷，谁叫皇上不中用！"

这时，皇家行列中引起一片骚动。

尹福、李瑞东看到一个王爷的福晋双手按着肚子，扑倒在慈禧的黄轿前。

王爷的福晋脸色苍白，一双秀眼闪动着大颗的泪珠，叫道："我……我实在受不住了……"

一个王爷上前朝福晋摆着手，跪在轿前，说："老佛爷恕罪，我的爱妻就要临产了。"

黄轿内传出慈禧的声音："行了，瞧你们这份儿德性，不愿随我一起回去的，回西安当婊子去！"

王爷和福晋听了，面面相觑，吓得不敢吱声了。王爷看着福晋退缩而去。

李瑞东叹息一声，对尹福说："这年月真是苦了妇人们。"

尹福望着大腹便便的福晋，说："这比西逃的情景好多了。"

下午三点多钟，骊山行宫已遥遥在望了。

这是一座秀丽的山峰，覆盖着蓊郁的绿树，绿树丛中透出金碧辉煌的殿宇，在阳光的照耀下，泛出一片金灿灿的光辉。它不像太行山那样瘦骨嶙峋，不似华山峭拔险峻，也不像五台山那般平缓圆滑，更不似黄山秀丽丰腴，而像一幅娴静娟秀的工笔画，透出富贵的气息。

夹径而上，皇家行列缓缓地进了华清宫，大家争先观赏华清池的神韵。水波涟漪，虽是残荷败叶，却显得凝重。华清池作为历代帝王行宫别墅和游览地，已有三千年的历史。远在西周，周幽王即在此设离宫；秦代始皇帝又筑骊山宫；汉武帝扩建离宫；隋文帝开皇三年重新润色；唐太宗广建宫阁，起名"汤泉宫"；唐玄宗天宝六年大兴土木，沿山广筑宫宇，易名"华清宫"。当年华清宫富丽堂皇，有四门、十殿、四楼、二阁、五汤之盛，并有舞马、踢毽、斗鸡诸场地。天宝年间，三镇节度使安禄山起兵反唐，华清宫遭受兵燹之难，清初又予重建。

此处属临潼县管辖，负责打前站的吴永已找到临潼县县令夏良材。夏良材将慈禧、光绪、隆裕、瑾妃等人安顿在瑶光楼，又将众人安顿在观风楼、四圣殿等处。

吴永见夏良材安排草率，前脚来，后脚走，不由怒道："从古到今，你这个县官是小母鸡撒尿——独一份儿，鸡毛挂在树上——好大的胆子！"

"良材该死，不过死不瞑目。"夏良材哭丧着脸说，"王公大臣的护卫随从，跟走马灯一般，把预备的东西都抱走了，地方太苦，时间仓促，实在无能为力。"

"你那些随从呢？"吴永问。

"随从顶个屁用！那些来人有的拿着洋枪，一开枪，脑袋留下碗大的疤，谁敢惹他们。"

"你说的是实话？"

"敢拿脑袋担保!"

正说着，李莲英走过来："老佛爷叫县令过去问话。"

鼠头鼠脑的夏良材跟着李莲英走进瑶光楼，慈禧正倚在太师椅上，贴身宫女荣子轻轻地给她捶着背。

夏良材慌忙跪地："奴才夏良材给老佛爷请安!"

"免了。"慈禧无精打采地睁开疲倦的双眼，瞅着眼前这个土里土气的地方官。

"坐吧。"慈禧懒洋洋地说。

夏良材坐在旁边一个硬木凳上，心里像浮着十五个吊桶，七上八下。

"我问你，依秦始皇这雄才大略，超凡的气概，为何在名列五岳之外的骊山建陵?"

夏良材眨巴着眼睛，小心地回答："奴才以为，秦始皇陵、唐太宗照陵以至历代帝王陵墓，选穴时都要选莲花穴。除武则天例外，她选的是女娲穴。骊山民间千古有话，说秦始皇睡的是莲花宝穴，秦始皇陵园地形恰似一朵向阳莲花，又称向阳芙蓉。南从九龙顶入祖庙俯视，山梁对曲拱，包裹秦陵，如同莲花瓣儿包着莲台花蕊，秦始皇陵正居莲台之上。从北方南望，渭曲为莲座，龙河以西，霸河之东，河沟渠川相向曲弧，对称环抱，恰成莲花形状，秦始皇陵正居花蕊之上，因此唐人又称这福穴宝地为九龙河护玉莲房。"

慈禧听了满意地点点头，又问："骊山之名从何而来?"

夏良材振振有词地答道："骊山，一名蓝田，其阳多玉，其阴多金，秦置郦邑。骊山秀丽，甲于关中。峰高有路，西接终南，襟灞桥，其南侧走蓝田道也。玉山隐然在望，北俯渭水，凡帆如府而材木石炭之用烧焉。东控鸿门，星使尘埃积路，盖西京以来称冲要之地。"

慈禧又问："唐代诗人白居易曾作《长恨歌》，写的是唐明皇与杨贵妃的故事，当初他们居住的长生殿现在何处?"

"长生殿在昭阳门以北山腰，金沙洞之右。"

"为何不让我们在长生殿歇息?"

"自从安史之乱，唐明皇携杨贵妃西逃，杨贵妃被缢马嵬坡，长生殿便时常闹鬼，夜半时分常听到鬼哭狼嚎，人们说是杨贵妃的幽魂不散。从此殿宇颓败，荒草丛生，无人敢住。"

"哦，原来还有这等事。"慈禧听了，有点儿毛发悚然。

"那么当年有名的贵妃池又在何处呢?"

“在骊山山腰林荫深处，华清宫芙蓉汤旧址，昔日‘回眸一笑百媚生’的杨贵妃，在此处‘温泉水清洗凝脂’，屋顶有一飞霜阁又称凉发台。杨贵妃沐浴完毕，便登台赏景凉发。骊山温泉自古有名，它是自然之地主，天地之元医，怀疾枕疴人，无不来此疗养。温泉对关节炎、风湿、消化不良、皮肤病等疗效尤好。”

慈禧听了，顿觉神清气爽，耳畔仿佛听到泉水淙淙之音，不觉来了兴致：“骊山如此美景佳泉，我们可以多住几日。”

李莲英在一旁听了，劝道：“老佛爷，北京城皇宫里还等着您拿大主意呢，况且战火方息，民间不宁，这一路上杀机四伏，在此处不能久留。”

晚上吃过饭，慈禧带着光绪、隆裕、瑾妃等人，在五百兵丁护卫下，随夏良材来到秦始皇陵。

尹福、李瑞东等人也随同护驾。

秦始皇陵南倚骊山北临渭水，果然气魄宏伟。慈禧下了黄轿与夏良材等人信步登阶而上。

西侧蒿草摇曳，幡纸飘荡。陵东有片洼地，传来一片蛙声。

夏良材说：“据《史记》记载，始皇初即位，穿治骊山。及并天下，天下徒送诣七十余万人，穿三泉，下铜而致椁，宫观百官奇器珍怪徒藏满之。令匠作机弩矢，有所穿近者辄射之。以水银为百川、江河、大海，相相灌输。上具天文，下具地理。以人鱼膏为烛，度不灭者久之。葬礼隆重，秦二世下令，凡宫中未生子的宫女，全部殉葬，所有在墓内修造的工匠全部封埋。”

慈禧望着这黑黝黝的陵园，似乎感到一股气正在升腾。想当年秦始皇统一中国，横戈跃马，刀光剑影，气吞万里如虎。他又统一法律、文字、车轨、货币、度量衡，强化中央集权，重农抑商，如今僵驱骊山，但称雄于世。想到大清王朝日薄西山，凄凄惨惨寂寂，内忧外患，日夜不寐，自己挪用海军军费修建颐和园的传闻不胫而走，路人皆知。光绪与自己立场不同，八旗子弟沉湎酒色，一蹶不振。洋人盛气凌人，变本加厉，将无数魔爪压来。

她感到一阵窒息，几乎晕厥。

李莲英慌忙将她扶住，关切地问：“怎么了？老佛爷。”

“没，没什么。”慈禧苦笑着，站稳了脚跟，任凭夜风吹拂着她的衣摆。

光绪望着陵区景色，倒增了几分阳刚之气，他舒展着自己的手臂，激动地踱来踱去。瑾妃小心地扯了扯他的衣襟，他没有理会。

他在长满杂草的石阶中小跑了几步，抑扬顿挫地吟道：“秦皇按剑，视天下诸侯，几抔粪土。驾驭神兵百万，势如雪崩疾雨。中原摇撼，六国顿首，神州归一旗。堂堂皇皇，阳刚之气高勒。可异气冲霄汉，两朝之久，便灰飞烟灭。阿房宫旧址何在？空有宫女花雨。重执干戈，顿蹄并辔，泉台旌旗立，但听钲鼓，一时神龙复活！”

慈禧瞟了光绪一眼，黯然进了黄轿，众人见慈禧面有怒色，只好返回。

皇家行列刚走至陵下，忽见陵墓两则出现两簇鬼火。

尹福见了，不由高呼：“小心！”

两团鬼火似两条火龙，从两侧朝慈禧坐的黄轿扑来。

尹福、李瑞东连发数镖，无济于事。

黄轿着火了！

尹福终于看清，两条火龙是两辆推车，车上堆着麦秸，无人驾驶，分明是有人在远处发功推来。

“鼻子李，你去追人，我来救人！”尹福推开李瑞东，扑向熊熊燃烧的大火，火舌翻卷着，像无数条火蛇朝他冲来，他难以扑进火海。

皇家行列慌成一团。

李莲英大叫：“老佛爷还在轿里呢！”

尹福急了，血红的眼睛像是冒着火。他灵机一动，往地上一躺，大叫：“往我身上撒尿！”

众人听了一怔，无人上前。

尹福急得大叫：“快尿呀！大眼儿瞪小眼儿看什么！”

李莲英招呼着众兵丁围拢在尹福身边，朝他身上撒尿。

黄轿的大火燃烧着……

湿淋淋的尹福一跃而起，奋不顾身地冲进火海……

众人目瞪口呆地望着这惊心动魄的一幕。

尹福扑进黄轿，正见慈禧浑身着火，一动不动地倚在那里。他抱起慈禧，滚下了黄轿，在地上打着滚儿，滚到洼地里。

尹福扑灭慈禧身上的余火，慈禧缓缓醒来，双眼凝视着尹福。

“您受苦了……”尹福小声地说。

“再大的罪，我也能忍着……”慈禧淡淡地说着，用手拉过破衣片遮挡着裸露的乳房。

李瑞东飞快地跑到秦始皇陵左侧，在摇曳的蒿草中正见一个人飞快地朝东窜去。李瑞东岂肯放过，大步流星般追去。追过摘椒亭、明星殿、按歌台、王母祠、李真人庵，上了骊山。那人轻功也不错，三蹿两蹿，李瑞东硬是追不上。他有点儿恼火，连发三镖，都被那人接住。

李瑞东追了一程，来到绿树掩映下的一座宫殿，只见殿门洞开，宫墙倾颓，杂草丛生，殿内传出“吱吱扭扭”的门声。溶溶月下，李瑞东凝眸一瞧，门额上写着三个朱红斑驳的大字“长生殿”。两侧有一对联，左联是：星飞骊山封幽怨；右联是：月落深宫锁香尘。

第二回 贵妃池误入芙蓉浴 瑶光楼引出风流侠

慈禧刚丧魂落魄地回到瑶光楼，就想去贵妃池沐浴，她要洗掉一身晦气。

李莲英深知老佛爷的脾气，她说要摘月亮，你就是蹬着梯子，也得给她摘下来。

隆裕、瑾妃听说老佛爷要在为当年杨贵妃专用的浴池沐浴，也要跟着去。

李莲英找来夏良材，说明此意，夏良材满口应承。随即引着慈禧、隆裕和瑾妃等人来到华清宫贵妃池。

这是一座玲珑秀丽的彩屋，李莲英带着几个侍卫守在外面，夏良材告辞而去，慈禧、隆裕、瑾妃带着几个贴身侍女欣然而入。

进了彩屋，只见当中有一个海棠形的汤池，池水冒着温气，殿顶有一彩绘亭台，上有“飞霜阁”三个字。贵妃池壁砌以花鸟鱼虫浮雕，池上横置二龙戏珠玉梁，池中置一个圆雕并头莲，泉水自莲下台瓮喷至莲蕊，殿前九条玉龙戏水，四周绕以盘龙栏杆。

慈禧见那壁上镌刻“芙蓉汤”三个龙飞凤舞的大字，两侧有一石刻联，左联是：一种倾城好颜色；右联是：几栽汤池秋海棠。

慈禧由贴身侍女荣子匆匆脱了衣服，迫不及待地下水试浴，一只脚刚踩石阶，只见鱼跳水面，鸟雁腾空，花草浮动，石龙奋鳞举爪迎面扑来，唬得慈禧脚一滑，跌入池中。

隆裕和瑾妃见了，忍不住“哧哧”发笑。

慈禧在池中扑腾一阵，站稳脚跟，顿觉玉体舒畅，浑身酥软，闻水中飘浮一股芙蓉香气，不禁大悦。

“小蹄子，傻笑什么？还不赶快下水，好舒服哟。”慈禧一扬手，笑着招呼道。

隆裕和瑾妃也脱得精光赤条，一丝不挂，像两尾小白鱼滑入水中，似两朵睡莲飘出水面。

瑾妃游到隆裕身边，用嘴凑到她的脖颈道："你身上似有一股奇香。"

隆裕笑着推开她："傻妹子，分明是这水里的香气，你把我当香妃了。"

瑾妃游来荡去，忽然叫道："我踩到泉眼了。"

慈禧、隆裕游过来，用脚试着，果然踩到了泉眼，泉流在她们脚背泻过，湿湿的，柔柔的。

"这泉水不知从哪里流来的?"隆裕拢了拢秀发，望着上面。

"自然是山上。"瑾妃畅快地回答。

慈禧叹道："当年杨贵妃每日在这泉中洗浴，自然是雪肌玉肤，丰腴白硕了。你们知道杨贵妃的下落吗?"

"不是死在马嵬坡了吗?"瑾妃的双眸透出清澈的光辉。

慈禧摇摇头："据说杨贵妃有贴身侍女叫张云容，生得与杨贵妃相似，善跳霓裳羽衣舞。她与杨贵妃情同手足。安史之乱中，当马嵬兵变，高力士逼迫杨贵妃自缢时，张云容向唐明皇高呼：'启奏万岁，娘娘需要更衣!'唐明皇应允，张云容趁机把杨贵妃拽到一间茅草屋，和她对换了衣裙首饰，又抓起一把黄土抹在杨贵妃脸上，说：'奴婢替娘娘去死，娘娘权且扮作奴身受几天委屈，待安定下来时再奏明圣上恢复本身。'说完昂首步出茅屋受死去了。"

"这个张云容倒是个有情义的侠女!"隆裕叹道。

"在入蜀途中，杨贵妃借更衣之机，逃离皇家行列，乔装成民女，流落民间。杨贵妃流落到扬州，遇到逃难的胞兄杨国忠的夫人徐氏和她的孙子杨欢。当她们听说真情后，便惊慌地劝杨贵妃赶快逃到海外番国去。这时恰好有日本的一艘商船要从扬州起帆回国，杨贵妃便携同徐氏、杨欢搭船去了日本。以后一个曾到过中国的日本人认出了杨贵妃，便把她介绍给了日本女天皇孝谦。女天皇将她请到宫中。杨贵妃帮助天皇挫败了宫廷政变，天皇认她为御妹。至今日本京都、奈良等地还有杨贵妃的塑像呢……"

慈禧正兴致勃勃地述说着，忽见池水渐渐泛蓝，"咕嘟咕嘟"冒起泡来。

瑾妃大叫一声："不好!"猛觉头晕目眩，栽倒在水里。

慈禧、隆裕也觉胸口憋闷，接连倒下。

池边的侍女们一见，顿时慌了手脚，她们一边喊"救命"，一边连拖带拉，将三个人拽了上来。

李莲英等人在外面听到屋内大喊“救命”，进也不是，不进也不是，急得直跺脚。后来听里面宫女说已为太后、皇后和瑾妃穿好衣裳，才慌忙冲了进来。

慈禧、隆裕、瑾妃三人静静地躺在地上，人事不省，荣子等侍女为她们抚胸拍背，也无济于事。

此时，贵妃池水已变得一片深蓝，泛出一股呛人的臭气。

“水中有毒！”李莲英叫了一声，慌忙叫人招呼夏良材去请郎中。

众人背着慈禧、隆裕和瑾妃来到瑶光楼，御医赶过来为她们诊治。御医为她们服了汤药，三个人才渐渐醒来。

慈禧感到浑身奇痒，只见浑身起了暗蓝色的斑癣，隆裕、瑾妃亦是如此。

御医诊看多时，连连摇头，自称一生从未见过这般皮肤病，不敢下药。

御医又来到贵妃池，仔仔细细地巡看了池水，但闻奇臭之味，说不出所以然。御医对李莲英道：“可能是有人在泉流上端放了毒物，毒物顺泉眼进入池中。”

李莲英焦急地说：“你倒是说出个医治的道道来呀！”

夏良材找来找去，终于找到一个土著老郎中，李莲英见到这郎中吓了一跳，他只有三尺多高，驼峰奇耸，白胡子飘到膝盖，衣衫褴褛，腰里掖着一颗磨出光亮的老葫芦。

这老郎中还有些结巴，斜眼瞅了瞅慈禧身上的蓝斑，怪声怪气地说：“这……种病叫蓝……蓝蝎子，是……用天山的草药配的，人……沾了它，……不出二十天……就会……就会死掉……”

众人听了，都倒吸了一口冷气，光绪心疼瑾妃，“哇”地哭出声来。

“嚎什么？我还没死呢！”慈禧瞟了他一眼，生气地呵斥道。

尹福还算镇静，问那个老郎中：“有什么救的招儿吗？”

老郎中眯缝着一双老眼，不说话。

慈禧朝李莲英努努嘴。

一忽儿，李莲英端着一个玉盘进来，上面放满了白花花的银子。

老郎中仿佛没看见，用脏兮兮的长指甲无精打采地剔着牙，那牙又黄又尖，沾满了污垢。

慈禧朝李莲英招手，李莲英凑过去，小心地听她嘀咕几句。李莲英又拽过慈禧的贴身侍女荣子，对老郎中说：“这姑娘虽算不上倾国倾城，但至今还是个雏儿，留着给您老吧。”

老郎中的身子一动未动，像一堵矮墙，坚实、厚道。

李莲英一见慌了，慈禧的额上香汗淋漓。

慈禧支撑着身子坐起来："老先生，你说怎么着？我依你。"

老郎中不紧不慢地说："把临潼县的苛捐杂税免了。"

"我应了。"慈禧淡淡地说。

"把临潼县令夏良材免了，他是个贪官。"

"什么？我是贪官，这可是天大的冤枉！"夏良材慌得大叫，环顾着四周。

"把夏良材免了，削职为民。"慈禧平静地说，嘴角似乎未动。

"回京要重振朝纲，别再窝里斗，让洋人欺负咱，要让老百姓过富足日子。"老郎中的声音不大，却透出一股刚毅之气，也不结巴了。

"应了。"慈禧一动不动，毫无表情，脸色铁青。

"立个字据。"老郎中将脸转向慈禧，目光咄咄逼人。

"好，拿笔纸来。"慈禧的面色愈发转青。

李莲英找来笔砚纸，慈禧一字一字地写着，不颤一下，屋内鸦雀无声。

慈禧按了玉印，交给老郎中。老郎中睁开眼睛，看了一遍，又看了一遍，然后揣入怀中。

"老先生有何指教？"李莲英赔着笑脸，小心地问道。

老郎中又闭上双眼，慢悠悠地说着："在骊山东南一百多里有个莲华寺，寺里有个和尚，江湖上叫他花太岁……"

花太岁？这花太岁是江湖上有名的采花老贼，依仗生得英俊潇洒和一身武功，经常乔扮秀女，混进女子群中或潜入深闺，不知糟蹋了多少良家女子。江湖上许多热血侠士，多次要灭除这个武林败类，但总是让他溜掉。他的真名实姓无人知晓，来无影，去无踪，想不到如今又在骊山脚下莲花寺栖身。

老郎中又不紧不慢地说下去："两年前这个花太岁到了天山，不知在哪位隐者那里盗了这种蓝蝎子药，从此更加肆无忌惮地为害民间。他以此药要挟女子，谁若不从，他就威胁把此药涂抹在谁身上。那些受害女子只好忍气吞声，忍辱藏羞，有的失了贞操便自尽身亡。遇到刚烈女子，至死不从，只好落个腐身的下场。唉，哀哉，哀哉！"

李莲英问："有没有解药？"

老郎中唾沫星子飞溅，又说下去："世上的毒药，皆是有攻便有守，有中便有破，有毒便有解。这蓝蝎子药自然也有解药，解药就在花太岁那里。有的女子起初不从，后来中了蓝蝎子药，又要悔过，于是花太岁便给她们涂了解药，便遂了心愿。"

李莲英道："看来如今只有到莲花寺去找花太岁了。既然他是好色之徒，不如挑选几个俊俏的宫女，送到莲花寺，去要那解药。"

荣子等宫女听了，个个撅起小嘴。

老郎中连连摆手："不行，不行，他既然在贵妃泉中下药，必有图谋。前几天就有人传言，花太岁曾夸海口说，要让老佛爷出出丑。现在看来要想索到解药，一定要把皇后或贵妃送到他那里。不然，凶多吉少……"

隆裕和瑾妃听了，两腿抖个不停。

"我去一趟莲花寺，去索解药。"一直在旁边察言观色沉默寡言的尹福终于开了腔。

"尹爷去自然好。"慈禧听了，心里似乎像一块石头落了地，虽然这石头仍在滚，但总算有了着落。

"'鼻子李'跟他一起去。"太监副总管崔玉贵在一旁说道。但是，"鼻子李"到哪里去了呢？

"鼻子李"李瑞东小心翼翼地走进长生殿，殿院寂静无声，石碑倒卧，落叶狼藉，杂草有半人之高。

他四外环顾，没有人迹，又走进大殿，只见有数十个亮闪闪的东西，在半空中泛光。他感到纳闷，正要探个究竟，忽见一片烛光，殿内现出三十多个武僧，个个青面獠牙，面涂黑炭，手提哨棍，一起朝他击来。原来刚才李瑞东看到的亮闪闪的东西是他们的秃头！

李瑞东大喊一声："大胆秃贼！""唰"地抽出阴阳子午锥，上前迎战。

那些武僧的哨棍忽上忽下，形成一个棍圈，将李瑞东围在核心。李瑞东毫不畏惧，就像一尾鱼，在武僧群中游来荡去，鱼贯而出，鱼贯而入，如入无人之境，使武僧的棍圈发挥不了作用。一个武僧有点儿性急，冲出棍圈，一挺哨棍，朝李瑞东咽喉击来。李瑞东用锥击落哨棍，一个旋风，在那武僧的腰上轻轻一点，武僧"唉哟"一声倒了下去。

另一个武僧见此情景勃然大怒，一挺哨棍，朝李瑞东后腰戳来。李瑞东一招"游龙摆尾"，用左脚轻轻一磕，磕飞了那个武僧的哨棍；然后用右脚轻轻一揽他的腰，将他踢向半空。

众武僧见了，个个目瞪口呆。

李瑞东哈哈笑道："你们是哪个庙里的和尚？不在佛殿敲木鱼念经，竟敢劫烧老佛爷的黄轿！"

武僧们听了，丈二和尚摸不着头脑。

一个武僧头目说："劫烧老佛爷黄轿的不是我们，你搞错了。"

李瑞东听了甚觉纳闷，问道："那你们是哪路贼人？"

"我们是……"武僧头目话音未落，咽喉中了一粒小小的暗器，是金弹子，又小又亮，武僧头目登时气绝身亡。

众武僧还以为是李瑞东发弹击毙这个武僧头目，变了阵势，围成一簇，恰似一朵生机勃勃的莲花！

李瑞东见这阵势有些古怪，哨棍齐竖，密如棍帘，不敢轻举妄动。

武僧们见李瑞东不进攻，齐声吆喝，"莲花"缓缓前移，逼近李瑞东。

李瑞东大喝一声，一招"旱地拔葱"，跃到半空之中，挺动阴阳子午锥，竟削断了几十个哨棍。那些武僧力怯，一声呼哨，纷纷外逃，一时殿内空无一人。

李瑞东正要追赶，忽听有人唤道："壮士快来救救我！"

李瑞东回头望去，并无一人，有些奇怪。

"我在这儿呢！"那声音从殿顶传来。

李瑞东抬头望去，原来殿顶梁上绑着一个人，那人一身白色内衣，面目苍老憔悴，一根长辫子垂着。

李瑞东顺着殿柱攀了上去，扯断绑在那人身上的绳索，将他抱着爬了下来。

李瑞东见这人一身儒气，不似村野人家，问："你是何人？"

"我是临潼县令夏良材。"那人哆哆嗦嗦地说。

"什么？你也是临潼县令?!"李瑞东一听，怔住了。

"怎么？还有一个临潼县令？皇上没有免我呀！"那人惊慌失措地说。

"何以见得你是夏良材？"李瑞东问。

"我家里有知县大印。"

"印可以盗。"

"即使扒了我的皮，这县里许多人家也能数出我有几根筋！"夏良材说这话时，牙齿咬得"咯咯"响。

李瑞东想："坏了，那个临潼知县是假的，皇上、太后有难了。"

夏良材又说："昨天夜里我正在府里批阅公文，忽然闯进两个人，将尖刀抵住我的脖子，让我跟他们走，然后便把我带到这长生殿，绑在那殿顶梁柱上，这一绑就是多半天。"

李瑞东问："他们是哪一路贼人？"

夏良材摇摇头："我也不知道，只看到他们手里尽是些金钗、玉钏的。"

李瑞东道："事不宜迟，咱们赶快到华清宫瑶光楼去见皇上、太后……"

"你们走不了了！哈，哈，哈……"随着一阵阴森森的笑声，一个白白的东西卷了进来。

李瑞东听了，吃了一惊。

夏良材骇得赶紧躲到李瑞东身后，两只手颤巍巍地揪着李瑞东的衣襟。

这是一个美丽绝伦的洋女人，两只蓝湛湛的眼睛，闪着亮光，就像一对蓝宝石；高耸直细的鼻梁上挂着一个闪闪发光的金环，金黄色的长发像瀑布一样飘散着，身穿一件薄如蝉翼的白纱裙，手里握着一支洋手枪，乌黑的枪口正对着李瑞东。

李瑞东问："你是什么人？"

洋女人的笑声比鬼哭还难听，她露出两排雪白的牙齿："我是联军统帅部派来的，叫黛娜。《辛丑条约》签订后，八国联军息兵了，我们没占到什么便宜，我们要干掉慈禧，让中国大乱。"

"你们想瓜分我们中国？恐怕是癞蛤蟆想吃天鹅肉。"李瑞东冷冷地说。

"可是这块天鹅肉马上就要到嘴了，好香啊，可惜是只老天鹅，嚼起来味道差点儿。"黛娜的长睫毛眨了几下，那两颗蓝宝石一闪一闪。

黛娜往前凑了几步，枪口离李瑞东更近。"你要识相，跟我们合作，成功了，你能弄个巡抚当当；若不识相，我一扣扳机，你们两个可就都上西天了。"

黛娜摇晃着洋手枪，就像摆弄一件心爱的小玩具。

"你要怎么样？"李瑞东试探着问。

"跟我们合作，伺机干掉慈禧！到时赏白银五万两，再给你个巡抚干干。"

李瑞东冷笑道："人不为己，天诛地灭，你要说话算数。"

"当然，我对上帝发誓，决不食言。"黛娜显出一副认真的样子。

"那你的枪口不能再对着我了。"李瑞东努努嘴，示意她将枪口移开。

"自然。"黛娜移开了枪口，一闪身，瞬间便消逝了。

李瑞东睁大眼睛看着长生殿门口，没有黛娜的影子，刚才仿佛是一场梦。

"刚才好像是在梦里……"夏良材揉揉眼，从李瑞东身后转了出来。

李瑞东来到门外，荒草萋萋，夜风习习，颓墙断垣，杳无人迹。

李瑞东来到殿后，脚下一滑，一招"鲤鱼打挺"，稳稳地立住。低头一瞧，地上有几摊湿屎。

"全是那班野和尚拉的。"李瑞东想。

李瑞东来到殿后，除了一棵老死的枯松外，什么也没有发现。

李瑞东一招“燕子钻云”，上了殿顶，在残砖碎瓦中发现一个小东西。

他拾起一瞧，是个洋烟头，湿湿的，暖暖的。

李瑞东飘然下殿，正见夏良材将头和半个身子伸进院墙的一个窟窿里，只露着一个屁股和两条乱蹬的腿。

“知县大人，怎么了?”

夏良材钻出窟窿，上气不接下气地说：“你……走得……好快，我……跟不上，这个鬼殿……把我吓得半死……”

李瑞东说：“咱们下山吧，老佛爷凶多吉少呢!”

两个人快步下山，李瑞东就像长了翅膀，疾如狂风。

夏良材连滚带爬，气喘吁吁。

莲花寺掩映在山上的翠绿丛中，距骊山有一百多里。已是初秋时节，一场雨下过，青草长势喜人，透着一股清新。正值晚上，墨蓝墨蓝的天，像经澈清澈清的水洗涤过，水泠泠，洁净净，既柔和，又庄重，没有月亮，没有浮云，万里一碧的苍穹，只有几颗瑟瑟发抖的寒星，宛若无边的蓝缎上洒印着几朵碎玉小花儿。

莲花寺，荒凉古寺，就像一幅山墙和古老屋顶的黑色剪影。

空气忽然微微颤动，传来细碎的脚步声。

两个长途跋涉的旅者风尘仆仆地出现在莲花古寺前。

旅者一男一女，男人文文弱弱，老气横秋；女人冷若冰霜，雍容富贵。两个人不约而同在古寺门前站住了。

寺门大开，寺内立着一座高大的石碑。

石碑沉重、矜持，仿佛记载着永远讲不完的故事。

男人迟疑片刻，大步跨进了寺门。

女人亦步亦趋。

两个人穿过钟鼓楼，来到大雄宝殿前，大殿朱门敞开，殿内烛影摇曳，佛像合手而立，没有看到一个僧人。

男人朗声叫道：“花太岁，我把瑾妃带来了，快给我蓝蝎子解药!”

第三回 木兰花巧赚金葫芦 尹教头夜探僧人墓

男人正是清宫武术教头尹福。

仿佛是殿顶传来声音："请瑾妃娘娘进殿！"

尹福高叫："解药何在？"

那声音又升起来："娘娘进殿，解药到手！"

尹福与那女人交换了一下眼色，那女人袅袅娜娜地走进大殿。

殿门沉重地关上了，就像关上了一个故事。

尹福感到有点儿茫然。

半空中抛来一个葫芦，系着一条红缎带。

尹福纵身一跃，将葫芦接在手中，摇晃几下，里面"哐啷"直响。

"解药是真是假？"尹福叫道。

"回去试试便知。"那声音又升起来。

"我要等瑾妃娘娘一同回去。"

"三天之内，娘娘自回皇驾！"

尹福思忖片刻，揣好葫芦，大踏步走出寺门。

女人来到殿内，飘若游云，轻得像一片树叶。

突然她被一人拦腰抱住，猛闻到一股淡淡的香气。

摇曳的烛光升起，她看到一双纤细的手和一副英俊的脸庞。那青年身如游蛇，软绵绵；又似古藤，轻飘飘，光滑的头皮闪闪泛亮。

"娘娘，受惊了。"那青年的声音阴沉沉的。

女人轻轻推开他，小声说："我身中蓝蝎子毒，疼痛难忍，你快拿出解药，治愈我的伤口。"

"娘娘受苦了，你随我来。"青年牵着她的手，转到佛像后面，走出殿门，后面有一排僧房。

青年把她带进一间僧房，房内漆黑，青年点燃了蜡烛。

女人的眼睛看到一个金黄色的世界，床上黄缎被褥，金黄枕上绣着一对鸳鸯，黄木桌椅，黄地板，黄漆橱柜，柜里面摆着金元宝等珍贵东西。

女人的眼睛又落在青年身上，他面目清秀，两只眼睛像两团火，似乎随时要喷出火焰；眉毛弯弯的，十分姣美。他两只眼睛有两道深深的暗沟，微呈弧形的高鼻梁，一只樱桃小口，嘴唇厚如红绒，真是一个罕见的美男人。

"你就是花太岁？"女人漫不经心地问。

花太岁点点头，露出两排榴齿："原来娘娘也知道我的雅号。"

"在京城时就听说了，衙门几次拿你，都被你溜掉了。"女人瞟了他一眼。

"是啊，我在京城找过赛金花的麻烦，遭到会友镖局的追捕；我夜闯皇宫，盗了慈禧太后的一根头发，又受到大内高手的围攻；我到处采花，你自然听说我的许多故事喽。"

"快把解药拿出来。"女人有点儿不耐烦地说。

花太岁从怀里摸出一个小金葫芦，长约五寸，闪闪发光。

"这是解药吗？"女人问。

花太岁冷笑着点点头。

"怎么跟尹爷拿走的那个葫芦不一样？"

花太岁笑着把小金葫芦凑到女人眼前："你瞧瞧，这上面刻着我的名字。"

女人仔细一瞧，小金葫芦上清清楚楚地刻着三个篆字："花太岁。"

"你叫花太岁？"

花太岁点点头，郑重地说："天下知道我的真实名姓的人，你算是第一个，你既然知道我的秘密，你也休想再回去了。"

女人听了，微微一怔，说道："难道你就不怕八卦掌高手尹福找你麻烦吗？"

"尹福固然厉害，可是他却不知我的诡计。他拿的那个葫芦里装的是粪汁，他现在在路上，恐怕还喜滋滋地以为完成了一桩皇差，老太后和皇后性命休矣。江湖上很快就会知道我花太岁得到了美貌如玉的瑾妃娘娘，而且我要长期占有你，直至我厌倦为止。"

女人听了，不动声色。

花太岁又洋洋得意地说下去："我这个小金葫芦里装的才是真正的解药，现在我要救你，可是你必须顺从我，不然你就没命了。"

女人不紧不慢地说："女人自古水性杨花，嫁鸡随鸡，嫁狗随狗。"

花太岁满意地说："你倒是个明白人"。说完，他朝外面喊了一句："来人啊!"

一个小僧探头探脑地进来了。

"你们带一桶热水进来"。

一忽儿，两个小僧抬着一个大木桶进来，桶内泛着蒸气。

"退下去!"花太岁朝那两个小僧喝道。

两个小僧讷讷而退。

花太岁关好门，把小金葫芦的盖口拧开，朝桶内滴了几滴，然后坐在床上，对女人道："你只要在这桶内洗一下，蓝蝎子病自然会消退。"

女人一动未动。

花太岁问道："你不想活命吗?"

女人仍是一动未动。

花太岁又问："这是为何?"

女人开腔了："你为何不出去?"

"我要看你洗浴，要知道，看贵妃娘娘洗浴，别有味道。"

"解药可是真的?"女人一字一顿地问。

"难道你不相信？这解药自然是真的。"

花太岁猛地发觉窗前晃动一个人影，那人影一闪不见了。他觉得不妙，忙问："什么人在外面偷看?"

没有人应声。

花太岁打开门，外面一片漆黑，没有任何人迹。他朝房上望去，也没有发现任何可疑的迹象。

花太岁忐忑不安地返回屋内，重新关好门。

女人依旧平静地坐在床上，没有任何表情。

"水要凉了，娘娘快脱衣吧。"花太岁劝道。

女人缓缓地站起身，背对着花太岁，慢慢地脱衣。

花太岁一阵心悸，快活得心花怒放，眼睛一眨不眨地盯着那个女人。

女人猛地一扭身，一颗纽扣疾飞，直扑花太岁的太阳穴。花太岁眼快，一歪头，那颗纽扣深嵌墙中。

花太岁自知不妙，三步两步奔到木桶前，飞脚就要踢桶，猛觉疾风袭来，女人的一只脚已迅疾抢到。他慌忙收脚，口中呼出一股气浪，想推倒木桶。女人立于木桶之前，伸出双掌，轻轻运气，挡住这股气浪，使其分散。

花太岁见了大吃一惊，大声问道：“你究竟是谁?”

女人微微一笑：“我是尹爷的女弟子，宫女木兰花。”

花太岁自知上当，恼怒交加，一掌朝木兰花胸前劈来。木兰花用左掌接住，两掌相交，各自退后一步。

花太岁一抬左脚，鞋底露出五柄尖刀，闪闪发光，朝对方小腹踢来。

木兰花朝右一闪，一个牛舌掌朝花太岁脖颈削来。

花太岁一个“骑马蹲裆势”往下一躬腰，一口气呼出去，蜡烛顿灭，木兰花来不及运气，踉跄着倒退了几步，那个木桶也颠簸几下，坠坠欲倒，木兰花旋风般闪过去，将木桶扶正。

花太岁趁这空隙，从腰间锦囊中摸出一颗却香丸含在口中，又拽出一个薰香盒，将盒盖揭开。

一股浓郁之香在屋内散开……

木兰花闻了，昏昏欲睡，头晕脑涨，脚跟不稳。

花太岁乐不可支，上前举起木桶，朝窗外抛去。

木桶悄然无声，使花太岁困惑。他伸出脑袋，正想看个明白，猛觉疾风袭来，一支判官笔朝他脑袋刺来。他急忙缩头，那判官笔刺了一个弧形。

花太岁也不知外面来了多少人马，只知是木兰花的同党，不敢恋战，将头一撞北墙，竟撞出一个大窟窿，他如丧家之犬，钻了出去。

外面那人正是尹福，他并没有走远。尹福冲进屋内，正见木兰花趔趔趄趄，急忙扶住她。

木兰花上气不接下气地说：“木……桶，解……药……”

尹福说：“木桶就在外面。”说着扶着木兰花来到外面。晚风一吹，木兰花清醒许多，脚跟也站稳了。

尹福拎起木桶，赞道：“木兰花，你干得不错。”

木兰花不好意思地低下头：“师父，您过奖了。”

原来木兰花是瑾妃的贴身宫女，五年前尹福到皇宫教拳，木兰花见小太监们学得挺起劲儿，便约了一群小姐妹，也吵着要跟尹福学拳。尹福是个厚道人，脾气又软，见这些小宫女学拳心切，于是就收下这些小徒弟。但是与她们约法三章：第一，宫女学拳之事不能让慈禧太后和太监总管李莲英知晓；第二，学拳只是护身，不能胡作非为；第三，学拳要刻苦，不能半途而废。木兰花是穷苦人出身，能吃苦耐劳，天资聪颖，尹福一点即通。木兰花跟尹福学了两招八卦掌，成为练武姐妹中的佼佼者，是尹福得意的女弟子。两年前木兰花随瑾妃西逃，因为不便让慈禧知道她学拳练武之事，一直沉默寡言服侍瑾妃，没有出头露面。尹福百般无奈之际，恳请木兰花假扮瑾妃去闯莲花寺。木兰花见师父相求，为了救瑾妃，欣然同意前往。

尹福提着木桶，与木兰花朝寺门走来。

木兰花高兴地说："有了这桶解药水，瑾妃娘娘有救了。"

尹福说："多亏了你这孩子，学的功夫总算用上了。"

"救命，救命呀！"钟楼上传来女人的呼救声。

尹福把木桶递给木兰花，飞也似走进钟楼，正见大钟上吊着一个少女，两只腿乱蹬，蹬得大钟嘭嘭响。

尹福一举手，一支飞镖削断了绳索；又一纵身，抱住了那少女，把她放到地上。

少女呜呜地哭诉道："我的家住在山那边，前日我去给地里干活的爹爹送饭，路上碰到几个野和尚，便把我抢了来。昨日有个年轻和尚要调戏我，我气得打了他一个巴掌，他就叫人把我绑在这上头。"

尹福道："姑娘，你快逃命吧。"

少女手指西北角的一个月亮门："那边地窖里还关着不少姐妹。"

尹福心想：好事做到底，但行好事，莫问前程。于是说："你带我去那个地窖。"

少女满口答应，尹福唤过木兰花，三人朝地窖走去。

进了月亮门，原来是一片僧墓地。少女带他们来到一个土包前，只见有座石门紧紧关闭着，蒿草摇曳，几乎遮没石门。尹福忽然问那个少女："你如何知道有这个地窖？"

少女幽幽回答道："前日他们抱我进寺，就关在这个地窖内。"

尹福看到石门上有一个大铁锁，用手一捏，锁断门开。地窖内有一股说不出来的气味，传出女人的抽泣声、嘀咕声和咳嗽声。

少女嚷道："姐妹们，有人救你们出去，你们快出来呀！"

一个个女人鱼贯而出，有的蓬头垢面，衣不遮体；有的憔悴苍白，疲惫不堪；有的眼泪汪汪，唉声叹气；也有的冷若寒霜，富贵气十足。个个如惊弓之鸟。

尹福数了数，共有二十三位。尹福道："你们受苦了，我是皇宫护卫，现在救你们出去，为了防备再受贼人劫持，你们随我一道下山。"

在尹福、木兰花的带领下，女人们随他们下山。

走至山脚，天色已明，洁净的蓝天上，一抹罗纱般的玫瑰色慢慢伸展开去。青蓝色的曙光静悄悄地透过山口，穿过树丛，甚至滑到树叶下面。鸟儿唧唧地叫响了，起初是怯生生地从树叶丛中传来，逐渐胆大起来，叽叽喳喳闹成一片，枝枝叶叶间都响彻着喜悦的欢唱。天空无际的苍穹在不知不觉中发白了，群星逐渐消失。翻腾着紫红的朝霞半掩在大路的后面，向着苏醒的大地投射出万紫千红的光芒。

在这光辉壮丽的大自然面前，一种醉人的欢乐，一种胜利的喜悦，淹没了尹福那颗苍老的心，这是他的日出，他的黎明，他的生命的起点！西遁的艰辛、苦痛已经结束，东归的梦还刚刚开始，他夺到了解药。他仿佛看到皇家行列走进了德胜门，走进了皇宫。皇宫的大门似乎凝固了，那么沉重，那么深沉，他喃喃自语，他得到了什么？黎民百姓又得到了什么？他的一举一动，是罪孽，是英勇，还是糊涂？千秋功罪，任凭后人论说。但是，有谁能理解他这颗苍老而破碎的心呢？

说到苍老，屈指算来自己已逾六旬，劳顿多年，总不枉担八卦掌掌门人的英名。想到师弟马维祺惨死塞外飞雕沙弥之手，程廷华一代英才惨死德国鬼子枪下，八卦掌门人各奔东西生死不明，他不觉涌生一股凄凉之情。西遁路上，尹福一直矛盾重重，心绪不宁。他奉命护卫皇驾，既保光绪，又保慈禧。保光绪名正言顺，江湖上都知道他同情和支持光绪皇帝变法维新，保慈禧肯定要遭到不明真相的世人责难。他，一个热血侠士，一个孤胆豪杰，为何要为一个恶贯满盈的老朽疲于奔命？难道是为了金银？金银生不能带来，死不能带走；为了美女？美女如云，花容月貌一场灰；为了精忠？精忠应为明主，岂能俯首帖耳于奸后。唉，有谁能了解他这颗心呢？

走到三岔路口，一些女人各奔东西，只有四个女人说家住临潼县，与尹福、木兰花偕伴而行。

走到一条马路上，才有了人迹，尹福花银两买了一头小毛驴，让木兰花抱着木桶坐在驴上。

木兰花把木桶放在驴头上，这头小毛驴还算温顺，一颠儿一颠儿地走着，桶里的解药水未洒一滴。

尹福带着四个年轻女人在毛驴后面走着，才走了一会儿，忽见小毛驴“嘚嘚嘚”地跑起来。

尹福一见，有些着急，如果木桶从毛驴上掉下来，那么他与木兰花将前功尽弃。尹福飞也似去追毛驴，那毛驴越跑越急，木兰花拼命抱着木桶，随着毛驴的奔波尽力保持平衡。

木桶开始摇晃，解药水激荡着，左淌一滴，右落一滴，木兰花一手围定木桶，一手去拽驴头，想让毛驴停住。可是那毛驴却像疯了一般飞奔。

尹福在后面急得满头大汗，他想发镖杀死毛驴，又怕毛驴栽倒，木桶落地。他两条腿仿佛生风，可就是追不上毛驴，忽然他见木兰花从毛驴上栽了下来。

尹福慌了，想到木桶，不禁出了一身冷汗。

尹福追到木兰花身边，只见她娇喘吁吁坐在地上，两只胳膊围拢木桶。尹福一看，解药水晃荡着，没有淌出来，心里才像一块石头落了地。

“你的轻功大有长进。”尹福上气不接下气，高兴地夸奖道。

“师父过奖了，我比师父还差十万八千里。”木兰花俏皮地笑着，露出两只酒窝。

“那你跟我就差孙猴子一个筋斗。”尹福大笑着接过了木桶。

“你瞧那畜生，它怎么了?”木兰花用手指着前方。

尹福一看，那头毛驴也停下来，湿淋淋的，两只大眼睛忧伤着，四只蹄子抖个不停。

尹福放下木桶，朝毛驴笑道：“你纵有千言万语，就和我们说吧。”

毛驴摇了摇头，扬着后蹄，用尾巴摇来荡去。

木兰花站了起来，对毛驴道：“小毛驴，你害得我们好苦。”

毛驴发出恐怖的哀鸣，悲嘶几声，颓然倒下，一动不动了。

尹福走到毛驴前，见它口中淌着黑血，知道它中了毒。他巡视毛驴全身，发现在毛驴的屁股上钉了一支飞针。

这是一支飞针。

这是一支毒针。好厉害的暗器，毒针只有四寸长短，有二寸已嵌入驴体，周围乌黑。

尹福回头望去，哪里还有那几个年轻女人的影子……

慈禧、隆裕、瑾妃身中蓝蝎子毒后，寝食不宁，神思恍惚。

慈禧昏昏沉沉躺在床上，浑身有说不出来的难受。她不愿见到任何人，连李莲英也遣散出去。她想着自己的悲悲楚楚，也想着自己的飞扬跋扈，人生能得到的她都得到了。她自信是个铁女人，登上了最高权力的宝座。多少男人俯首帖耳跪在她的脚下，多少女人倾慕她的威仪。西施固然美丽，最终落了个被范蠡拐走沉入江底；貂蝉虽然妖媚，只能在战乱中几易主公；杨贵妃风流妩媚，马嵬坡上一抔黄土；褒姒引起周幽王烽火戏诸侯，最后沦入犬戎之蹄。她慈禧作威作福数十载，目空一切，主宰华夏，虽受了洋人的欺辱，但不减威仪，如今又要东归京城，重温旧梦。没想刚刚领略了一下当年杨贵妃的艳福，却中了歹人的暗算，不知生死如何。想到此处，触动心疾，不由嗟叹几声。

她想到光绪，这个自己扶持的君王，叛逆自己，想到他在戊戌变法中的种种表演，不由得一阵心痛。她想到自己可能会离开人世，而光绪会重新在政坛露面，故伎重演。他会召康有为、梁启超一班人卷土重来，东山再起，也可能把自己踩在脚下，口诛笔伐。想到此处，她觉得脊梁骨透出一股凉气，隐隐作痛。她想叫李莲英，可是又喊不出声。

慈禧朦朦胧胧看到有个老太监朝她招手，那老太监童颜鹤发，面容红润，好像从未见过。

她恐怕其中有诈，不敢造次。老太监朝她一挥身，她身不由己，轻飘飘，竟随老太监走去。

她仿佛在云中穿行，周围是一片薄薄的雾，像轻纱一般，软软的。

她随老太监走进一片陵区，奇松怪柏，纵横交错；蔓草丛生，野花凋零。两侧有许多石像、石狮、石马、石麒麟，石道尽处出现一座陵殿，她走进祾恩门，见两侧有武士怒目而立，全是清代装束。她有些犹豫，但是那老太监又在殿门口出现了，慈禧又朝前走去，直至迈进大殿，金銮座上坐着众多威仪的帝王，个个是大清装束。

“慈禧还不跪下!”不知从哪里发出这种轰鸣般的巨声。

老太监终于开腔了：“先帝在上，你快下跪。”

慈禧战战兢兢望着这些帝王，努尔哈赤、皇太极、顺治、康熙、雍正、乾隆、嘉庆、道光、咸丰、同治。

慈禧诚惶诚恐地跪下了，她终于认出了自己的丈夫和儿子。

努尔哈赤红润的面颊在长明灯的照耀下显得丰厚而威严，眉宇之间隐含着一股杀气。他问道：“你就是叶赫那拉氏?”

慈禧低头小声说：“正是。”

努尔哈赤怒道：“我大清的江山就要沦落你的手中，你罪该万死!”

慈禧道：“贱妇知罪，如今不比康雍乾盛世，气数将尽，无可奈何，先帝可知‘谋事在人，成事在天’的道理?”

“你还强词夺理，想我努尔哈赤当年铁马金戈，南征北战，打下了这锦绣江山，如今被你挥霍得不成样子，你还有什么脸面见先帝先皇?”努尔哈赤的胡子气得乱抖，身子如筛糠一般。

慈禧蠕动着嘴唇说：“先帝英勇无畏，青史有名；康熙大帝西伐贼虏，战功赫赫；乾隆皇帝才华横溢，名胜多留华章，实堪可嘉。可是雍正帝大闹文字狱，埋下仇恨之种；道光期间，鸦片一役，颇伤元气，从此一窝不如一窝。实是天要下雨，娘要嫁人，我一个区区妇人，也无力挽天啊！不信，你可问我的夫君……”慈禧用求救的目光望着咸丰皇帝。

咸丰皇帝叹了一口气：“兰妃算是女中豪杰，可比吕后、武后，如果没有她的神机妙算，恐怕大清国早已不复存在。我生不逢辰，赶上太平天国作乱，疲于战乱，苦不堪言……”

乾隆皇帝瞟了他一眼，说：“多好的一座圆明园，堪称人世间宫苑之最，可惜毁在你当皇上的年代，你竟连一个花园都守不住。”

同治皇帝脸色憔悴而苍白，他用充满稚气的声音说：“不要只怪父皇，是我不好。我不好好治理国家，只顾欺花盗草，深宫里的娇花攀折够了，又到民间采撷野花，千不该万不该又跑到烟花巷乱试云雨，弄了一身大疮，辱没了祖宗的盛名。”

皇太极温和地说：“皇孙，这也不能都怨你，奸淫乃男女之本性，只是要适可而止。”

雍正皇帝早就沉不住气了，皇太极的语音方落，便对慈禧喝道：“你口诛我大闹文字狱，要知道自古以来带头闹事的都是读书人，只要把他们制伏，天下才能安定。秦始皇焚书坑儒杀了三百六十个书生，至今咸阳古道还有三百六十丘，我才查了几桩文字案，你却大加非议，真是冤枉我也!”

慈禧说：“先皇，你可知道‘坑灰未冷山东乱，刘项原来不读书’的诗句，有道是得人心者得天下，失人心者失天下；官逼民反，民不得不反。”

顺治皇帝也插嘴道：“依我说，‘山寺日高僧未起，算来名利不如闲’。我早看破红尘，斩断尘缘，脱却皇袍真面目，耳听木鱼是生平。我每日粗茶淡饭，素菜青果，悠悠而来，飘飘而去，与日月为伴，和草木为侣，真是神仙过的日子，什么秦淮八艳，什么尔虞我诈，都抛到九霄云外了。”

康熙皇帝不以为然地摇摇头，说：“父皇，您哪里知道治理国家的乐趣。自古道，人间三百六十路，各有各的乐趣。从政的，以争斗为乐；从商的，以谋利为乐；从文的，以弄笔为乐；从战的，以杀人为乐；从僧的，以寡欲为乐；从民的，以为民请命为乐；从淫的，以采花为乐。各有捷径，各有雅趣，互不勉强……”

正说着，殿外冲进两个凶神恶煞的白头宫女，不由分说，架起慈禧朝外便走。

第四回　数酷刑梦游幽冥境　忆韶华神往瑶光楼

慈禧丧魂落魄地被两个白头宫女架着穿过一个角门，沿着花草盛开的小径来到一个去处，只见湖里有画舫名妓，笙箫嘹亮，仕女喧哗。两岸柳荫夹道，隔湖画阁争辉。花栏竹架，韵客联吟；绣户珠帘，娇娥卧琴。酒馆十三四处，茶坊十七八家，真是繁华盛地，富贵之乡。

慈禧呵道："我是大清国的太后，你们为何这般对待我?"

两个白头宫女也不言语，两只手像火钳子一般钳住她，把她拖到一个门前。只见两扇柴扉，周围篱墙，上面盘着许多青藤薜荔，门前一道池塘，塘内俱是菱莲。进了柴扉，来到一间敞厅，厅内有张旧式的红豆木炕床，在嵌有大理石面的炕桌两侧，铺了两张虎皮褥子，摆了两只红缎炕枕。炕床后端有一条长几，几上当中一只大自鸣钟。左右两壁下面各安了四把旧式太师椅。朝厅外看去，四面都是翠笔竹，团团围住，甚是清雅。

慈禧喝问："这是什么地方?"

话音未落，从外屋闪进一个窈窕的少妇，生得端庄秀美，丰满适度；身穿半新的秋香色盘金的银鼠短袄，腰束一条蝴蝶结子长穗五色宫绦，脚穿鹿皮小靴。

慈禧一见这少妇，面色陡变，吓得出了一身冷汗。

"你是……人？是鬼?"

这个少妇正是慈安，慈禧曾设计害死了她。

慈安冷笑道："慈禧，幸会，幸会!"

慈禧拔腿欲逃，无奈双腿似被灌了铅般沉重，动弹不得。

慈安呵令那两个宫女把慈禧绑了，然后安坐于炕上，缓缓道："慈禧，当年你设计害死了我，让我含冤而死，我冤魂不散。今日我擒住你，你已死到临头。

俗话说，作了孽事，不得好死，你也要不得好死。我这里有各种酷刑，分为凌迟、车裂、斩首、腰斩、剥皮、炮烙、烹煮、剖腹、抽肠、射杀、沉河、绞缢、鸩毒、黥面、割鼻、截舌、挖眼、断手、刖足、宫刑、枷项、笞杖、廷杖、鞭扑、兽咬、拷讯等，你愿受何种刑罚?”

慈禧听了，冷汗湿透内衣，牙齿咬得“格格”响。

慈安说：“你为妇不仁，害死多少条人命，罪该万死，让你选择一种死法，算是宽宥许多，你为何不说话?”

慈禧呆呆地望着慈安，汗水遮了眼帘。

慈安又说：“你可能还不甚明白这些刑罚的含义，我来告诉你。凌迟就是千刀万剐，就是一刀一刀地割人身上的肉，直到差不多把肉割尽，才剖腹断首。车裂就是把人的头和四肢分别绑在五辆车上，套上马，向不同的方向拉，把人的身体硬撕裂为五块。有的用牛或马代替车，所以车裂又称为五牛分尸或五马分尸。斩首就是砍头，腰斩就是用利斧或铡刀将人拦腰斩断，分为两截。炮烙就是让人赤脚在烧红的铜柱上行走。烹煮就是把人放在大锅里烹或煮。剖腹、剥皮，你自然知道。抽肠就是先用刀从人的肛门挖出大肠头，绑在马腿上，让另一人骑着这匹马，猛抽一鞭向远处跑去；马蹄牵动肠子，越抽越长，转瞬间抽尽扯断，被抽肠的人也随即一命呜呼。黥面就是墨刑，用刀刻人的脸部，然后在刻痕上涂墨。宫刑，男子割势，女子幽闭。兽咬就是让野兽把人咬死。此外还有灌铅、火焚、断脊、活埋、锯割等刑罪。”说到这里，慈安望着慈禧，冷冷地问：“你到底选择哪一种死法?”

慈禧早已吓得魂飞天外，哆哆嗦嗦地说：“我受不了……”

慈安误听她说是“兽咬”二字，于是击掌说：“放虎!”

一只斑斓猛虎啸着由外面扑来，用血盆大口咬住了慈禧的后背，慈禧惨叫一声，惊醒了，原来是一场噩梦。

慈禧看到临潼县令夏良材正举着一柄大蒲扇，怔怔地立在面前，满面惊惶之色。

“你……想干什么?”慈禧语无伦次，大汗淋漓。

“我……我见这房里有蚊子，想轰轰蚊子，这秋蚊子，咬一口，是一口……”夏良材脸上堆着笑，双手抖个不停。

“给我出去!”慈禧惊魂未定，呵斥道。

夏良材唯唯诺诺走了出去。

慈禧想到梦中的的细节，愈嚼愈不是滋味，身上又隐隐作痛，她支撑着身子朝窗外看了看，恨恨地骂道："这个该死的尹福，怎么还不回来?"

光绪帝正守在瑾妃身旁。珍妃死后，他一直把瑾妃作为珍妃的影子，仿佛瑾妃成了他的寄托和希望。其实瑾妃和珍妃生得并不相像，性格也不相同。珍妃在世时，光绪与她形影不离。他尤其喜欢她的个性和活泼可爱的性格，就像着了迷似的；他喜欢听她喋喋不休地说话，喜欢看她那两颗水杏般的大眼睛，他觉得这眼睛清得无法再清，深不可测。他还喜欢看她说话而不时翘动的小红嘴唇。当他与珍妃缠绵时，他几乎遗忘了瑾妃，忘记了这个温文尔雅、沉默寡言的静美人。他把她锁在了深宫，就像合上了一本书。瑾妃是逆来顺受的女人，她那时虽然感到寂寞空虚，但是看到妹妹幸福，她感到由衷的喜悦，并多次跪在床上合掌为妹妹默默地祝福。瑾妃了解珍妃就像熟悉自己的一把梳子，她知道妹妹的个性会触犯太后，会为太后所不容，她也知道劝说无济于事。当太后与珍妃的矛盾愈来愈激烈时，瑾妃的心底多了一层阴影。戊戌变法惨败，光绪被幽禁瀛台，珍妃被打入冷宫，直至投进那口深不可测的井。瑾妃始终恪守着这样一个信条：这都是命运的安排。

她把悲哀深埋在心底。

西遁路上，光绪帝对她表现出莫大的关心，常常用一种痴迷癫狂的目光注视着她，但她并非受宠若惊，而是恐惧不安。西安城中两年的云云雨雨，更让她惊梦迭生。这倒不是害怕隆裕皇后的妒意煞人，也不是想偃旗息鼓，是因为她太冷静，因为她心里非常明白：光绪把对妹妹的爱魂附到了她的身上。

光绪此番看到瑾妃被毒药伤身，嗟叹不已。他是一个多愁善感的男人，又赶上这么一个多愁善感的年月，雄心被野心吞噬，才气被邪气压服，心理失衡，性格变态，成为一根未老先衰的木头。

爱新觉罗·载湉，于同治二年六月二十六日子时，诞生在北京太平湖藩邸槐荫斋。四年以后被召入宫中，继承大统，成为大清王朝的第十一代皇帝——光绪皇帝。他早年的生活是幸福的，他在宫中与书籍为伴；书籍使他沉醉于种种幸福的遐想之中，他经常伴灯而眠，偕书而梦。《红楼梦》中贾宝玉追求个性解放，《镜花缘》中唐敖的遨游四海，《西游记》中孙悟空的叛逆之举，《水浒传》中花荣等人的取身成仁，都给他留下了不可磨灭的印象。他读了《史记》《汉书》《资治通鉴》等史书，深深崇尚秦皇、汉武、唐宗、宋祖、成吉思汗、康熙等杰出帝王的雄才大略、丰功伟绩，他也希望自己能与偕飞。他希望能遇到姜子牙、管仲、魏征、耶律楚材等这样的贤臣，辅佐自己干一番伟业；或者能求到乐毅、孙武、孙膑、韩信、霍去病、杨业、岳飞、徐达等这样的良将，能够精忠报国，南征北战，无往而不胜。

光绪的青少年生活除了读书之外，就是玩耍。但他喜欢寂寞，总是独自一人望着深寂的宫院和浩渺的天空，自言自语。即使侍从不理他，他也毫不介意。他尤爱花鸟，即要画它们，又要与它们说话，满腹肺腑语，尽在花鸟中。然而童年的甜蜜，随着时光的流逝而消失，青少年时期无拘无束的生活也逐渐被无穷无尽的苦恼所代替。

光绪帝的苦恼和不幸，是从娶皇后开始的。光绪六年，慈禧为年仅十岁的光绪选择了未来的皇后叶赫氏，并送彩礼订了婚。叶赫氏是慈禧的内侄女，慈禧指定她为皇后，光绪纵有满腹凄苦，也只能用沉默来表示抗议。

大婚之日，阳光灿烂，温风习习。庞大的迎亲仪仗队簇拥着艳装的叶赫氏，浩浩荡荡，庄严隆重，然而对光绪来说，是莫大的嘲笑和讥讽。洞房花烛夜，光绪即不召见皇后，也没到皇后的正宫。

光绪成婚之后，他的师傅翁同龢被调任，翁先生在即将离开他之时，为他物色了一位有思想有才气的美人，那就是珍妃。珍妃是广州将军长叙的次女，由于宫中各方力量的交织和妥协，她与姐姐一同被选入宫，姐姐册封瑾妃，她册封珍妃。

珍妃天生丽质，才貌双绝，再加上她在气质上与光绪投契，因此光绪对她宠爱不已。珍妃不仅能在感情上抚慰光绪，而且在关键时刻还能助光绪一臂之力。国家处于危亡之秋，光绪身为一国之君，本想变法维新，富国强民，可是他苦于没有实权。帝后之争的结果，光绪连名义上的执政也被剥夺。他被送入孤岛——中南海瀛台。瀛台的四面环水，他长期幽居，失去自由。

光绪幽居之后，珍妃也被软禁在太后身边，成为笼中之鸟，直至庚子年间被奉旨推入枯井。

光绪正在愁思中嗟叹，在嗟叹中追思，忽见一个太监走进来，行色匆匆。

“尹教头回来了吗？”他着急地问。

太监摇摇头，气喘吁吁地说：“临潼知县夏良材说在观风楼寻到解药。”

“怎么？有这等事，快带朕去。”光绪救人心切，没来得及多想，便随这个太监出了瑶光楼，直奔观风楼。

光绪帝随那太监穿过梨园，经过飞霜殿、九龙汤，出了开阳门，来到观风楼。但见楼阁宏伟，金碧辉煌，进了楼内，并未见夏良材的影子。

太监道：“夏良材明明在这里，怎么一会儿的工夫就没了呢？”他连喊数声，也没有听到任何回应。

瑾妃见光绪随那个太监出去，自己倚在床头，恍恍惚惚，似睡非睡，眼睛望着屋顶，怔怔地发呆。

这时，悄悄地进来一个人。

她以为是侍女进来，没有理会。

那人悄悄来到她的床前，小声说：“奴才给娘娘请安。”

瑾妃扭过头来一看，正是临潼知县夏良材。

“你怎么进来的？”瑾妃有些慌张。

“尽管禁卫森严，我还是溜进来了。”夏良材诡诈的小眼睛一眨一眨的，泛着幽蓝的光。

夏良材嘻嘻笑着：“娘娘不是跟尹教头到莲花寺去了吗？怎么这么快就回来了？解药何在呢？我就估摸着这里头有事，果然不出我所料……”

“你到底是何人？我可叫人了！”瑾妃往里退着，险些贴到墙上。

“我嘛，名不见经传，是个小人物，现在请娘娘跟我走一趟。”

“去哪儿？”

“莲花寺。”

“什么？你是花太岁的人？”瑾妃慌得全身乱抖。

“人到病除，你是愿意大大方方从骊山走出去呢？还是别别扭扭地出去呢？不过就是不太体面。”

“这是什么意思？”

“别别扭扭就是窝囊一点。”说着，夏良材从怀里扯出一个口袋，抖开了，放在床边。

瑾妃气得骂道：“你这无耻小人！我是堂堂大清的贵妃，是由大清皇帝册封的。宁为玉碎，不为瓦全！”

“算了吧，什么大清，几十万军队连几个洋毛子都抵挡不住，太后是纸糊的，皇上是饭桶，贵妃吗，都是裤头。你们就像丧家之犬，丢下北京城里那么多人，一个劲儿地西逃，捡狗剩的吃，围着圈尿尿，把国家的脸丢尽了。如今赔了那么多，洋人的火消了，你们又要回去摆一摆臭架子，让老百姓倒胃口。”

瑾妃厉声问道：“你到底是谁派来的？”

夏良材也厉声回答：“实话告诉你，我就是花太岁！”

“什么？你是花太岁？”瑾妃一听，顿时大惊。

“怎么，没有想到吧？你还不快让我受用！”花太岁露出淫笑。

“你好大的胆子！这是大清帝国的皇家禁地，我是堂堂大清帝国的贵妃，你不要说无礼，就是妄动邪念，也是天诛地灭！”瑾妃昂起头，显出凛然之气。

花太岁一听，愣了一下，叫道：“吓，你这小娘们还挺辣，我这一生从南到北，从西到东，上至教堂的修女、王府的格格，下至深闺的雏儿、阎王爷的闺女，没有一个敢不拜倒在我的脚下。什么家妞、野妞、山妞、水妞、将门妞、王府妞、书香妞、柴火妞、规矩妞、烟花妞，我是独往独来，就连洋妞我也沾过腥味，你一个深锁宫院的皇妞，难道就例外吗？”

瑾妃慨然道：“树林子大，诚然什么鸟都有。女子中有水性杨花，但也有贞节烈女。难道你没有听说东汉有一个女子，就因为男人碰了她的手就饮羞而亡吗？北宋有一个女子因为无意撞见父亲洗浴，就用剪刀戳瞎了自己的双眼吗？”

花太岁听了，笑道：“我看你是又想当婊子，又想立牌坊。既然你不从，就只好先委屈你了。”说着，一步蹿上了床。

瑾妃刚要挣扎，花太岁顺手点了她的穴。瑾妃既不能言语也不能行动，任凭花太岁把她装进了麻袋。

光绪在观风楼找来找去也没有找到夏良材，知道不妙，连忙往回返。刚走到梨园，恰巧碰到“鼻子李”李瑞东引着夏良材匆匆而来。

“太后和皇上可好？”李瑞东急忙叩头请安。

光绪埋怨道：“好什么？这里都忙成一锅粥了，你却不知到哪里躲清闲去了！”

李瑞东道：“那个临潼知县夏良材是贼人扮的，这个才是真正的夏良材。”

光绪一听，急急说道：“坏了事了，坏了事了！太后、贵妃性命休矣！”

夏良材上前一步，说道：“奴才临潼知县夏良材给皇上请安！”

光绪大叫一声：“来人啊！”

从四面跑来不少侍卫、兵丁。

“还不快去为太后、贵妃护驾！”

侍卫、兵丁匆匆而去。

光绪、李瑞东、夏良材赶紧来到瑶光楼慈禧的寝室，慈禧仍在熟睡。李瑞东布置了侍卫，几个人刚要去看隆裕皇后，忽见两个侍卫匆匆而来，一个侍卫嚷道：“瑾妃娘娘不见了！”

几个人奔进瑾妃的寝室，床上、屋内空无一人，瑾妃果然不见了踪影。

光绪一急，昏倒于地。几个人又是捶背，又是灌水，李瑞东急忙唤人去请御医。

尹福和木兰花抢下了盛着解药的木桶，二人快步朝骊山走去。

走着走着，忽见前面有一支迎亲队伍，几个杠夫抬着两个花轿，五六个吹鼓手吹吹打打，一脸欢笑，逶迤而来。

尹福笑着对木兰花说："这比北京迎亲的阵势差远了。"

木兰花也笑着说："师父当初接师娘时，莫非比这还热闹?"

"你这鬼丫头，开师父的玩笑，看我不捏扁了你的鼻子!"

"鼻子扁了也不怕，反正整天锁在宫里也没人看。老了，一巴掌扇出宫去；死了，一领席子，一辆破车推出宫去；埋了，在乱坟岗子上，鸦雀啄，野狗拖，连个整尸也没有……"木兰花说这番话时充满了伤感。

尹福叹了口气："可也是，唐代大诗人白居易有《上阳宫里白发歌》，写的就是你们当宫女的苦楚。这样吧，以后我一定想办法把你领出宫去。"

木兰花听了，扑簌簌淌下泪来："那敢情好，师父一言，驷马难追!"

"哼，就是八百头大青骡子拖着，也追不上。"

尹福说到这里，忽然指着那两辆轿子说："不对呀，人家迎亲都是一顶花轿抬着一个新娘子，这个迎亲队伍怎么有两顶花轿?难道娶两个老婆?再说怎么也不见新郎官呀!"

木兰花说道："人家就不会哥儿俩各娶一个，省了银子一块儿拉来。"

"那新郎官呢?"

"新郎官?"木兰花睁大眼睛搜索着每一个迎新的人，摇了摇头："果然没有新郎官，因为个个五大黑粗，没有一个胸前戴着大红花，也没见到伴娘。"

尹福紧紧盯着这两顶花轿。就在花轿抬过之时，他忽然看到在花轿下现出一个麻袋角。微风拂动，轿帘时而掀动，麻袋角时隐时现。

尹福看见，心中有数，一扬手，两支飞镖飞出去，那花轿的四根抬杆被齐齐削断，把抬轿的两个轿夫吓了一跳，两个人几乎同时摔倒在地上。

尹福正在嘱咐木兰花护住木桶，猛见两支铁鸳鸯呼啸着朝他击来。他微微笑着，两手一伸，夹住两支铁鸳鸯。

后面花轿里卷飞出一人，转动如风车，在半空中朝尹福驰来。

尹福不慌不忙，两手一抖，两支铁鸳鸯飞了回去，却被那人撞飞。

尹福暗暗喝彩，抖擞精神，迎了上去。

那人一招"鹰蹲秃岭"，右脚前落，上体左转，右臂向左划弧弦，左腿成跪步，朝尹福下肢击来。

"好漂亮的鸳鸯腿!"尹福暗叫一声，往后退了一步，一招"螺旋掌"，五指分开，向前展开；臂外旋上举，掌心向外，掌指向上，猛击对方右臂。

那人猛抽右臂，退了一步，来了一招“老僧洗脸”，左脚向左前上半步，右臂向右前平摆，右拳变掌，左拳亦变掌，一个划弧，朝尹福胸前击来。

尹福往下一缩头，一招“鸿雁出群”，两足原地未动，上身左转；左掌从右肘下面向身体左上方移转上举，与头平齐；右掌同肘臂外旋随左掌转动，置于左肘里侧，两掌成仰掌，猛成仰掌，猛击对方小腹。

对方闪过，尹福直到此时才看清他的脸，大叫一声：“夏良材！”

那人呵呵笑道：“今日算领教了北京的八卦掌，厉害！厉害！”

“你究竟是什么人？”

“花太岁！”花太岁笑着一退步，抽出了身后的大蒲扇。

“你也是花太岁？”

“天下花和尚又不是一个？鲁智深不也是花太岁吗？”花太岁笑着扬扇朝尹福扇来。

尹福提防他扇中有毒，急忙闪开，“刷”地抽出判官笔；一边设法躲开他扇子扇的方向，一边频频攻击对方的弱处。

花太岁笑道：“尹教头的八卦掌，不虚其名，有道是：‘顺项提顶，溜臀收肛；松肩沉肘，实腹畅胸；滚钻争裹，奇正相生；龙形猴相，虎坐鹰翻；拧旋走转，蹬脚摩胫；屈腿趟泥，足心涵空；起平落扣，连环纵横；腰如轴立，手似轮行；指分掌凹，摆肱平肩；桩如山岳，步似水中；火上水下，水重火轻；意如飘旗，又似点灯；腹乃气根，气似云行；意动生慧，气行百孔；展故收紧，动静圆撑；神气意力，合一集中；八卦真理，俱在此中。’”

尹福笑道：“花太岁对八卦掌的口诀倒是背得滚瓜烂熟，但是你这鸳鸯腿却差点儿功夫。”

“差什么功夫？”

“鸳鸯腿的主要特点是集中了八十一种腿法中的八类基本腿法，即提、掀、点、插、摆、踢、圆、蹬，鸳鸯腿强调手脚相随，手领腿发，身法、手法、腿法相互呼应，才能做到‘浑身力整’，可是你的身法却未免飘了一些。”

花太岁听了，脸一红，诺诺说道：“走南闯北，攀花折柳，总在风流穴里折腾，未免身子虚一些。”正说着，但听“嘚嘚嘚”一阵毛驴的蹄声，东南方向来了一个骑驴的少女，一身素蓝，村姑装束，腰似水蛇，大红围巾蒙住了半个脸，露出一双水泠泠的大眼睛，显得机警狡黠。

第五回 鸣洋枪吓走花和尚 传秘术羞煞西太后

那毛驴悠然自得，少女似看野景，手里摇着一支野花。

花太岁看到那个少女，眼睛烁烁闪光。

尹福道：“花和尚，咱俩的事还没了呢，你为何在贵妃池中撒下蓝蝎子毒?”

花太岁道：“蓝蝎子毒不是我下的。”

尹福道：“鬼才相信，谁不知道只有你才有这毒水。”

花太岁斜眼看着少女，有点儿心不在焉。

尹福问：“轿夫、吹鼓手都跑散了，那麻袋里装的是什么?”

花太岁一听，急忙去看那花轿，只见轿夫、吹鼓手不知逃向何方，只有那麻袋从花轿里滚了下来。花太岁看到这麻袋，顿时又来了精神，急忙挥动大蒲扇来战尹福。

尹福见花太岁来势凶猛，不敢轻敌，攥紧判官笔来找对方的破绽。尹福左躲右闪，掌势忽左忽右，忽上忽下。花太岁见久久扇不着尹福，有些性急。他使出看家本领，大吼一声，竟腾空而起，蹿起三尺多高，双手擎扇，朝尹福扇下来。

尹福自知难躲，索性一招“魁星提笔”，右手握定判官笔，朝空中探笔，想来个鱼死网破。

“砰”！一声清脆的枪声，花太岁吓得一抖大蒲扇，扇骨上穿了一个弹洞。他吃了一惊，狼狈而逃，转眼便不见踪影。

木兰花赶了过来，说：“师父，有人放洋枪，好像是刚才那个骑驴的姑娘放的枪。”

尹福甚觉惊讶，再看那骑驴的少女，早已无影无踪。

“她拐到山坡下面去了。”木兰花说着抢先来到麻袋前，解开麻袋，瑾妃出现在两个人面前。

尹福解了她的穴位，瑾妃忍住眼泪，一言不发。

“娘娘受苦了。”尹福说着来到另一个花轿前，往起一抬，把花轿抬起来，放到瑾妃面前。

“娘娘，咱们回去吧。”尹福关切地说，他知道瑾妃的为人，对她怀有好感。

在木兰花的搀扶下，瑾妃进了花轿。尹福把木桶放到瑾妃脚边，告诉她这是蓝蝎子毒的解药水，瑾妃听了，露出一丝微笑。

尹福在前，木兰花在后，两个人抬着花轿朝华清宫走去。

华清宫此时已乱成一团，丢了瑾妃娘娘，光绪帝悲恸欲绝。

李瑞东四出寻找，也没有踪迹。大家听说前面的那个夏良材是贼人扮的，都吓得面如土色，有的人愈想愈后怕。但也有人说后来的这个夏良材未必是真的，也可能是贼人扮的，贼人也可能使的是苦肉计。

在众说纷纭之中，只有慈禧太后十分镇定，她不动声色，始终怔怔地望着如黛的山峰，目光里有说不尽的深邃，有说不清的愁闷。对于瑾妃的失踪，她只淡淡地说了一句：“任其自然。”对于光绪帝鬼哭狼嚎般的哭闹，她嗤之以鼻，总让人觉得她是在欣赏一出闹剧。对于剧中的主角，她不屑一顾。

尹福和木兰花回来了，而且大模大样地抬着一顶花轿。这是个喜讯，顿时几乎使皇家行列的每个人欢呼雀跃，只有慈禧例外，她仍然阴沉着老脸，没有一丝笑容，有的只是浅浅的皱纹，像蜘蛛网一样，不知又在编织着什么。

花轿里走下楚楚动人的瑾妃，她袅袅娜娜，温文尔雅，沉着地与众人打着招呼。光绪闻讯后，失去了天子的威仪，尽管是名义上的天子，他跌跌撞撞地跑出宫来，一直等看清了瑾妃的面容，才露出了憨憨的笑容。对于天子的失态，人们习以为常，因为在人们的眼里，他永远长不大，因为在他之上还有一个至尊无上的杀人魔王。在某种意义上来说，女人比男人更凶残。

光绪、瑾妃来到慈禧房里，道了万福。尹福抬着盛着解药的木桶来到慈禧面前。慈禧见到木桶，身子像落叶般飘动，但仍然没有露出笑容。

尹福说了事情的来龙去脉，男人们退出去，只留下几个宫女，宫女又唤来隆裕皇后。慈禧恐解药有诈，先涂在一个小宫女身上试了试，见没有什么反应，才叫宫女找来一个大木盆，放入温水，又倒入解药水，慈禧、隆裕、瑾妃依次洗浴。

第二天晚上，慈禧、隆裕、瑾妃身上的蓝斑果然褪去，身上也觉得清爽舒服多了。慈禧满心欢喜，晚上多吃了一碗小米饭，又叫宫女捶了一会儿背，在床上怡然睡去。

李瑞东一人正在房内歇息，秋蚊子扑来扑去，搅得他睡不安稳。他吹灭了蜡烛，又躺到床上。

一阵风刮过，落叶潇潇，窗户被风吹开，“哗啦啦”地响。

李瑞东望去，有个黑糊糊的人影在窗前一闪，仔细望去是个身穿黑袍的女人，胸前挂着一个金黄的十字架。

李瑞东猛地跃起，飞步来到窗前，那黑影倏忽不见了。

李瑞东揉揉眼睛，以为自己看花了，窗外竹影潇潇，落叶纷纷，没有一个人。李瑞东见尹福房内亮着烛，便走出门，来到尹福窗前，他猛听尹福屋内有木兰花的声音，于是停下脚步。

原来尹福正在给木兰花讲授八卦掌术：“八卦掌的锻炼，分为三个步骤，是定架子、活架子、变架子。定架子就是亦步亦趋，规规矩矩地按八卦掌的规矩练习，不可图快。活架子是步法不停地练习，换式时不要把步法停住，应迅速向前迈出去，每式都如此换步。八卦掌的活架子，走起来如游龙戏凤，飘飘荡荡，妖妖娇娇，美观好看。变架子是随意变化，千变万化，无穷无尽。”

木兰花说：“师父，记得您初进宫时，皇上让您表演一番。您打个揖，脱掉紫长衫，露出葱绿衣裤，行拳如行云流水，滔滔不绝；忽如饿虎扑食，黑熊反背，忽如野马奔腾，怪狮摆头，看得光绪帝眼花缭乱，连声赞绝。您表演轻功时，跃过琼池水面，走一个来回，只见短靴未湿，手中握一尾活蹦乱跳的金鱼。皇上见了非常高兴，当即拜您为师学习八卦掌。皇上除上殿办理政务外，每天下午绕御花园罗汉松走三百圈，我们这些宫女见皇上绕圈的样子，忍不住笑，皇上朝我们一瞪眼、一挥袖子，把我们赶跑了。有一次，您听说皇上一连几天未练功，整日带珍妃到团河行宫狩猎，一怒之下出宫而去。后来皇上知错，亲自到肃王府向您赔礼，您见皇上言辞恳切，便答应继续授艺。”

尹福笑道：“你这丫头知道的事还挺多。”

木兰花给尹福拍打拍打手上的碎烟末，又说：“不久，皇宫里发生一件奇事，每到三更时分，御花园里有鬼叫声。一天深夜，有个宫女起夜，忽见万春亭里有两团白影，发出凄厉的叫声。那白影朝她飘飘而来，宫女吓得昏死过去。那天天气寒冷，宫女身体受凉，几天后便离开人世。一月后，有人在宫女沉香枕上发现一个饰有春宫画的鼻烟壶。瑾妃、珍妃娘娘知道后，严讯沉香，沉香供认是在御花园里花丛中所拾。皇上知道后，觉得此事跷蹊。当夜三更时分，从御花园的西南角里飘出两团白影，飘忽不定，游游移移，来到万春亭下，两团白影并作一团。这时从旁边花丛里跃起一团黑影直扑白影，那白影又化为两团，一团与黑影打作一团，另一团旋风逃去。打来打去，黑影将黑袍一撩，大声呵道：‘朕在此，何人如此大胆?’对方一听，磕头如捣蒜。御林军士兵赶到，将那贼人抓住，亮烛一照，原来黑衣人是皇上，白衣人是宫中膳食房的崔太监。原来崔太监为人歹毒淫荡，不久前勾搭上宫女玉娇。他们每天深夜装扮成鬼，在御花园鬼混。皇上大怒，觉得有伤风化，立即令御林军兵士将崔太监和宫女玉娇押往密室凌迟处死，又令人将偷藏春宫画饰鼻烟壶的宫女沉香责打一顿赶出宫去了。”

尹福叹道：“皇上学功倒是专心了，只是身体底子不好，有点朽木不可雕也，不过学点儿功夫，对于强身健体也有好处。”

木兰花问道：“师父，太后不是也跟您学过八卦掌吗?”

尹福听了，淡淡一笑。原来慈禧广求补药的同时，也萌动了习武练功的欲望。在西安时，慈禧提出要尹福教她练八卦掌。尹福深知慈禧满腹狐疑，与之共事，稍不遂意，就有掉头的危险。再则他授艺给慈禧，心里总有一种说不出来的滋味。为此他心神不定，夜不能寐。他的心思被御药房太监杜宝看穿了，杜宝是尹福师父董海川的同乡，董海川在世时，杜宝就与尹福相识了。杜宝为人豪爽仗义，头脑机敏，他替尹福编制了一个小册子，上面写的是八卦掌的招式。尹福把这个小册子送给慈禧，慈禧看了挺高兴，对尹福夸奖一番，并赐给白银几十两，还给小册子起了个书名，叫《宫廷秘术》。慈禧照着小册子上学了几天后，又把尹福找来，表演一番给他看。尹福看了心中暗笑，这哪里是什么八卦掌，简直是瞎子摸象。可是他却着实把慈禧赞扬了一番，说得慈禧十分得意，晚饭竟多吃了两个栗子面小窝头。以后慈禧见到宫女，自诩学会了八卦掌。李瑞东在一旁看得清楚，这个小册子哪里是什么八卦掌术，而是中医采药爬山的动作。后来慈禧又当着众多宫女、兵士面前表演，那些宫女、兵士见了想笑而不敢笑。一个宫女忍不住笑出声来，慈禧发现后，立刻把她拽出来，与她比试。那宫女根本不会武术，又不敢反抗慈禧，只能强装笑脸与慈禧周旋。慈禧见她步步后退，以为她力怯，愈发精神十足，竟把那宫女推翻在地。宫女一伸脚，不小心绊倒了慈禧，慈禧大怒，从一个侍卫手中夺过宝剑，一剑刺死了那个宫女，比武会不欢而散。

李瑞东正在窗外听得起劲，忽见一团黑影在月亮门一闪。

李瑞东朝月亮门跑去，那团黑影朝瑶光楼卷去，李瑞东追到瑶光楼前，黑影不见了。

李瑞东走进瑶光楼，见慈禧、光绪、隆裕、瑾妃的房间都已息了烛，门口的侍卫正精神抖擞地持刀而立。侍卫见李瑞东来了，都争着跟他打招呼。

“李爷，还没睡呀?”一个侍卫问。

“没有，蚊子多睡不踏实，没有发现什么外人吗?”

“没有，太后、皇上都睡了。”

“有事就大声招呼，别马虎了。”

“李爷放心吧，万无一失。太后、皇后、瑾妃娘娘屋中有会武术的宫女，皇后房中也安插了会武术的太监。”

李瑞东听了，前后左右又看了一回，往房中走去。正走着，忽见花丛里有动静，有两个人哼哼唧唧地说着什么。

李瑞东凑近一瞧，是两个喝得烂醉如泥的太监，斜卧在花丛里，讲着故事。

那个老太监说：“我再说个不怕鬼的故事。三国时文学家嵇康，不但才华横溢，出口成章，而且胆子极大，什么鬼呀神呀，他从来不放在眼里。有一天深夜，嵇康正在灯下弹琴，心里特别高兴。这时忽然出现一个小人，转眼间变得非常高大，黑衣服飘来飘去。嵇康对他说：‘你是兴风作浪的鬼怪，我是堂堂的人间大丈夫，怎么能和你坐在一个屋里，面对着灯光说话呢?’那个鬼怪听了，觉得没意思，悄悄地走了。”

那个小太监说：“嘻嘻，你不怕鬼，我更不怕鬼，我也给你讲一个不怕鬼的故事。有一个壮士生平最喜欢吃煮熟的牛头。有一天，他梦到自己死了，被捉拿到阴曹地府，有牛头鬼站在一旁。这个壮士一点也不害怕，用手摸着牛头鬼说：‘你这个脑袋，煮着吃最香甜!’牛头鬼听了笑道：‘你这个傻小子，真是不怕死，这时候还开玩笑，你算是个好汉，我把你放了。’”

老太监说：“该我讲了。艾子走到水沟边，看见一座庙，这座庙很矮小，但装饰整齐庄严。正当艾子在庙前徘徊之时，有一个人来了，小水沟堵住了他的去路，不能徒步涉水而过。那人向庙里看了看，便把大王像扛出来，横在水沟上，踩着它过去了。这时又有一个人走来了，他看见大王像横在水沟上，把它当了桥，再三叹息着说：‘怎么能这样侮辱神像呢? 太不像话了!’于是这个人扶起神像，用衣服擦了又擦，又恭恭敬敬地把神像挪到庙里，拜了几拜，才算放心地走了。过了一会儿，艾子听到了庙内小鬼与大王的谈话。小鬼说：‘大王至尊无上，逢年过节，人们都来烧香上供，请求您保佑万事如意。可是现在呢，您反而被乡间小民捉弄和践踏，您为何不降灾祸处罚这个愚民呢?’大王回答说：‘如果降灾惩处的话，应该惩处后来的那个人。’小鬼听了，迷惑不解，又说：‘前头那个人用脚踩大王，侮辱您到了无以复加的地步，真是死有余辜。可是对这种人，您不降祸处罚他。后来的那个人，对大王十分尊敬，并把您重新扶上宝座，您却反而对他降下灾祸，这究竟是什么原因呢?’大王说：‘前边的那个人根本不信鬼神，又怎么能降祸给他呢?’艾子从头至尾听了这段对话，感叹地说：‘真是鬼怕恶人哪!’”

小太监拍手笑道：“讲得精彩，我再讲一段给你听。杭州八字桥一带，传说常有鬼怪出现。有一人夜间行路，遇见大雨，便撑起伞，忽然有个人也挤到他伞下避雨，撑伞的人心想：这个避雨的家伙一定是鬼。所以走到桥上时，便把避雨的人挤到桥下。他见到前面有个客店，便进去避雨。不大一会儿，一个满身是水的人跑来，喘着粗气说：‘真倒霉，我刚才遇见一个带伞的鬼，他把我推到河里，差一点没淹死我啊!’又有一个人晚上走路，没打灯笼，天又下雨，难走极了。忽然，他听到背后有脚步声，回头一看，原来是一个小大头，身高二尺左右。他站住脚，观看小大头，小大头也站住不动。他向前走，小大头也跟着向前走。他快跑，小大头也跟着快跑。这个人非常害怕，急忙跑到前面一个庙里，还没等他关门，小大头也跑到这里拼命挤。这个人仔细一瞧，原来是一个小孩，用大斗篷避雨，因为他也害怕鬼，所以才紧紧跟随这个人。”

小太监正讲得颇有兴致，猛见到李瑞东的身影，一骨碌爬起来，叫道：“哎呀，妈呀，正说着鬼，鬼就到了!”

老太监一听，吓得屁滚尿流，把脑袋朝地上猛磕，磕得鲜血淋淋，一边磕一边叫道：“龟孙子，我见了鬼了!”

小太监听了，慌忙用手拽他的衣襟：“什么龟孙子，是鬼爷爷。”

李瑞东喝道：“看这点马尿给你们灌的，鬼啊魂啊的，还不快到屋里睡觉去，不然明个儿一早就有人来收尸。”

二人这才认出是李瑞东，老太监酒也醒了一半，摇摇晃晃地站起来，苦笑着说：“噢，是李爷……”

李瑞东道：“没瞧见什么动静吗?”

老太监笑着说：“没，没，就瞧见酒碗在眼前晃啊晃……”

小太监扶着老太监趔趔趄趄地走了。

李瑞东原地未动，他还在琢磨刚才那个黑影子。

他猛然想起在长生殿遇到的那个黛娜小姐。

莫非是她来了?

想到这里，李瑞东又回到瑶光楼。他见几个侍卫仍然精神抖擞地站岗，于是来到楼后，猛见楼上有个黑影一闪。李瑞东连忙攀上楼壁，来到慈禧寝室的窗外。寝室烛已熄，皎洁的月光泻进室内，横缎帷帐闪闪发亮。两个宫女枕席而眠。

这时，寝室的门开了，悄悄溜进一个人，身穿一件黑长袍，脸蒙黑纱。从那苗条的身段来看，是个女人。

李瑞东顿时紧张起来，他悄悄去摸怀里的暗器。

那女子绕过宫女，蹑手蹑脚来到慈禧的床前，刚要去掀帷帐。

只听重重一击，女子就如残棉败絮一般，轻飘飘地被卷出窗外，擦着李瑞东的肩膀，抛到楼下。

李瑞东大吃一惊。

难道慈禧也会武功？这武功如此卓绝、精到。只这轻轻一击，竟把敌方抛出一丈开外，真可算是上等功夫。

慈禧是弱不禁风的老妇人，她沉锁幽宫，哪里会有这等武功呢？

莫非是跟尹福学的，尹福在西安时曾请人绘制《宫廷秘术》。

李瑞东回头向下望去，那团黑影早已不知去向，地上空荡荡的，没有任何遗迹和声息。

李瑞东再朝屋内望去，宫女依旧枕席睡眠，帷帐没有一丝飘动，仿佛什么也没有发生过。

真是奇怪。

李瑞东迷惑不解，悄然下墙，匆匆来找尹福。

木兰花已回房休息，尹福正在烛下翻阅书籍，他见李瑞东一头撞进来，满腹狐疑的模样，急忙问道："发生了什么事情？"

李瑞东把方才所见到的事情讲述了一遍，尹福听了，也感到惊奇。

尹福缓缓说道："我在西安搞的那本小册子完全是应付老佛爷的，根本不是什么八卦掌术，因你是老朋友，我也不愿瞒你。老佛爷学的是偷鸡摸狗之样，说不上是武术。这件事真是奇怪，老佛爷怎么会在一夜之间有了武功，而且武艺高强呢？莫非里面有什么不可告人之处。今后你我都要留心，一定要弄出个水落石出。至于那个黛娜小姐，她手中有洋枪，看来也不是等闲之辈，咱们要小心提防才是。"

李瑞东道："咱们刚出西安城就来了一个花太岁和一个洋小姐，看来这一路上山高水深，凶多吉少，咱们的担子不轻啊！”

尹福微微笑道：“这早在我预料之中，天下仇恨朝廷、老佛爷、皇上的大有人在，而皇族又深居简出，好容易有了这兵荒马乱的年头，皇族倾巢而出，人生地不熟，有险隘奇谷、恶水密林，自然有人虎视眈眈。西遁途中虽然穷愁潦倒，但众人戒备森严，东归途中则不然，胜利在望，兵强粮壮，众人必生松懈，况且一进京都，又要幽居深宫，敌方望尘莫及，当然要孤注一掷了。”

二人叙了一会儿，各自睡去。

第二天早晨，慈禧、隆裕、瑾妃都觉身体舒适，病体痊愈。慈禧不愿久留骊山，恐怕夜长梦多，于是皇家行列向东出发。

新丰打尖，临口镇驻跗，复前行三五里，到了渭南县，已是傍晚时分，便在西城外觅一粮店住宿。

第二天又来到渭南行宫，督办前路粮台升允，参奏临潼县知县夏良材办事不当，贻误要差，并自请议处。慈禧、光绪便将夏良材改为交部议处，从宽免议。

以后，皇家行列又经过华州来到华阴县境，行宫设在县署，华山遥遥在望。

这一路上因无外人骚扰，慈禧等人略略宽下心来。只是荣禄的独子纶庆高烧不止，终于病故，各宫争往慰唁。荣禄年过七旬，只此一子，甚为聪慧，因此异常惨恻，一路上无精打采，沉默不语，颇有些凄凄惨惨的模样。

皇宫中人多未到过华山，如今到了华山脚下都想捷足先登，一睹华山风姿。

这天上午，慈禧率领宫人先到华山山麓玉泉院招香。玉泉院背山面河，有山荪亭、无忧亭诸胜，林泉掩映，古木阴森，甚有情趣。

光绪望着这陡峭的石山，高耸入云，覆盖着阴森森的树林，四周怪石林立，危岩突兀，那崖壑好像怪物的巨口吐出尽藏的黑气。林海波涛，汹涌起伏，一浪高过一浪，一层叠上一层，深厚、迷蒙，天地浑然一体，使人仿佛感到潜游在浩瀚的大海里。

下雨了，先是细如游丝，渐渐白茫茫一片，那仙人掌、莲花、玉女诸峰朦朦胧胧，如在水墨画中。从半空中挂下来的无数条密得像竹帘般的雨柱中，升腾起一片白蒙蒙的水雾，在树的枝条间、在山坡上缭绕着，冉冉地向四周散去。

光绪感觉透过树叶掉下来的不是雨点，而是拳头大的水珠。“刷刷”的雨声撞击着玉泉院的屋檐，发出悦耳的声音。

光绪觉得这声音简直就是一首悠扬动听的古曲，让人陶醉。

他看到在无忧亭下的巨石上坐着一位老者。老者全身精湿，仿佛石雕似的，默默地坐在那里，双眼望着苍茫的群山。

这位老者的举止使光绪感觉惊奇，他问一个小太监："这老头儿为何不避雨?"

"谁知道，八成是个疯子。"小太监也看到了这老者。

"你去把他叫来，我有话问他。"

小太监出了玉泉院，沿着泥泞的山道来到那老者身边，光绪看到小太监与老者交谈了几句。

小太监扫兴地回来了。

"他叫你去。"

"什么，他不知道我是皇上吗?"光绪一脸吃惊的样子。

"他说皇上也是人，跟他一样，他比皇上岁数大，小辈人应当尊敬老辈人。"

光绪愈发感到好奇，这老者是什么人，竟有如此的胆量，全然不把皇上放在眼里。

他要会会这位老者。

第六回　无忧亭谁解无忧语　华山雨始晓华山径

尹福听说光绪去会无忧亭下的老者，生怕他有个意外，便跟了去。

小太监打着一柄布伞，光绪在踯躅泥泞中来到无忧亭下老者面前。

老者的脸上焕发着红晕的光泽，一双明亮的黑眼睛，柔和慈善。他穿着朴素，脚蹬一双草鞋。

小太监朝老者说："当今皇上来了，还不下跪?"

老者无动于衷，依旧观赏雨景。

"老头，你是聋子还是哑巴？没有听见吗？当今的天子来了。"小太监急了，瞪着双眼。

光绪慌忙制止小太监，劝他谦和一些。

光绪说："老人家，这雨下得挺急，您老还是避一避吧。"

老者开腔了："彼富我仁，彼爵我义，君子固不为君相所牢笼；人定胜天，志一动气，君子亦不受造化之陶铸。天雨我晒，天晒我悠，君子固不为天气所牢笼；人定胜天，志一动气，君子亦不受身外之网罗。"

光绪见这老者出口不凡，知是隐逸之士，不敢怠慢，说："老先生气宇轩昂，乃是高法之士，能不能对我说几句话，以启前程。"

老者缓缓地说道："春至时和，花尚铺一段好色，鸟且转几句好音。士君子幸列头角，复遇温饱，不思立好言行好事，虽是在世百年恰似未生一日。"

光绪喜道："说得有理，'得时当为天下语'，宋儒张载曾说'为天地立心，为生民立命，为往圣继绝学，为万世开太平'，先生的话对我启发很大。"

老者又说："进德修道，要有木石的念头，若有一欣羡，便趋欲境；济世经邦，要有云水的趣味，若一有贪者，便坠危机。我观你气象，抑抑郁郁，悲悲戚戚，我劝你居逆境中，周身皆针砭药石，磔带砺行而不觉；冬顺境内，眼前尽兵刃戈矛，销膏靡骨而不知。衰飒的景象说就在盛满中；发生的机缄，即在零落内故君子居安，曹操一心以虑患，处变，当坚百忍以图成。要冷眼观人，冷耳听语，冷情当感，冷心思理。从天子到平民百姓，从帝尧到一般人，都必须从循序渐进开始，逐渐增进其德行，完成其功业。因此说，鸡鸣即起，帝舜，盗跖那样的人都有所执著追求的目标。如果君子放纵无所作为的心念，虽不至于成为盗跖，可是饱食终日，疏散懒惰，既不做清心寡欲的隐士，又不关心国家的燃眉之急，昏昏沉沉，虚度年华，如同躯壳。孟子说的好：‘仰而思之，夜以继日，幸而得之，坐以待旦。’”

光绪说：“先生真是奇才，不如随我到京城，做我的谋士?”

老者摇头说：“兴来醉倒落花前，天地即为衾枕；机息忘怀磐石上，古今尽属蜉蝣。茅帘外，忽闻犬吠鸡鸣，恍似云中世界；竹窗下，唯有蝉吟鹊噪，方知静里乾坤。”

光绪说：“居轩冕之中，要有山林的气味；处林泉之下，常怀廊庙的经纶。闲居在野的处士和隐者，也应怀抱治理国家的才干，你就不怕你的才华付诸东流吗?”

老者回答：“清闲无事，坐卧随心，虽粗衣淡饭，但觉一尘不染。忧患缠身，繁扰奔忙，虽锦衣原味，只觉万状苦愁……”

这时，李莲英匆匆赶来，叫道：“皇上，老佛爷要你回去呢。”

光绪见说不动老者，只得恋恋不舍地离开。回到玉泉院，只见那位老者依旧坐在无忧亭下，任凭风雨吹打，岿然不动。

慈禧见雨势减弱，便率领众人往华山走去。

变成了浓雾的细雨，将几十尺外的景物都包上了模糊昏晕的外壳。雨，细如密丝，扑到人脸上就像扑粉似的。草上、树上，慢慢开展到整个山谷里，都是这种轻飘的、流动的、潮湿的烟雾。四周黛缘的群山，被这淡淡的雨雾，将裸露的身子掩盖起来。远处，一个高耸入云的顶峰上，有一座小小的庙宇，在那不可思议的气氛里隐隐约约地屹立着，仿佛是一只孤独的鸟儿想要寻找的一个栖息之所。被太阳遗弃的一株株树木，就像一个个满腹委屈的人，战战兢兢地立在那里。

皇家行列正在行进中，猛听天崩地裂一声巨响，乱石朝下击来，尹福连忙护住皇帝将他拽到一个巨石之后。

李瑞东也扯着隆裕来到巨石后面。

疾石如雨，皇家行列挤在山道之中，有的被乱石击死，有的栽下山洞。木兰花拼命护住瑾妃，头上挨了一颗碎石，流血不止。木兰花将瑾妃带入一个山洞，只见李莲英、荣禄早已与几个老宫女躲在里面，一些宫女、侍卫、兵丁都往山洞里拥，叫喊声、哭闹声混成一团。

李莲英恐怕山洞里的人愈来愈多，急忙招呼木兰花说："不许外面的人再进来，否则格杀勿论！"

木兰花抽出宝剑，堵住门口，接连杀死几个侍卫，洞外的人再也不敢往里闯了。

尹福、李瑞东保护着光绪和隆裕躲在那个巨石后面，尹福观看着山的动静。

"尹爷，你看，那是老佛爷！"李瑞东着急地拽着尹福的衣襟。

尹福顺着他指的方向看去，只见在乱尸堆中，慈禧太后手持宝剑，上下翻飞，将飞来的石头击飞，大有临危不惧、力挽狂澜的气概！

众人都看呆了，慈禧果然会武艺，而且是武功卓绝的高手！

这时，只见从山顶往下飞来一个白团，越卷越大，来到慈禧前立住，众人这才看清是一个身穿白袍的中年汉子。他脸色棕褐，额门上有一个四块铜钱大小的光秃秃的疤痕。两道扫帚眉，鼻孔撩天。尹福认得这个人，他是"大刀王五"的朋友胡七。

胡七为何到了这里？

胡七朝慈禧一拱手："老佛爷，久违了，今日咱们是仇人相见，分外眼红。"

慈禧镇定地问："咱们有什么仇？"

胡七说："我的大哥是北京源顺镖局的总镖头'大刀'王子斌，他在两年前被八国联军杀害了。"

慈禧打断他的话，说："那你应该找洋人算账，为何劫杀皇驾？"

胡七说："我胡七是讲义气的人，我大哥王子斌有个好朋友谭嗣同，就是被你杀死的，在北京菜市口，对不对？"

慈禧点点头："不错，他勾结康有为、梁启超乱我朝纲，想谋反，当然正法。"

胡七也点点头："这就对了，我是为朋友两肋插刀的人，今日我来复仇。"说着手挥大刀朝慈禧劈来。

慈禧灵活地一闪身，躲过刀锋，将剑一挑，朝胡七咽喉戳来。

胡七一个"鲤鱼打滚"，用刀猛刺对方下盘，慈禧左躲右闪，两个人战了有十几个回合，慈禧朝东退去，胡七紧追不舍。

尹福想看个究竟，嘱咐李瑞东护住光绪等人，自己一人朝胡七追去。

胡七和慈禧退入一个空旷的幽谷，两个人又扭杀在一起。突然，胡七收刀问道："你到底是不是慈禧？"

慈禧听了，一怔，回答："你难道看不出我是慈禧？"

胡七仔细端详着慈禧，疑疑惑惑地说："我没听说慈禧也会武术，难道一直秘而不宣？"

慈禧笑道："你没有听说清宫皇族子弟少时都要到雍和宫学拳吗？八旗子弟是靠马上征战而夺得天下，难道不会武艺吗？"

胡七道："既是如此，我就不客气了，看刀！"说着又举刀劈来。慈禧一招"神女散花"，又一招"妙手摘星"；胡七一招"卧虎当门"，又一招"樵夫问柴"。

二人又斗了十几个回合，慈禧猛指胡七身后说："御林军到了！"

胡七一回头，慈禧一招"白蛇吐信"，猛朝胡七腹部刺去。可惜因用力过猛，加上路滑，慈禧栽倒在地上，宝剑脱手扔出一丈多远。

胡七一见大喜，急忙举刀来砍。猛听尹福一声大喝："刀下留人！"一支判官笔飞了过来，击在刀片之上，发出"叮当"之声。胡七的刀歪向一边，砍了个空。

胡七圆睁双目，看到尹福赶到，叫道："原来是尹爷救驾！"话音未落，举刀又砍慈禧。

尹福用身子挡住慈禧，赤手空拳与胡七酣战。胡七使刀，尹福用掌，一个"鹞子穿林"，一个"乌龙摆尾"，胡七见久久难以制服尹福，便朝尹福一拱手，说道："我胡七实不愿与八卦掌掌门为敌。尹爷，告辞了！"说罢，跳出圈外，一招"鹞子翻身"，转眼便消失在密林之中。

尹福拾起判官笔，藏入怀内，搀扶起满身泥泞的慈禧，慈禧拾起宝剑，有点儿不知所措。

尹福盯着她的双眼问："你究竟是何人？我早已看出你不是太后。"

慈禧听了，全身如触电般颤抖，两只眼睛眨巴几下，竟滚出两串泪珠。

"你就跟我实说了吧。"尹福的声音温善动人，她听了，真想伏在他的肩头痛哭一场。

"尹爷，我不是真的慈禧太后。"

"那你是谁？你怎么跟太后长得如此相像？"

"我是载澜王爷的女儿，名叫向昀……"

尹福听了，有些纳闷，连忙问："那你怎么到了这里？"

向昀用雨水在脸上抹了几把，现出美丽的脸庞，她又说："只因为我的义父当年支持变法，太后将他老人家发配新疆。因我与太后有一些相像之处，李莲英便把我找来，让我扮装太后，在皇家行列里遮人耳目，替太后抵挡明枪暗箭。李莲英对我说，如果太后平平安安回到北京，就把我义父从新疆放回来，让我们父女团圆。"

"那你的武功是从哪里学来的？"

"我不是载澜王爷的亲生女儿，是他的义女。我自小便失去爹娘，在四川青城山道观里长大，有个千手道姑教我武艺。我十三岁那年，载澜王爷带着侍卫游历青城山，不知从哪里跑出一只金钱豹，见人就咬，一连咬死两个侍卫，其他侍卫拔腿就跑，载澜吓得昏倒在地，金钱豹窜了过来。我听到有人大叫的声音，连忙跑过来与金钱豹搏斗，终于用双手撕裂了金钱豹，救了载澜王爷。载澜王爷醒来以后，知道此事，感恩不尽，于是收我为义女，并给了千手道姑一大笔银子。从此，我随载澜王爷来到了北京。"

尹福问："几次王爷们聚会，怎么一直没见过你？"

向昀撩了撩乱发，徐徐地说道："我长到二十几岁时，载澜王爷发现我长得有些像太后，恐怕张扬出去，传到太后耳中，恐怕太后会加害于我，于是让我深居简出，不让我在外头露面。"

"这就是你忠于载澜王爷的原因吗？"

向昀忧郁地又说下去："有一次，我正在屋内洗浴，忽然听到门外有脚步声，我连忙穿好衣服，走出门外，正见载澜手持宝剑要自刎，我连忙惊慌地跑过去……"

向昀喘了口气又说下去："我死命按住他握剑的手，问他为什么要自刎。他喘着粗气说：'我大逆不道，大逆不道！'我问他原因，他告诉我，是因为无意中看到了我洗浴。我劝他不要自刎，因为是无意的因此没有关系。他不听劝告，执意要自刎。于是我说：'要死一块死，我也自刎。'他见我认真起来，于是说：'那我以发代头。'我同意了，于是他割去一绺头发。"说到这里，向昀顿住了，两只大眼睛闪烁着清澈的光辉。

"你今年芳龄多少？"尹福想打破这沉闷的局面。

向昀叹了一口气："我已经四十三岁了，孑然一身，无家无业，无儿无女，每日枕剑而眠，耽歌自乐，快快乐乐。"

尹福听了，惋惜地叹了一口气。

他明白：一个整日锁在王府里的独身女人有什么快乐可言呢？她一定是个清高孤傲的女人。

尹福问："李莲英怎么会发现你呢?"

向昀回答："义父载澜王爷被发配到新疆前，是李莲英来传太后的旨意，他终于发现了我，看出我与太后相像。"

尹福问："那真正的太后在什么地方呢?"

向昀闷闷地说："我也说不清，她很可能就在皇家行列里。我感觉她就像影子一样不离左右，真可怕。"

李莲英带着几个太监策马奔来。李莲英驱马来到向昀面前，翻身下马，叩头请安，说："奴才给老佛爷请安，老佛爷受惊了!"

向昀幽幽地说："没什么，贼人被尹教头击退了，咱们回去吧。"

向昀被李莲英搀扶着上马，一行人回到皇家行列，然后乘雨下了华山。

荣禄让护军统领马玉昆草草点了一下人数，兵丁、侍卫、太监、宫女共死亡八人，受伤有数十人。

皇家行列回到华阴，已近傍晚时分，县署已准备丰盛晚肴，众人早已饿得不耐烦，狼吞虎咽，况不堪睹。

晚上，尹福正在屋内看书，一个小太监推门进来，说："尹爷，老佛爷叫你过去。"

尹福也不知道是真太后还是假太后唤他，放下书，随小太监来到县署的后院。小太监引尹福进了一间布置雅致的房间。

尹福见向昀端坐在梨花图案的硬木椅上，态度温和，笑容可掬。

"奴才给老佛爷请安。"尹福刚要下跪，被向昀挥手拦住："免了，尹教头请坐。"

尹福小心地在对面一个木椅上坐了，向昀示意小太监出去，小太监出去了。

屋里只剩下向昀和尹福两个人。

"你救了我两次命……"向昀的声音里满怀着感激之情。

尹福一时有点儿不知所措，脸红了一下，有些结巴地说："太……后，不……不要感谢，这是奴才应该做的。"

尹福说完这两句话，发现窗前有个人影一闪，消失了。

"早就听说你的八卦掌功夫厉害，今日不妨让我开开眼。"向昀说着，呷了一口香茶。

尹福站起来，拱拱手："那我就献丑了。"他身捷步灵似白云渺渺，如秋水盈盈；忽高忽低，忽远忽近，千变万化，旋转翻腾。

向昀看得眼花缭乱，连声赞妙。

忽然，尹福运用轻功，丹田提气，一招"燕子钻云"，腾空跃起，将整个身子贴在顶壁之上，就如一个雕塑。

向昀平生还未见过如此气功，惊得站了起来。尹福飘然下地，大气不喘一口。向昀见那顶壁之上嵌出一个人形。

"好绝妙的功夫！"向昀忙把一个茶杯递给尹福，尹福接过茶杯一饮而尽。

向昀问："这就是八卦掌吗？"

尹福笑着回答："前面练的是八卦掌，后面是轻功。"

向昀赞道："你的轻功也炼到了炉火纯青的地步。"

尹福说："其实这里面也没有什么奥秘，只不过要虚其心，实其腹，弱其志，强其骨。虚其心就是要祛除精神上的各种欲望，祛除各种杂念妄想。实其腹就是指神不外驰，抱一守道。弱其志者，不争不贪，不怀利己之心。"

向昀微微一笑："尹教头，你这番话可有些我师父千手道姑教训的味道。"

尹福说："千手大师莫非也会气功？"

"她会一些道家气功。她曾讲什么含眼光，凝耳韵，调鼻息，缄舌气；还有什么敲竹唤龟，鼓琴招凤；见之不可用，用之不可见；五气朝元，三花聚顶，心静则神全，神全则性现。"

尹福惊道："原来你也会气功，怪不得李瑞东曾夜半看到你发功击掌，将八国联军派来的女杀手击出窗外。"

向昀惊得张大了嘴："原来那天夜里李教头也在窗外。"

尹福笑了笑："李教头着实吃了一惊，可是我却有所察觉。"

向昀"咯咯"地笑道："尹教头，我还有一个功夫你肯定不知道。"

"什么功夫？"

"摔跤。"

"摔跤？"

"对喽，女子跤术，怎么样？不相信吗？"

尹福吃惊地望着向昀，向昀显出一副自豪的模样，双眼望着屋顶。

"你愿意和我比试摔跤吗？"向昀认真地问。

尹福回答："对摔跤，我可不在行，李教头倒是一个摔跤名家。"

向昀滔滔不绝地说："早在三千多年前，咱们中国就有了摔跤。根据《述异记》记载，早在黄帝战蚩尤时就有了摔跤，当时称为角抵。唐懿宗时已有供皇室观赏的专业摔跤班子，称为相扑朋。宋代摔跤称为相扑或争跤，岳飞曾把摔跤作为练兵项目，宋代还出现相扑社。明代设有专门研究摔跤的机构，明朝万历年间曾出版《万法宝全》一书，书中绘有古摔跤图样，当时把摔跤列为六御之内。明末清初，由陈元把中国的武术和相扑传到日本，后经日本人改进，成为日本的相扑和柔道。清朝各代皇帝都喜欢摔跤，在领侍卫府设有相扑营，后改为善扑营，善扑营的专业摔跤手有三百多人，均由八旗部队选拔组成。民间摔跤称为‘私跤’或‘私练’。皇帝每年巡幸塞北围场狩猎后，照例在承德避暑山庄赐宴外藩群臣，届时举办摔跤比赛。”

向昀呷了一口香茶，又徐徐说道：“我师父千手道姑也是一名跤手，长期隐匿深山。据说年轻时也曾参加过承德避暑山庄的御前摔跤比赛。”

尹福问：“皇宫也举办女子摔跤赛吗?”

向昀回答：“当时她是女扮男装，据说还得了道光皇帝的一块奖牌。女子摔跤在咱们国家也有悠久历史。三国时期，东吴皇帝孙皓见军士操练摔跤，不禁想到由美女饰后摔跤更有趣味，于是命令成千的美貌宫女头戴假髻插上饰器，在金碧辉煌的宫庭院苑草坪上，举行激烈的摔跤赛。玉栏丛花旁，宫女首饰摇响，优美的姿势映在池水中，展现了奇妙的景象。到了唐宋，女子摔跤更为盛行，女跤手时常在闹市卖艺。宋朝皇帝酷爱观阅女子摔跤，他们经常观看妇人相扑。节日或庙会，专门搭台单独举行妇人摔跤比赛，称为‘打套子。’当时曾出现嚣三娘、黑四姐等名跤手。元朝时，蒙古王爷之女爱扎路克在京都以摔跤挑选如意郎君，她在彩台接连摔倒六名高大剽悍的男跤手，最后败给一个汉族男跤手，与他结为良缘。”

尹福笑道：“真是不打不成交。”

向昀道：“看来世间诸事，男人能干的女人也能干。”

尹福道：“不知你注意没有，在世间裁缝中还是男裁缝为最好，在厨师中也是男厨师手艺最高。”

向昀“哼”了一声，说道：“那倒不一定，针线活还是女人厉害，女人一般都被小事纠缠，一旦摆脱束缚，必了不得。中国历史上没有几个女皇帝，可是一旦出了个武则天，威严不可一世。”

尹福笑道：“历史上的几个太后不是也手段高强吗？譬如您……”

向昀笑道：“你开我的玩笑。”

尹福刚要说话，忽见窗前现出一支乌黑的枪口。

“砰”——枪声响了。

尹福急忙去看向昀，她已不在座位；再仔细一看，她不知何时已到了座位之后。

尹福慌忙奔出门外，正见李莲英带着侍卫奔跑过来。

“哪里打的枪？老佛爷怎么样了？”李莲英劈头急问。

“八成又是洋人干的，老佛爷安全无恙。”

尹福心不在焉地回答，用眼睛观察着四周。

没有看到任何陌生人的踪迹。

又是一场虚惊。

尹福和李莲英回到屋内，正见向昀端坐在椅子上，泰然自若，不紧不慢地喝着香茶。

“老佛爷，您没伤着吗？”李莲英一双贼溜溜的眼睛在向昀身上扫来扫去。

“还能让一枝破枪吓着？”向昀将一口茶叶末吐在地上。

李莲英谄笑道：“没有便好，刚才我叫人给您找来几个临潼石榴，这临潼石榴是当地物产，皮薄、籽大、核软、汁多、渣少。”

向昀说：“我听说石榴是从伊朗和阿富汗等中亚国家传来的，是汉代张骞通西域时带来的种子，首先在长安种植，因是从西域安石国传入，取名石榴，在东晋时被称为天下之奇树，九州之名果。”

“老佛爷懂得真不少。”李莲英奉承道。

向昀又说下去：“当地人对石榴有特殊的感情，每逢青年男女完婚或生小孩时，亲戚朋友们总要送上绣有石榴的花枕头，以示祝贺。在中秋节的夜晚，人们总是要把石榴和月饼、点心摆在一起，边吃边赏月……”

正说着，一个太监端着一个玉盘走了进来，盘内放着五颗金灿灿的石榴。

李莲英拣了一颗石榴递给向昀，说道：“老佛爷请用石榴。”

向昀接过石榴，剥开皮，露出亮晶晶的石榴肉，正要往嘴里送，被尹福拦住。尹福道：“老佛爷，先不要吃！”

向昀忙问何故。

尹福道：“恐怕这石榴有毒，不妨先找一条狗尝一尝。”

李莲英道：“这里哪有什么狗，还是找个人尝尝。”说着看着小太监说，“你来尝尝这石榴。”小太监听了，有些害怕，迟疑着不敢上前。

向昀说：“还是找一头牲畜尝尝吧。”

尹福说："我去找。"说着走出门，来到牲口圈中，拽出一头骡子，来到向昀住房门口。

李莲英把石榴掰碎硬塞到骡子嘴里。

小太监也走出来，眼巴巴望着骡子的大眼睛。

骡子惨叫一声，歪了下来，险些栽在李莲英身上。

"石榴有毒！"李莲英大叫一声，慌忙来到屋内，把另外几颗石榴扔到门外。

尹福生怕有人误食毒石榴，挖了一个坑，把石榴埋到地下。

小太监吓傻了，翻着白眼，踉踉跄跄来到屋内，"扑通"一声跪到地上，朝向昀磕头如捣蒜，哭道："谢老佛爷救命之恩，老佛爷救命之恩终生难报！"

李莲英走了进来，见小太监这副模样，拔出匕首朝小太监后背刺去，小太监登时气绝身亡。

"莲英，你为何……"向昀一见大惊，气得浑身发抖。

"这小子贪生怕死，要不是尹爷找来骡子，恐怕凶多吉少，这样怕死的家伙，留他有何用处！"李莲英愤愤地说着，擦着匕首上的血迹，又藏入怀中。

尹福让两个侍卫拖走小太监的尸首。

向昀埋怨李莲英道："莲英，不要滥杀无辜。"

李莲英阴沉沉地说："我心中有数。"说完，拂袖而去。

李莲英走后，屋内出现沉寂，向昀显得有些烦躁，脸色绯红，鼻梁微微泛汗。

尹福见她不做声，也不好说话，闷坐在椅上，盘算着究竟是何人在石榴中下毒。

是太监总管李莲英吗？他唆使小太监在石榴中下毒，当阴谋败露又杀死小太监灭口？不会。不然他就不会让小太监尝石榴，何况他还要利用向昀，华阴县离北京还有数千里之遥。

李莲英不会有暗杀向昀的企图，慈禧太后当然也不会。

是花太岁？是八国联军杀手黛娜小姐？还是"大刀王五"的好友胡七？

尹福一时理不出头绪。

向昀渐渐恢复了平静，她紧咬着嘴唇，喃喃地说："又死了一个无辜的生灵，罪孽啊！"

尹福说："这一路上还不知要死多少无辜的生灵。"

向昀郁闷地说："到了北京，我手里不知要有多少个冤鬼。"

尹福听了，没有说话。他想：到了北京，说不定向昀就是个冤鬼，也可能在路上就成了冤鬼。

又叙了一会儿，尹福退了出去。他来到宫女房间，他要找到那个真正的慈禧太后。

尹福一连到了几个宫女房屋，也没有找到慈禧。

他失望地往回走，忽然听到隔墙有李莲英说话的声音。

“好好的一双秀甲，您为何给剪了？”这是李莲英的声音。

“唉，兵荒马乱的，留着一双秀甲有多显眼，指甲剪了，还可以长出来，可是人死了，就不能复生了，招魂又有什么用？江山丢了，夺回来不易哟！”这是一个苍老的老妇人的声音，颤巍中透出苍劲。

尹福听这声音有些熟悉，但仿佛不是慈禧的声音。

“哗啦啦”的水声。

“您这一双小脚有多俊美，白得像一对嫩藕，比十七八岁的姑娘还秀气。”又传来李莲英的声音，好像是李莲英在给老妇人洗脚。

“花容月貌为谁妍？花开易见落难寻，花无百日红哟……”

尹福见这墙有一丈多高，有一个纸窗户。他顺着墙壁登攀上去，爬到窗户前，沾湿手指，捅开一个小窟窿，朝里望去，只见屋内陈设华丽，地上有个盛着半盆水的铜盆，水皮荡漾；盆前有个小板凳，可是空无一人。

尹福感到奇怪，明明听到有李莲英和一个老妇人的声音，怎么转眼之间就没人了呢？

他上了屋顶，飘然落地，这是县衙西北的一个小院落，院里栽着葵花、豆角，有一口古井，井上吊着一根绳子。

尹福来到屋内，壁上挂着一幅赵公元帅舞剑图，墙角摆着雕花硬木桌椅，桌上有个茶壶，茶杯狼藉。

尹福来到桌前，用手摸了摸茶杯，温温的，几片茶花漂在水面。

尹福又来到铜盆前，伸手试了试盆内的水，也是温温的，水有点浑浊。

尹福来到里间，是间寝室，床上被褥整齐，淡蓝色的被面，橘黄色印有飞蝶戏牡丹的床单；靠墙有个大梳妆台，油黑发亮，显得有些陈旧。梳妆台上瓶罐纵横，两尺长的镜子有点儿模糊。对面墙角放着一个花架，一盆石榴翠绿欲滴。

尹福想：那个老妇人肯定就住在这里，她可能就是慈禧。

尹福正要转身出屋，忽见墙角有个精致的小箱子，上面饰有麒麟图案，黑底金线，亮得耀眼。尹福走过去打开箱盖，里面有数十种妇人面型的面饰，这些面饰软软的，薄薄的，两侧各有一根金色的丝线。

尹福一见，登时明白了：原来慈禧就是靠这些面饰混迹于皇家行列之中。

尹福离开这个神秘的房屋，回到自己的房间。他见天色已晚，刚要脱衣睡觉，忽听院内有脚步声，他从窗口望去，正见两个小太监拿着陶盆围着一个井口犯愁。

尹福出了屋门，其中一个太监说："尹爷，我们找来找去才找到这口井，没有水桶，可怎么舀水？"

另一个太监说："我们想弄点水洗脚睡觉。"

尹福来到井沿，伸头往里一瞧，井有一丈余深，井水淙淙。他以两目注视井中，将右衣袖往上一挽，右手置于井中，五指伸开，掌心向下涵空，来往旋转，徐徐发功。忽闻井底响声大作，井水慢慢漫上井口。两个太监看得呆了，竟忘记了舀水。尹福用右脚轻轻踢了两个太监的臀部，两个太监才醒悟过来，争先用陶盆舀水。尹福停止发功，井水退了下去。

两个太监端着陶盆，忙不迭地向尹福道谢。尹福笑道："早早休息吧。"说完，回屋去了。

鸡叫三遍，尹福便起了床，拿好衣服，匆匆洗了脸，来到县署后花园，正见一个娇健身影在花树间闪动。尹福凝眸一瞧，正是向昀。

向昀手提一根铁棍，棍如碗口大小。她舞动铁棍，往来如飞，棍风呼呼，棒影飘飘。忽见她一侧身，铁棍飞出，直扑半空之中，击落一只飞鸟。

尹福一跃身，伸手接住铁棍。

向昀笑道："光顾了接铁棍，飞鸟呢？"

尹福笑嘻嘻指着左脚面说："在这儿呢！"

向昀低头一看，飞鸟已趴在尹福的脚面上。

尹福将左脚轻轻一勾，飞鸟又落于棍头之上。

向昀接过铁棍，轻轻一掂，飞鸟又落在一个树杈上。向昀放下铁棍，微微笑道："尹爷起得早啊。"

尹福道："老佛爷起得更早。"

两个人信步登上一个朱亭，挨次坐下。

向昀望着亭畔一丛竹林说道："纵一琴一鹤，一花一竹，嗜好虽清，魔障终在。语云：能休，尘境为真境，末了，僧尔是俗家。”

尹福幽幽地说：“山林是胜地，一营恶便成市朝；书画是雅事，一贪痴便成商贾。盖心无染着，欲境是仙境；心有系牵，乐境成悲地。”

向昀道：“有一乐境界，就有一不乐的相对峙；有一好光景就有一不好的相乘除。只是寻常家饭，素位风光，才是个安乐窝巢。”

尹福问道：“老佛爷可会琴棋？”

向昀说：“棋可遣闲，易动心火；琴能养性，嫌磨指甲。素即擅长，不必自为之，幽窗邃室，观弈听琴，亦足以消久昼。”

“老佛爷原来是观弈听琴，是观棋不语，听琴不厌呢？还是暗助一方，品琴议东呢？”

向昀回答：“观棋不语自可窥人心，听琴不厌足以洞知音。”

尹福叹道：“原来如此！”

这时，李莲英匆匆而来，叫道：“老佛爷，您让我找得好苦，该用早膳了，一会儿要启程了。”

第七回 窥宫女私语窃私情 听侠姝心声星心印

在灰蒙蒙的大道上，秋天的原野远远地伸展着，一望无际。田野上空，一条条烟色的云彩静悄悄地飘动着。微风在田野上吹过，翻阅着干草茎。微微湿润的青草在早晨的雾气中散发着香味。泥土像流质一样地荡漾、波动，黑色泥土的淡薄气味使人感到奋发和甜蜜。收获后的大地在歇息。

皇家行列在默默地向东移动。

尹福仍是与李瑞东策马并行。他在行进中特别注意观察每一个宫女，然而没有发现慈禧的蛛丝马迹。

当尹福策马经过瑾妃的轿前时，听到宫女木兰花与宫女娟子的对话。

木兰花问娟子："你怎么了?"

娟子叹了口气："真是老太后好伺候，姑姑不好伺候。宫里的规矩，姑姑的权大，对下面的宫女，可打可罚，这几天姑姑的火气特别大，动不动就拿我们出气。打还好忍受，疼一阵过去了，就怕罚，往墙角一跪，不知跪到什么时候。姑姑的事都是由我们伺候，洗脸、梳头、洗脚、洗身子，一天要用十几桶水……"

木兰花笑道："谁叫人家是姑姑呢，等你到了三四十岁，也不成姑姑了?"

"我?我也能成姑姑?到了十八九岁，太后还不让我嫁人?要是嫁个漂亮小伙儿，还算有福气，要是嫁个麻脸瘸子，我这半辈子不是算倒邪霉了。"

"你是太后的贴身宫女，太后还能亏待了你?"

"宫女是不许打脸的，脸是咱做女人的本钱，女人一生荣华富贵多半在脸上。当年老太后、隆裕主子打珍小主嘴巴，那是对珍小主最大的羞辱。俗话说，打人不打脸。可是这个姑姑专打我的脸。"

"你大概又犯了什么错儿，是不是睡觉时大八了一躺?"木兰花说这话时紧盯着娟子的脸。

“噢，这不断地走啊走，有时一天走好几十里地，累得肚子转筋，还不许我们睡觉，躺的姿势还管?”娟子说这话时气呼呼的。

“这是宫里的规矩呀!”

“这不是在宫里，是在路上。在宫里时，不许我们吃鱼，怕身上带腥气味。”

木兰花道：“就连主子、小主、格格到上头去前，也要净一净身子，免得失敬，何况你一个小宫女。”

尹福见娟子不言语了，她的乌油油的大辫子分外扎眼，辫根系两寸长的红绒绳，辫梢用桃红色的绚子系起来，留有一寸长的辫穗，用梳子梳过，蓬松着。鬓边戴一朵剪绒的红绒花，脚下是白绫子袜子，青鞋上绣着满帮的浅碎花，透出利索爽眼。

停了一会儿，娟子又说：“有时我真想溜走。”

木兰花听了，急忙去掩她的嘴：“这话可不是闹着玩儿说的，说出去，要丢脑袋的!”

娟子气哼哼地说：“我的脑袋早掖到裤腰上了。”

木兰花前后左右瞧了瞧，见只有尹福注意她们谈话，才放下心来。娟子诉苦道：“当宫女行不回头，笑不露齿，走路要安安闲闲地走，不许头左右乱摇，不许回头乱看，笑不许出声。多美的事也只能抿嘴一笑，多苦恼也不许哭丧着脸，挨打更不许出声。不该问的事不能问，不该说的话不能说，谁和谁也不能说私语，就像每个人都有一层蜡纸包着，谁也不能把真心透露出来。哼，现在我就笑，把牙露出来给你们瞧瞧!”说着，娟子哈哈大笑，露出两排洁白的牙齿。

木兰花道：“行了，行了，我看你是有点儿疯了。”

“我的头就乱摆，乱摇。”娟子故意将头摇得跟拨浪鼓似的。

“不该打听的我也要打听。木兰花，你说，李莲英是不是假太监?”娟子一双火辣辣的眼睛盯在木兰花那白皙的脸蛋上。

“李大总管，恐怕不是吧，他未必有那么大的胆子!”

“我看他跟太后……”娟子的声音压得低低的，像蚊子咬。

木兰花的脸憋得通红，小心地东张西望。

“你发现没有？太后跟你师父相好了……”娟子的声音虽然压得很低，但是尹福还是听到了。

尹福装作若无其事的样子，把头扭向一边，不过他的心房隐隐跳动着，全身有些震颤。

“不会吧？我师父不是那种人，他的心我清楚……”是木兰花的声音，有些发抖。

“我的眼睛可揉不进沙子，你没看太后这几天失魂丧魄的，好像变了一个人。她一从西安城出来就变了，连有些老规矩都改了。”

“是吗?”木兰花的声音充满了颤声。

尹福听了，心头一紧，心跳得更快了。

“木兰花，我告诉你一个秘密，前几天我听到太后的梦话……”

“快说给我听……”

“可不兴说出去。”

“谁说出去谁烂嘴。”

“不能告诉你师父。”

“说出去嫁狗。”

“太后在梦中说，尹爷，尹爷，她在叫你师父的名字!”

“太后是不是在梦中撞见了贼人，她喊师父救她……”

娟子摇了摇头，又说道：“她还说，尹爷，我喜欢你，我真的喜欢你呀!”

木兰花听了，脸红得像苹果，心“咚咚”地跳着。

尹福将这番话听得一清二楚，他神思有些恍惚，不由得拍打了马屁股几下，策马赶到皇家行列之前，来到旷野之上。

他望着茫茫的旷野，心潮起伏，心情久久不能平静。多少天来，他总觉得有一种说不出来的幸福与喜悦。这种喜悦和幸福是由衷的，是从他相依为命的妻子身上得不到的。他的妻子是一位传统式的中国女人，纯朴、厚道、勤劳、温善，但是生活久了，总感觉缺少一种东西，尹福也说不出是什么东西。恐怕人无完妻，憨厚过之必然有失聪敏，聪敏过之必然有失朴实。他喜欢他的妻子，喜欢她的诚挚、坦诚，但有时又觉得缺少些含蓄。而向昀是一个文雅、含而不露的女人，她的思想深邃，文化修养甚高，她就像白云堆里的仕女，远不可及，近不可视。但是尹福从来没有希冀和幻想过什么，他不敢苛求，也不愿苛求，他就觉得跟她在一起很舒服，充溢着一种幸福感。如今听到娟子一番话，他那关在心闸之内的春潮仿佛汹涌澎湃起来，原来向昀也喜欢他，喜欢他这么一个风尘仆仆的粗人。他有些激动，脸热得泛红，甚至有些发烫。他仿佛看到向昀身穿白色裳裙，在旷野上朝他扑来，他合上双眼尽情地享受这一美好憧憬。

他睁开了眼睛，向昀是王府名姝，寺庙里长大的处女，而他是个有家室的人，这种想法岂不荒唐？武林中人会如何看待这件事，八卦掌门人会如何议论这件事，荒唐，荒唐！

“尹爷，你在那儿转的什么磨？”传来李瑞东的声音。

尹福仔细一看，只见李瑞东策马来到他的面前，皇家行列已经走远了。

“没什么，没什么……我在这儿……察看一下……地形……”尹福支支吾吾地说。

“我还以为你出了事，所以赶回来找你。”

尹福和李瑞东追了一程，终于追上皇家行列。

慈禧的贴身宫女荣子和娟子一见尹福，赶快跑来。

荣子说：“尹爷，老佛爷叫你过去。”

尹福来到向昀的轿车前，下了马，禀道：“奴才叩见老佛爷。”

轿内传出向昀的声音：“尹福，你进轿吧。”

尹福一听，心里“咯噔”一下，只有李莲英和慈禧的两个贴身宫女荣子和娟子才进过这辆轿车，如今向昀让我进去，不知有什么要事。

尹福让荣子牵着他的马，自己上了轿车，他掀开轿帘，只见向昀斜倚在座位上，脸色泛红，两只眼睛闪烁着清澈的光辉。

尹福不敢看她的眼睛，她的目光仿佛是一柄柄刀子。

“老佛爷找我做什么？”

“潼关就快到了。”向昀的声音悦耳动听，就像一首民歌。

“听说那里的景色很美。”

向昀叹了一口气：“这几天我神思恍惚，总感觉已到了生命的尽头，有时梦见白茫茫的一片，在这白茫茫中忽然闪现一朵朵红云，梦醒后便觉眼跳耳鸣。”

“你不要胡思乱想，应当想法镇定自己，你多想想你在新疆的爹爹，想到通过你的努力，你们父女终将团圆，你就会有好的感觉的。”尹福说这番话时，不自然地搓弄着衣角。

“尹福，说实在话，我一见到你，就喜欢上你了。”向昀的话温柔、甜馨。

尹福的脸上泛起红晕，两只手微微颤抖。半晌他问：“你喜欢我什么？”

“喜欢你勇敢、朴实、机智、有男子汉气。”向昀说这些话时，大眼睛不眨一下，显得很诚挚。

尹福的心简直要融化了，他感到向昀奔腾的气息袭来，这气息清凉、芳香，他努力克制自己，尽量不使自己做出非礼之举。

“你喜欢我吗?”向昀的话充满了期待和希冀。

尹福说什么呢?他若说喜欢，恐怕要使这位初涉情海的女子跌入情网，以致弄得不可收拾。若说不喜欢，实是欺人之谈，会伤害向昀的心。

尹福不敢看向昀，但是他的全身，包括那颗血淋淋的心，都被对方刀子似的眼睛刺透了。

“我是有家室的人……”半天，尹福才憋出这么一句话。

“那你是喜欢我的，你喜欢我，我太高兴了。”

尹福感到向昀那柔软的身子缠住了他，他被香气冲击着，向昀那薄薄的红嘴唇在他眼前晃动，诱人、香甜、鲜艳……

“不!”尹福大叫着，挣扎着，推搡着……就在这时，轿车外传来一声声惊呼:“有刺客!有刺客!”

马蹄声，疾驰的马蹄声。

尹福探头一看，只见四面八方红尘滚滚，似有群马奔腾，喊杀震天，震耳欲聋。尹福不知又是哪路人马杀来，正在观望，只见侍卫、兵丁纷纷抽出兵器前去阻杀。渐渐地尹福看到出现一些骑马的和尚，那些和尚持伏龙钵、莲花夺命钎、铁笛、梅花截木针、飞镖刀等，都是奇异的兵器。

尹福想，这些和尚是从哪来的，他们与皇族有什么仇恨呢?

李瑞东飞马来到尹福前，大叫:“尹爷，来了这么多秃和尚，凶多吉少，你却躲在这儿瞧热闹。”

尹福淡淡地说:“有几千兵马还挡不住几个秃和尚!”

“秃和尚?他们个个神勇，如天兵天将，足有一百多人。”李瑞东气咻咻地说着，抹了一把汗。

这时只见一个眉发皆白的老法师手持护手钺朝向昀的轿车扑来。

李瑞东一见抽出阴阳子午锥迎战法师。

法师手持护手钺朝李瑞东胸口刺来，李瑞东朝旁边一闪，法师扑了一个空，可是并没有收马，仍然朝前疾驶。

尹福见他醉翁之意不在酒，攻击目标是向昀的轿车，急忙抽出判官笔，上前猛刺，竟刺中马的臀部。

白马狂嘶一声，疼得腾空而起。

法师双脚向右旋跳，全身腾空，右脚尽力向右上方弹摆，速出右掌，竟将轿车的一个角削掉。

尹福正要用判官笔猛攻法师右侧，忽听一人大喝:“勿伤寂亭法师!”

尹福扭身一看，一个年轻和尚手持闭血鸳鸯幡扑来。

尹福知道这闭血鸳鸯幡是世间罕见的兵器。

那年轻和尚举幡一招“双凤开山”，十字交叉，双幡向上，幡嘴朝下，向尹福刺来。

尹福不敢轻敌，放开法师，一招“狮子摆头”，右手持判官笔，左手变换牛舌掌，猛攻对方的小腿。

李瑞东截住法师厮杀，此时皇家行列乱成一团。

远远的，尹福看到李莲英带着十几个侍卫紧紧护住一辆骡车，既不往前跑，也不往后退，他猜想慈禧必是躲在这骡车之中。

青年和尚手持鸳鸯幡，步步紧逼。尹福更不示弱，挥动判官笔忽上忽下，忽左忽右，丝毫不露破绽。

青年和尚问道：“你可是八卦掌尹教头？”

尹福道：“正是！你是谁？”

青年和尚笑道：“我使的这闭血鸳鸯幡你还看不出来吗？这是少林寺的秘门兵器，我自然是河南嵩山少林寺的。”

尹福一听“少林寺”三个字，心里吃了一惊，暗想：这少林寺是天下功夫出没之地，武术名家荟萃之所，难道也与皇族有仇吗？

“少林寺离此有数百里之遥，你们为何劫杀皇族？”

“朝廷历代围剿困扰少林寺，还曾火烧少林寺，不少法师、名僧死于朝廷猎犬之手，少林寺自然与朝廷有不共戴天之仇！”青年和尚说这番话时，显得有些激动。

尹福猛地想起：天下许多反清志士经常隐匿出没少林寺，少林寺已成为反清复明的巢穴，历史上江南十三侠之一的甘凤池、三皇炮捶祖师乔鹤龄、形意拳大师车毅斋等武术名家都曾栖身少林寺。

尹福见青年和尚两眼冒火，说道：“那都是雍正皇帝栽下的祸苗，至同治年间已没有再发生这种事情了。”

青年和尚冷笑一声，说道：“少林寺静云大师高龄已有一百一十五岁，通晓天文、地理、算术、气功，对前朝列祖列宗之事，记得一清二楚。”

尹福道：“如今是光绪年间，八国联军都打过来了，何必再翻那老皇历？”

青年和尚正色道：“君子报仇，十年不晚，义士报仇，百年不迟！”

尹福慨然道：“清朝皇族东归京城，兵马劳顿，风尘仆仆，何必乘人之危，偷袭其列，况有不少宫眷。”

青年和尚道："这正是天赐良机。"

尹福与青年和尚斗来斗去，青年和尚已是气喘吁吁，尹福不忍伤害他的性命，只是在那里周旋，耗费他的精力。这时，只听一声呼哨，有人叫道："老佛爷得手了。"

青年和尚一听，撒腿就跑。尹福也不追赶，慌忙去找向昀乘坐的那辆轿车。

尹福在尸堆中终于找到了那辆轿车，它翻倒在一旁，轿帘染着鲜血，两匹马各中了刀枪，呻吟不已。

宫女娟子从尸堆中爬过来，她两眼发直，身上、脸上、手上满沾着鲜血，痛哭失声。她一见尹福，哭叫道："尹爷，老佛爷让和尚抓走了。"

尹福看到向昀使用的香荷包在血水上漂浮着，香荷包上绣着的一对鸳鸯染上了鲜血。

尹福大叫着，拾起那个香荷包，紧紧攥在手心里，仿佛要把它捏碎。

尹福正见一匹惊魂未定的黑马奔驰而来，他几步窜过去，拽过马缰绳，飞身骑上，大叫着："我要去少林寺。"

随着马蹄声远去，尹福不见了。

娟子望着灰蒙蒙的烟尘，喃喃自语："尹爷，他……疯了。"

少林寺位于河南嵩山少室山西麓的五乳峰下，因为寺院在丛林茂密的少室山阴，故名"少林寺。"北魏太和十九年（公元四九五年），孝文帝元宏敕建少林寺，安顿印度僧人跋陀来嵩山落迹传教。孝明帝孝昌三年，印度僧人达摩在此首传佛教禅宗。北周建德年间，由于武帝禁佛道二教，少林寺曾一度废弃。静帝大象年间，重兴少林寺。唐初，因少林寺十三和尚救唐王，受到皇封皇赏，僧徒增至两千余人，成为驰名中外的大佛寺，有"天下第一名刹"的称号。

向昀那天正在轿内躲藏，尹福与一青年和尚激战，既而离开轿车。

李瑞东也与寂亭法师打得难解难分。

此时又围上四个和尚，各施气功，频频向轿车攻击。

那和尚中有个击水僧，一张口，一道道水柱射向轿车，连穿了几个洞孔，向昀见无法躲藏，便一跃而出，与四个和尚激战。那四个和尚联手十分厉害，一个击水，一个喷唾，一个甩鼻涕，一个掷黄豆，将向昀团团围住，使她只有招架之功，并无还手之力。

击水僧不知在哪里喝了那么多水，口喷不止，有时向昀躲得慢些，衣服便被水柱穿破。那个甩涕僧，用手一捏鼻子，一把把黄鼻涕甩出来，卷带着一股股血腥味，向昀留意躲闪，结果不小心溅了一滴在裤子上，登时穿出一个小窟窿，漏肉处疼痛难忍。那个唾沫僧，以自己唾沫为武器，冷不丁便朝向昀吐一口，向昀不敢轻敌，生怕他唾沫中有何异物，左躲右闪。那个掷豆僧，手握一把黄豆，不紧不慢地绕着向昀转，专朝向昀的穴位掷豆。

战了一会儿，向昀渐渐气力不支，额上冒出虚汗，两脚有些发飘。冷不防，掷豆僧一颗黄豆掷来，正中她的穴位，她眼前一黑，昏了过去。

向昀醒来时，已在少林寺大雄宝殿之中，她身上和双手被铁索缚住，双腿跪在地上；她抬眼一看，正前方释迦牟尼佛像前立着三位气度非凡的高僧，身穿袈裟，手捏念珠，鹤发童颜。两侧立着数十个僧人，个个横眉冷对，比十八罗汉还要威严。

向昀缓缓回头，庭院中数百武僧排列整齐，有的赤手空拳，有的手持枪棒，还有的手持少林护身兵器。那些兵器稀奇古怪，分别是少林金刚凿、月牙刀、天罡劈水扇、草镰、五合掌、转堂拐、闭血鸳鸯铎、两节棍、赶山鞭、双流星、铁扫帚、猎燕叉、雁翅镗、飞镖等。

向昀看了不禁毛发悚然，想站起身来，但听霹雷般一声大吼："跪下！"

向昀只得又跪下来。

"慈禧，你也有今日！"当中那个法师"呵呵"冷笑着，怒目而视。

向昀心想：这些少林寺的僧人果真把我当成了慈禧太后，他们对朝廷疾恶如仇，难免不对我下毒手，我若说出真实身份，他们也许会放了我，可是我的义父却要死在新疆了。

"慈禧，你可知罪吗？"那个法师又问。

向昀抬起头，抬高了嗓门说道："我是当今堂堂太后，你们不得对我非礼，朝廷有数十万军队，只要出动五千兵马，就可踏平少林寺。"

法师笑道："可是你不要忘记，如今你在我们手心里，你纵有三头六臂也休想逃出寺去。"

向昀一努劲，站了起来。

"跪下！"法师一声大喝。

"跪下！"众僧齐声吆喝，声震寰宇，树叶簌簌而落。

向昀置之不理。

"真灵、真珠，叫她跪下！"

一声应诺，蹿上来两个僧人，四只手像老虎钳一般，紧紧钳住向昀的两条胳膊，硬把她按跪在地上。

向昀怒道："你们究竟想干什么？"

"朝廷历年来杀我寺中无数僧人，今日让你先向这些亡灵磕三个头，以示哀悼之意。"

向昀想：朝廷滥杀少林寺僧，这些亡僧死得冤枉，这个头应该磕。

向昀点点头说："我答应。"于是恭恭敬敬地俯下身来，磕了三个头。

法师说："你到底是宫廷贵人，还算识时务。"

向昀说："你们该放我走了吧？"

"少林寺还有几个要求。"

"什么要求？"

"第一，朝廷不得随意搜寺、焚寺，不得滥杀寺内无辜僧人及僧友。第二，朝廷应拨款修葺本寺。第三，由你题名树一座寺内亡灵墓碑。"

向昀想：我即使答应，也是空话。她于是应道："我都答应。"

"画押为证。"

法师唤僧人拿来文房四宝，让向昀在文约上画了押。

向昀道："现在你们满意了吧？我可以回去了。"

法师点点头："君子一言，驷马难追。今日我们可好好款待你，明日一早派两位僧人送你返回。"

两个僧人上前为向昀松绑，这时闪出一个凶神恶煞般的武僧，他朗声叫道："不可，此事有诈！"

众僧一听，个个顿时紧张起来，武僧们都攥紧了兵器。

第八回　跪佛殿难赎千秋罪　闯少林易阅满庭香

向旳见这和尚两只鹰眼，身材魁梧，手提一柄朴刀，一脸杀机。

法师怒道：“悟慧，休得无礼!”

悟慧说：“我们费了九牛二虎之力，才拿到这个老妖婆，如此轻易地放走了她，岂不是太便宜了她？我看她不是慈禧太后，是个替身。”

悟慧和尚这句话，就如晴天霹雳，唬了向旳一跳。

“你如何看出她是假太后？”法师双目圆睁，烁烁生辉。

“寂聚法师，你想一想，慈禧太后如何会武艺呢？谁不知道她只是一个心怀叵测的太上皇。”

向旳辩道：“我们大清的皇上有哪一个不会武艺！皇家祖制规定，少时必到雍和宫学习拳术，以强身健体、抵御外寇内贼之用。圣祖努尔哈赤、皇太极等都是神勇之帅，惯战之将，马上夺天下。康熙大帝几番挂帅亲征，立下赫赫战功。雍正皇帝更是武林高手，‘血滴子’令人不寒而栗，闻之丧胆。我自小在家中学艺，练就一身拳术，有什么稀奇？”

悟慧冷笑道：“既是这样，我们两个比试一下如何？”

向旳说：“我愿意奉陪，只是我们比试一下拳术如何？”

悟慧说：“当然可以。”说着将铁棍往地上一掼，拉开架势。

向旳请法师解开绑索，对悟慧说：“进招吧。”

悟慧和尚发一声喊，双拳上下翻飞。向旳见少林拳果然厉害，一伸一屈，一招不苟，由缓而渐快，由快而加紧，由紧而松弛；拳未到而意到，可分可合，可连可不连，似乎纯刚而不柔，实则外方而内圆。步法一虚一实，手法一攻一守；其静如浪平波静，杀机四伏；其动似倒海翻江，险象环生；发拳有穿山洞石之情，落步有入地生根之意。心固定神自不慌，意虽狠不现诸神。

向昀战了一会儿，加之多时疲倦不堪，有些力虚，渐渐渗出香汗。

悟慧和尚攻势益猛，一个“马裆步”，将左右两脚分开，两腿屈膝蹲下，大腿面与膝角平行，膝角与脚尖上下相对，两足呈一字形，双掌朝向昀脑门击来。

“悟慧拳下留情!”寂聚法师一声大喝，往前移出两步。

悟慧和尚正打在兴头上，哪里听进寂聚法师半句话，一个“鸦弦裆”，又名“夹马步”，一腿在后，屈膝成蹲坐势，一腿在前挺伸，脚尖向内勾，两大腿夹靠相近。将左腿在前挺勾，右脚在后蹲屈；猛一转身，一拳击中向昀右肩。向昀一个踉跄，扑倒在地。

悟慧揪住向昀，举拳欲打。

就在此时，猛听半空中一声霹雳般大喝：“勿伤我主!”

寂聚法师、悟慧和尚等人望去，但见大殿外，在少林寺僧的棍阵中，旋风般卷过一个人来，“劈劈啪啪”接连削断十几根少林棍。

一个清瘦儒雅的人落在悟慧和尚面前，一拳推开悟慧。

向昀抬头一看，此人正是“铁镯子”尹福。

“你是何人？竟也闯我少林寺!”寂聚法师怒问。

“这是我的护卫总管尹福。”向昀临危时猛见到尹福，感到宽慰许多。

寂聚法师一听，脸上现出笑容，连声道：“原来是八卦掌名家尹老先生到了，老纳有失远迎。”

尹福拱手道：“看样子，您是这里的住持，少林为何要劫太后?”

寂聚法师把前因后果叙了一遍，然后对悟慧和尚怒道：“悟慧，还不退下!”

悟慧气愤而退。

寂聚把另外两位法师也介绍给尹福，一位是寂炮法师，另一位法师尹福见过，正是潼关道上与尹福酣战的寂亭法师。

寂聚法师道：“八卦掌与太极拳、形意拳是三大内家拳，如今八卦掌掌门人尹老先生荣临此地，是少林寺的大幸。我曾见过八卦掌祖师董海川老英雄，那时他正在北京肃王府当教头，我曾到肃王府专门拜访他，并与他磋谈武术，他是个蔼然可敬、谦逊严谨的武圣人。他老人家还给我表演了轻功和缩骨法，他躲在一个筛子里，挂在墙上，硬是让我找了一个时辰。”

寂炮法师道：“少林拳、八卦掌、鸳鸯腿、螳螂臂，皆是世人称赞的奇术，尹老先生今日就宿在寺中，明日一早再带慈禧启程不迟。”

尹福见他们热情相留，望望向昀，向昀点了点头。

尹福说："既然太后答应了，我们明天一早再赶路吧。"

寂聚法师喝散众僧，然后与寂炮、寂亭法师一同带向昀、尹福游历少林寺和东西两马道，立有碑碣数十通，几个人在碑林中转了一遭，又来到天王殿。

天王殿内有三通石碑，其中一碑上刻有印度僧人达摩"一苇渡江"的画像，背面为钟馗画像。

寂聚法师介绍道："孝明帝孝昌三年，印度高僧达摩来我少林寺，传授佛教神宗。他主张静坐修心，在寺后一个天然石洞中，面壁九年，寂坐参悟。由于他长年静坐，精神和肉体都不免困倦，而且他居于深山密林之中，经常受到毒蛇禽兽的威胁，于是他根据山林中虎跃、猿攀、鸟飞、虫爬之动作，并效法我国人生产和锻炼身体的各种活动，伸筋舒骨，使气血畅通，体魄健壮，精力充沛，初创了少林拳。他有时也练几手方便铲、棍、棒、手杖护身，后人称为达摩铲、达摩杖等。"

几个人经过藏经阁、达摩亭、白衣殿，来到了千佛殿。这座佛殿阔七间，深三间，正面有一尊铜制毗卢佛像，东边神台上有一尊玉雕阿弥陀佛像。

尹福发现地面上有一个个小陷坑，向昀不注意绊了一跤。

寂亭法师指着这些陷坑说："这是僧人们练拳时的站桩脚窝。"

墙壁上有《五百罗汉朝毗卢》的彩色壁画，上面有滔滔碧水、冉冉风云、寂寥山林，栩栩如生。

几个人又来到塔林，几个小和尚正在这里舞枪弄棒，他们见到法师，都拱手作揖，法师们也作揖还礼。

寂聚法师说："这里有自唐贞元七年至清嘉庆八年之间的唐、宋、金、元、清各代的砖石墓塔二百二十余座，高四十五尺之下，这里埋葬着无数法师、僧人的尸身，真是精灵荟萃之地啊！"

转过塔林，忽闻一片喝彩之声。原来是几个僧人正在练打飞镖，树上挂着一个个葫芦和一串串铜钱，百尺之外，几个僧人已在轮番甩镖。那些击法有迎面打、左侧打、右侧打、背后打，有单手发打，也有双手发打。

尹福见一个年轻僧人右手从镖囊取出飞镖，托在手中，口中念念有词："小小飞镖妙无双，双手发打似飞蝗。若有盗贼来袭我，中上飞镖必受伤。轻者疼痛流鲜血，重者危急一命亡。未曾用法先高喊，强敌害怕败回乡。"他的手指由下向前微翘，手腕、小臂、肘、大臂同时用力向前送劲，猛力一抖手，镖从手中射出，射落一个葫芦。

寂炮法师一张口，树上挂的那些铜钱，纷纷扬落。

尹福有些纳闷，问道：“那些铜钱被谁打掉了？”

寂聚法师说：“是寂炮法师，他是少林截木针的高手，他使用气功发针法，将针放在口唇当中，针尖向外，用丹田气喷出。”

尹福看着寂炮法师的嘴，寂炮法师笑着张嘴，舌面果然卷动着几根银光闪闪的针，有一指半长，细如丝。

寂聚法师说：“这种少林截木针是唐代女侠聂隐娘所创，后宋初时少林女弟子穆春秋把针传入少林寺，以后又历经历代高僧惠深、智安、觉训、可政、悟雷、洪荣、广顺、同随、祖月、清莲等研练，相传至今。它可用于防身护体，镇宅护院；云游在外，募化四方，可以用它惩治拦路贼人和恶霸，是携带方便的暗器。”

因向昀有些疲乏，几个人回到寺院，寂聚法师将向昀和尹福安顿在龙庭歇息。

这个龙庭原为方丈室，乾隆皇帝当年游历嵩岳时曾在这里居住，后人便易名“龙庭”。这是一个大宽展院落，两棵古槐，差不多遮了半个院子；院子里还堆着点儿高高矮矮不成文理的山石，种着几丛疏疏密密不合点缀的竹子；南屋的墙壁上，镶嵌着宋代书法家蔡京面壁之塔的刻石和其他石刻画像。

正屋内当地放着一张花梨大理石大案，案上摆着各种名人字帖，并数方宝砚，各色笔筒，笔筒内插的笔如小树林一般。屋角设着斗大的一个汝窑花囊，插着满满一囊野花。案上设着大鼎，左边紫檀架上放着一个玉盘，盘内盛着数颗玉佛手、石榴、荔枝和翡翠白菜。右边漆架上悬着一个小金钟。左屋是一间卧房，满屋喷鼻香。窗前花梨桌上供着一尊玉观音，两边放着四张水磨楠木椅子。中间有张桃花心木架子床，挂着大红绸帐子，床上被褥有三尺多高，枕头边摆着熏笼，床前面一架几十个香橼，结成一个流苏。房中间放着一个大铜盆，盆内有毛巾等物。

右屋书香横溢，尹福、向昀看得眼花缭乱，屋内一色玩器全无，案上只有一个青瓦瓶，瓶内供着数枝白菊，旁有茶奁茶杯和两部佛书，屋角有一张小床，吊着青纱帐幔，衾褥十分朴素。三壁墙上悬着字幅，古宣托裱，界画朱丝，写着寸来大的四角方的颜字和文字。尹福细看那些字幅，其中有明许完登五乳峰诗：“少室山前五乳峰，振衣千纫许谁从。黄河淼淼舒晴练，洛邑微微见蚁封。足缩羊肠回俗驾，眼空鳌极荡尘胸。乾刊胜地钟灵异，云雨时时起蛰龙。”

有明文人文翔凤《嵩高游记》云：“寺当少室之阴，三六峰之外，有峰曰五乳，自少室拖一臂而北抱寺。”

尹福看到唐代大诗人白居易从龙潭寺至少林寺题赠同游者诗云：“山屐田衣六七贤，搴芳踏翠弄潺源。九龙潭月落椒酒，三品松风飘管弦。强健且宜游胜地，清凉不觉过炎天。始知鹤架乘云外，别有逍遥地上仙。”

有沈全期游少林寺诗云：“长歌游室地，徒绮封珠林。雁塔风霜古，龙池岁月深。绀园澄夕霁，碧殿下秋阴。归路烟霞晚，山蝉处处吟。”

有戴叔伦游少林寺诗云：“步入招提路，因之访道林。石龛苍藓积，香径白云深。双树含秋色，孤峰起夕阳。屐廊行欲遍，回首一长吟。”

有韦应物经少林寺精舍寄都邑诸亲友诗云：“息架依崧岭，高阁一攀缘。前瞻路已穷，既诣喜更延。出献听万籁，入林濯幽泉。鸣钟生道心，暮鹤空云烟。独往虽暂适，多景终见牵。方思结茅地，归息期暮年。”

向昀叫道：“尹爷，你看这对联。”

尹福侧头一看，原来门廊左右墙壁上有一联语，分别左右写着：东山寂历道心生虚谷逍遥野鸟声，禅室从来云外尝香台岂是世中情。

向昀赞道：“这一联语还真有点儿味道。”

尹福说：“到底是佛家世界啊。”

二人进了左屋，一同叙话。

向昀看了看窗外，没有一人，对尹福说：“当太后有什么舒服的，处处提防人算计，真如惊弓之鸟。也许太后觉得吃喝玩乐是一大福事。”

尹福笑道：“我看过太后吃饭，有一百多道山珍海味，有下酒三十味、捕食七色、对食十盏、晚食六色。对食是大菜，晚食是最后的下饭菜，除鸡鸭鱼肉外，还有鹌鹑、鹅、兔、虾、鳝、蛤蜊、水母、螃蟹等，这些菜大部分只是摆着观看，根本吃不过来，因此称为目食。御膳房的厨师还想了一个办法，用木头雕刻的鱼来充数，真成了名副其实的目食。太后穿的衣服虽然昂贵，但穿起来并不舒服。”

向昀红着脸说：“皇上的嫔妃那么多，我看也没有几个真心实意的，有什么意思。”

尹福道：“做皇上的这一点也是一般男人不能比的，后宫嫔妃最多恐怕要数隋炀帝，他后宫的女人有六万多名，其次是唐玄宗，多达四万人，而汉灵帝、晋武帝、陈后主、金海陵王等人，后宫的女人也有万人以上。但真正能与皇上亲近的女人只是少数。王昭君临出塞，汉元帝才知道后宫中有如此美人；侯夫人自缢后，隋炀帝才知道她秀丽无比。杜牧在《阿房宫赋》中形容秦始皇宫中嫔妃是

‘有不得见始皇者，三十六年’。你可能听说了，为防宫女加害皇上，大清的规矩是由两个太监把皇上选中的宫女脱光衣服，用白绸裹好，扛到皇上睡觉的龙床上。皇上和宫女做好事时，太监就在外头监看听监报时，连呼三声是时候了，便进房把宫女原样扛出去。”

向昀凄凉地说：“做女人和做男人的到了这种地步，也是够凄惨的了。”

尹福道：“还有更荒唐的事呢，每次皇上与皇后行房后，敬事房便把时间记下来。如果皇上宠幸妃子或贵人，当皇上晚膳时，敬事房先把妃子或贵人的姓名牌，放在银盘中称为膳牌呈进，皇上如有兴致，则拣某妃牌翻转一面，太监便告诉某妃。到了晚上，皇上先宽衣上床，露出双脚。太监把拣中的妃子或贵人，赤条条地用大氅裹了背赴御榻。妃子赤身由脚下钻进被内，敬事房总管和驮妃太监倚立窗外。如时间过久，总管必高唱：是时候了。不应则再唱。然后妃子仍从皇上脚下爬出来，披上大氅由太监驮出。出去后，总管便进来问皇上留不留；如果皇上说不留，总管便在妃子后股穴道上轻轻按摩，使其绝育。如皇上说留，敬事房就要登记入册。”

向昀听了，也觉得好笑。

这时，寂聚法师走了进来，说：“你们说什么呢，这么全神贯注。我们备了一桌晚肴，请你们入席。”

晚肴还算丰富，皆是素食，向昀与尹福吃得十分舒服，二人回到龙庭后又叙了一会儿话，便各自歇息了。

尹福睡在右屋，向昀睡在左屋，尹福因有些疲乏，不久便睡着了。

向昀可能是劳累过度，反而睡不安稳，左躺右卧，就是不能入睡，她有些烦躁，索性穿衣下地，出了龙庭，朝寺后走来。

秋夜，天高露浓，一弯月牙在西南天边静静地挂着。清冷的月光洒向大地，是那么幽暗，茂密无边的树林里，此呼彼应地响着秋虫的吟叫声，阴影罩着佛殿、僧房和碑刻。

向昀想起白日寂聚法师说的达摩洞以及达摩高僧面壁的故事，沿着蜿蜒的山路寻觅着那个神秘的石洞。

庵后五乳峰的中峰上部果然有一孔石洞，黑不见内，洞额书“达摩洞”三个字，洞宽三米之余，洞外有一座双柱单孔石坊。

向昀来到洞口，猛觉气浪袭人，逼得她不能上前，只好后退。

向昀接连后退了七八尺，身体仍不能自持。

“来的是何人？为何深夜闯达摩洞？”洞内传出一个苍老而遒劲的声音。

向昀听到这声音，不由得打了一个寒噤。

那声音的余声仍回荡着，颤颤的。

“为何不说话？”那声音又升腾起来。

“我……我是慈禧太后……”向昀用颤抖的声调说，双眼盯着黑幽幽的洞口，生怕有什么暗器打出来。

“你为何不在京城做太后梦，却跑到这穷山僻寺来？”

向昀简单地叙了一遍前因后果。

“进洞来吧。”

向昀战战兢兢进了达摩洞，气浪消失了，一片漆黑，十几尺外，有两颗宝石烁烁发光。

“您一定是道法极高的法师，我怎么看不到您？”

“那是因为你在光明中待久了，熟悉一下黑暗吧。”

向昀在潮湿的空气中闻到一种奇香，这种香味她从未闻过。

渐渐地向昀看清了洞内的东西，一个鹤发童颜的老人默默地盘坐在那里，注视着灰色的石壁，一动不动，一身银白色的佛袍飒飒而动。

“您一定是这里德高望重的法师？”向昀问。

“我是静云法师，已经有一百五十多岁了。乾隆爷来少林寺时，我给他敬过香茶，那时你还没来到人世呢。”

“您为何坐在这里，不怕受凉吗？”

“我有气功护身，不畏凉气，我在这里已整整面壁二十年了。”

“真了不起！”向昀赞叹道。

“你也了不起呀！”静云法师的话有一股嘲讽味。

“你骗得咸丰帝的欢心，登上了贵妃的宝座，设计害死了慈安，独揽大权，挟天子以令诸侯。你杀害了戊戌六君子，将皇上囚瀛台。在八国联军入侵之时，你弃城而逃，西遁西安，如今卖国条约签订，又要荣归京城做你的太后梦了。”

向昀听了，吃了一惊，心想：这位老法师已在洞内面壁二十年，真是高僧不出寺，全知天下事，幸好我不是真慈禧，您老也不用来数落我。

向昀道：“老法师，看来您是佛法高深的隐者，上晓天文，下知地理，天下大事无所不知，无所不晓。”

法师笑道：“你如此奉承我，必是有求于我。言之过甚，必有所图，人世间人与人之间无非是利用和被利用的关系。君用臣，无非是保住江山，一劳永逸；

臣用君，无非是享受荣华富贵；君君臣臣，互有所图。”

“法师对我有什么指教？”向昀洗耳恭听。

“良士集于朝，下惰达于君世。清白上通，巧佞下塞。东周时期，晋平公问师旷：‘做君主的方法是什么？’师旷回答说：‘做君主的方法，要清静无为，专注于博爱，致力于用贤。’而你未免过于残忍，只信用荣禄、李莲英一班人，迟早要有大祸。诸葛亮在他的《出师表》中说：‘亲贤臣，远小人，此先汉所以兴隆也；亲小人，远贤臣，此后汉所以倾颓也’。”

向昀道：“您的意思是说，作为一个君王，要进贤，独揽政才。”

法师缓缓道：“但独揽来的未必都是贤才，即便是贤才也金无足赤，因而还要知人，进贤与知人是相辅为用的。宋太祖时，翰林学士王著在一次酒宴时醉酒大哭。第二天，有人对宋太祖说，王著大哭是怀念他的旧主周世宗柴荣。因为宋太祖赵匡胤是夺了后周的天下建立宋朝的。但宋太祖却说：‘王著是个酒徒，早在柴荣幕府时我就了解他，何况一个书生哭他的旧主，又能怎么样呢？’因为宋太祖了解王著，知道他不过是酒后撒疯，不是什么大事。唐贞观五年，有一次唐太宗对长孙无忌等人说：‘人贵有自知之明，你们讲一讲我的优点与过失。’长孙无忌道：‘陛下的武功文德，古今者没人能比，发布的号令都利国利民，我紧跟还跟不上，实在看不出有什么缺失的地方。’唐太宗听了很不高兴，说：‘我想听你们说说我的过失，你们都瞎吹乱捧，讨我欢心。今天让我来说说你们的优点和过失，言者无罪，闻者足戒，有则改之，无则加勉。’接着唐太宗李世民把在场的几个大臣评论了一番。一个君主，能对臣下有如此清楚的认识，既知道他们的长处，也了解他们的短处，可以算是知人了，因为有知人之明，臣下不敢轻易进谗。诚然，有自知之明，绝非易事，辨别真伪，要靠洞察力。”

向昀心想：古往今来，像唐太宗这样的皇帝有几个，有几个能闻过则喜，闻功不舞？

法师正色道：“怎么？你还不服气吗？当年你挪用海军军费修缮颐和园，曾有人劝谏，你勃然大怒，险些气昏了头，难道这不是事实吗？”

向昀想：这老头什么事都像明镜一般，眼里揉不进沙子。

向昀认真地说：“看来只有知人才能用贤。”

法师打断她的话：“这还不够，能举贤，则奸佞减少，进谗的也比较容易加以辨别。然而，举贤与知人并非灵丹妙药，它只能在一定程度上减少谗言的危害，因为这两种办法都是建立在个人的贤明之上的。如果所举非贤，知人不确，情况就不同了。因此还要兼听，即兼听则明，偏信则暗。春秋时期齐国相国管仲说：‘明主者兼听独断，多其门户。君臣之道，下得明上，贱得言贵，故奸人不敢欺。’殷纣王偏信妲己、费中等人，废商容、杀比干、囚箕子，哪里有不亡国的?”

向昀正听得入神，忽见法师停止说话，伸过一根拐杖，让向昀抓住，然后，气沉丹田，徐徐发功，向昀顿觉凉风劲吹，“嗖嗖”有声，有排山倒海之势，幸亏紧紧抓住拐杖，才没有被刮走。

第九回 千古事皆装老僧腹 万里行只为达摩功

向昀见老法师正襟危坐，面目从容，若无其事。一会儿，风停气收，向昀觉得洞内暖融融的，忙问何故。

法师笑而不答，又接着说："赞扬敢于直言诤谏发表不同意见的人，是兼听的一种形式。齐景公的宰相晏婴去世时，齐景公伏尸大哭道：'你日日夜夜提醒我，每一件小事都不曾放过，就这样，我还有许多毛病没有改掉，使得老百姓对我还有许多怨尤。今天老天爷降下祸来，不加到我头上，而加到你头上，齐国从此要危险了，百姓的怨苦将向谁诉说呢！'晏婴死后十七年，竟没有一个人对齐景公提出过批评，箭脱了靶，周围的人却还一个劲儿叫好。这时有个叫弦章的大臣告诉他：'出现此类情况，一方面是因为这些臣子既没有发现您的缺点的智慧，也没有冒犯您尊严的勇气；另一方面，作为君主也有自省的地方，下面的人一天到晚说您的好话，是不是也因为您喜欢听马屁话呢？'齐景公听了面红耳赤，连声说道：'我也有过失，作为君主应当有分辨马屁话的本事。'惩处不敢直言的人，也是鼓励诤谏的一种方式。春秋时期赵国赵简子要把一个叫栾激的部属淹死在河里，他说："我曾经喜欢歌舞与女人，栾激便替我弄了来；我曾经喜欢宫室亭台，栾激就替我修建；我曾经喜欢好马，栾激便替我找来。现在我急于求人才，可是六年了，栾激却没有推荐过一个。他这是扩大我的过失而排斥我的优点啊！"

向昀叹道："他还算是个有自知之明的君主。"

"再一种是鼓励发表不同意见，这需要君主表现出极好的雍容大度。战国时期，魏国的师经鼓琴，魏文侯随乐起舞，唱道：'要使我讲的话无人敢违抗。'听到魏文侯的歌唱，师经拿起琴来向魏文侯撞击，撞散了他的冕旒。魏文侯问左右，臣下撞他的君主，该当何罚？左右回答：‘应当烹。’这时，师经要求先说几句话再去死。师经说：‘当初尧舜为君时，唯恐自己讲的话人家不敢反对；而桀纣为君时，唯恐人家不服从他的讲话。我撞的是桀纣，没有撞我的君王。’魏文侯听后忙说：‘快放了他，是我的过错。’他令人将师经的琴挂在城墙上，并下令不准修理撞散的冕旒，以便牢记此训。自古以来因批评皇帝而被杀头的史不绝书，因拍马屁而杀头的却寥寥无几，可见所谓兼听，真正做到绝非容易。”

向昀说：“看来人都是喜欢听顺耳的话。”

法师叹道：“闻过则喜者才是超人啊！兼听是要求君王能善于听取不同意见，但在兼听之中，直言与谗言，规箴与拍马，真情与伪证杂陈其中，因而在进贤、知人、兼听之后，还要有一条……”

“是什么？”

“明断。汉昭帝刘弗陵十四岁时，燕王旦、御史大夫桑弘羊以及左将军上桀父子等人，相互勾结，陷害大将军霍光。他们收买了一个人，叫他装作替燕王旦下书的人，向汉昭帝说霍光操演武备排场越礼，手下官吏无功晋升；还说他私自增调大将军、校尉，专权自恣，图谋不轨。汉昭帝听说后，说道：‘霍大将军操演武备是在广明一带，调校尉也不过是这几天的事情，燕王在他的封地，离得那么远，怎么就会知道呢？况且霍大将军如果真想图谋不轨，也无需再增加几个校尉。”

向昀赞道：“想不到这个十四岁的皇帝竟这么聪明。”

法师道：“不是聪明，是明断。”

向昀笑道：“法师聪明过人，如果到京城朝廷必是贤臣，堪称当今郑产、管仲、诸葛、谢安。”

法师道：“言之过甚。《论语》中曾说：‘用之则行，舍之则藏。唯我与尔有是夫！’‘危邦不入，乱邦不居。天下有道则见，无道则隐。’我若身处江湖之远，心有廊庙之上，必苦恼不已。东汉桓帝时，安阳有个叫魏桓的人，朝廷曾多次聘他出去，他都不去，他的乡亲们也劝他去做官。他问道：‘做官是为了施展自己的抱负，现在皇宫里有一千多官人，你们能将它削弱吗？皇帝的左右都是些权豪势要，你能把他们赶走吗？’乡亲们都说不行。于是，魏桓长叹一声，说道：‘叫我活着去，死着回来，对诸位又有什么好处呢？’这位魏先生看到时局动荡，奸佞弄权，不堪收拾，因此退隐不出。以‘天下兴亡，匹夫有责’来要求他，他是个不尽责的人，但从防谗远害来说，他不能不算是一个聪明人。有句俗话，叫做‘而今学得乌龟法，能缩头时且缩头。’”

向昀暗笑，心想：这么说，您老是一个老乌龟了。她问道："这么说，您以为大清朝廷现在是被妖氛所围，奸佞当道了?"

法师点点头："当然，你的历史我心如明镜，你信用一班奸党，腐败透顶，大清的气数快尽了。"

向昀问："您老有救急之策吗?"

"朽木不可雕也。"

向昀道："法师的气功非常厉害，我刚才进洞前感到气势逼人，法师的功夫恐怕已修炼多年。"

法师道："少林功法是拳禅一体，气功是少林功夫之极轨，只有在练好气功的基础上，武功才能亦刚亦柔，变化无穷。《少林宗法阐微》中说得明白：'柔术之派别，习尚甚繁，而要以气功为始终之则，神功为造诣之精，终以参惯禅机。呼吸肺为气之府，气乃力之君……'"

正说着，忽听洞外狂风大作，乱石飞扬，一股奇香袭来。

法师容颜大变，又伸出拐杖，让向昀握住。只频频发功，气贯山洞，一股气浪卷出，"呼呼"作响。

"静云法师，可知你的末日?"话音未落，两个奇装异服的美貌少女闪进洞内，她们全然不为其气势所动，稳如两株玉树。一个穿着白夏布裙，头上搭着黑布镶边的头帕，盘结着黑油油的发辫，辫子上吊着红珠，黑布紧身上衣裹着胸脯，胸襟上坠着红色项珠；鼻子和嘴唇的轮廓周正而纤秀，皮肤白得耀眼，有一股粗犷高傲的气质。另一位少女身材颀长，姿容高雅，有一头光亮的褐色头发，深蓝色的眼睛闪着阴冷的光辉，穿着一件白衫，用红绳束紧；娇小的嘴，纤巧而美丽的鼻子，两片燃烧着的红唇，一件用极薄的白色织品制的下端绣着金绦的长袍，显出勾人魂魄的曲线。

向昀从未见过这样妖媚的女人，她感到拐杖在颤抖，法师浑身发颤。

"原来是'天山二秀'秋千鹊、秋千鸿小姐到了，有失远迎。"

"原来法师还识相，那就交出《达摩气功》。"其中一个少女呵道。

法师正色道："这是少林寺的传家宝，哪能外传?何况我也不知你们是从哪里学来的一股邪气，正气岂能与邪气混淆?"

那个叫秋千鸿的少女说："你是少林寺的元老，一定知道《达摩气功》现在何处，快交出来。"

那个叫秋千鹊的少女说："你若交出《达摩气功》，你还有幸能活二百岁，创个人世间寿命最高的纪录，否则必死无疑。交出《达摩气功》，当年你随嘉庆帝西征天山杀我祖先的仇事一笔勾销。”

向昀听到此处，暗想：这静云法师果然是奇人，原来当年他在朝廷为官，且有血案。

静云法师说：“我已看破红尘。只是你们休想得到《达摩气功》!”

秋千鹊说：“那就让你尝尝我们的鸳鸯拳。”说着伸出两只手，秋千鸿也伸出两只手，跃跃欲试。

向昀在黑暗的石洞内看到秋千鹊、秋千鸿的手指闪闪发光，仔细一看，原来在她们的手指上戴满了刻有金鸳鸯的金戒指。

秋千鹊一声喊，叫道：“通捶打英雄叹气，撞锤打武士低头。”

秋千鸿也喊道：“远看武士打虎，近看文人擒龙。”猛扑上来。

静云法师运足气力，发出惊天动地的一声喊，向昀只觉地动山摇，山洞欲摧，疾风巡回。

秋千鹊、秋千鸿冷笑而立，若无其事地站在那里，一动不动地瞧着静云法师。

静云法师怒道：“你们偷了我的定风丸，真是卑鄙无耻。”静云法师停止发功，手一抖，将拐杖抽出，指向秋千鹊，杖头露出一柄尖刀，闪闪发亮。

秋千鹊往旁边一蹿，一掌削断了拐杖，朝静云法师扑来。

静云法师一纵身，来了一招“鹞子翻身”。

向昀清清楚楚地看到，原来静云法师没有腿和脚，是个残疾人。

“向昀，快走。”静云法师一掌将向昀击出山洞。

向昀跌跌撞撞来到洞外，被一个软绵绵的东西绊住，低头一看，是一个尸首，已经冰冷。她吓了一跳，急忙闪到一块山石之后。但听一声惨呼，达摩洞内声响俱无，向昀感到一阵心悸，她用双手紧紧攥着石壁。

原来这老僧知道我的来龙去脉，他真是个奇人！向昀暗暗想。

一忽儿，秋千鹊、秋千鸿闪了出来，悄无声息地一闪即逝。

向昀听了听，没有什么动静，战战兢兢地走进达摩洞，“扑通”一声掉进坑内。原来方才秋千鹊、秋千鸿二人挖地三尺寻找《达摩气功》。

向昀摸摸索索触到静云法师的身体，只觉一片僵冷。

静云法师怒目圆睁，面如死灰，气息全无，斜卧在洞壁，仿佛剩下一具躯壳，比刚才瘦了许多。

向昀大叫：“法师！法师!”

静云法师软软的，毫无声息。这时，火把通明，寂聚法师、尹福、悟慧和尚等人拥进达摩洞。

悟慧和尚上前一把揪住向昀，大叫道：“是她害死了法师!”

寂聚法师怒道：“悟慧，休得无礼！太后哪里有这样的本事？静云法师法力无边，如今惨遭杀害，一定是来了高手。”

寂聚法师走上前来，仔细探视着静云法师的尸身，忽然法师的僧袍慢慢变成碎片，飘散而去，露出法师瘦骨嶙峋的裸尸，在法师的胸前现出十个明显的指痕，瘀有黑血。一忽儿，肉皮腐烂，现出一堆黑骨和一个黑骷髅。

众人都惊呆了。

“是鸳鸯指，天山的秋千鹊、秋千鸿姐妹到了!”寂聚法师深深地叹了一口气。

“秋千鹊、秋千鸿是何人?”悟慧和尚问道。

寂聚法师目光深沉，沉吟片刻，徐徐说：“乾隆二十年，准噶尔部阿睦尔撒纳反叛清王朝，统辖天山南北的霍集占起兵相附。阿睦尔撒纳的叛乱被平定后，霍集占逃到叶尔羌企图实行割据，与清王朝对抗。他纠集数十万人，统治了南疆大部分地区，当时有个叫图尔的头领不服从霍集占的统治，率领全家从叶尔羌迁往天山北路的伊犁居住。乾隆二十三年，清军征讨霍集占的军队，攻入叶尔羌，图尔率兵配合清军作战，共同平息了这场战乱。叛乱平定后，图尔入京，他的妹妹和卓氏由于美丽动人，被乾隆皇帝纳为皇妃，称为容妃，因容妃身有异香，又称香妃。香妃受到乾隆皇帝的宠爱。乾隆五十年，香妃患病，乾隆皇帝甚为关心，多次单独赏给她枣饼、桂饼、柿霜、梨膏、西瓜等食品。乾隆五十三年，香妃与世长辞，时年五十岁，她在清宫度过了二十八年。香妃死后，她的哥哥图尔及家人，怀疑是其他妃嫔所害，因此结下仇隙。嘉庆年间，图尔及家人谋反，被清军镇压，从此仇杀不断。这秋千鹊、秋千鸿姐妹便是图尔的后裔，奇术高超，惯使鸳鸯拳，被称为‘天山二秀’，又被称为‘天山鸳鸯’。”

大家听了寂聚法师这一番话，都觉得凶多吉少。

寂聚法师又说：“秋千鹊、秋千鸿姐妹有一种兵器十分厉害，这种兵器叫‘鸳鸯指’，是一种特制的金戒指，每个戒指上刻有十个小鸳鸯，鸳鸯嘴能吐出一种毒液，这种毒液是由天山上的一种生有剧毒汁的甘草酿成，被灌入鸳鸯腹内，鸳鸯指戳入人的身体，毒汁侵身，有一袋烟的功夫，人便腐烂变质，仅剩一堆黑骨，没有任何解药，静云法师就是中了这种毒液。”

悟慧和尚道：“这两个女贼挖地三尺，不知在找什么东西?”

寂聚法师道：“少林寺历经多年风雨，历代名侠高僧来去匆匆，隐匿不少拳书宝曲，这两个女贼前来，可能是为了某种拳书。”

向昀道：“我方才听那女贼口口声声向法师索要《达摩气功》。”

“哦，你方才目睹了他们的恶斗？”寂聚法师转过身来打量着向昀。

向昀把方才秋千鹄、秋千鸿与法师相斗的情景叙了一遍。

寂聚法师叹道：“静云法师正是怕你遭毒手，才把你一拳击出达摩洞。”

向昀问：“静云法师当初可曾在朝廷为官？”

寂聚法师道：“我也不甚了解他的来历，他从来不愿透露他的身世，听说他曾是八旗子弟的一个头领，曾随嘉庆皇帝西征，被洋虏称为杀人不眨眼的将军，肯定结了不少仇家。后来不知为何突然半路出家，到了少林寺隐姓埋名，入了佛界。”

众人在塔林厚葬了静云法师，寂聚法师令人为静云法师建筑佛塔，安息他的灵魂，为其超度。

尹福、向昀告别少林寺，匆匆去寻皇家行列。

这天晚上，尹福和向昀来到一家客店，店主是个婆娘，黄瘦脸，左眉梢有一颗明显的黑痣。

尹福和向昀被安顿在后院一间屋内，屋内正好有两张床，尹福见店主脸上隐隐有杀气，增加了几分戒心。

店伙计端来一盘包子，向昀饿得发慌，拿过一个就要往嘴里送，被尹福拦住，尹福道：“出门在外，应多加小心，我见这店主面有恶相，恐怕这客店是个黑店，这包子恐怕有毒，待我试一试。”

向昀听了，有些紧张，结结巴巴问道：“你……如何试？”

尹福拿了一个包子，走出去，一会儿又走了进来。

“试过了？”向昀眼巴巴地望着尹福。

“喂了看门的狗，狗叼跑了，包子好像没有差错。”

向昀拿起一个包子，大口大口地吃起来，吃着吃着，不由皱了皱眉头。

“怎么了？”尹福问。

“好像味不大对。”

尹福也拿起一个包子，剥开皮，闻了闻，说：“肉好像陈了点，唉，这荒郊野外的，没有办法。”

尹福一口气吃了五个包子，向昀只吃了两个便不愿吃了。

尹福道：“今晚咱们睡觉都要小心点，少脱衣服。”

向昀红着脸说："我本来就没打算脱衣服，你怎么只要了一间客房？"

尹福一听，脸也红了，说道："我没有别的意思，只是觉得这客店味道不对，生怕有个好歹。如果要两间客房，明日一早起来，我都不知道人家把你背到哪儿去了！"

向昀一听，"扑哧"乐了："你倒会编瞎话，你以为人家就是纸糊的泥捏的！"

"两个人在一间屋里，出了事好互相照应。如果这屋里就一张床，那我就睡地上，幸好有两张床，正合适。"

"哼，你睡地上，你要老寒腿怎么办？"

"你这妞儿倒会体贴人，我要在三十年前碰到你，早把你背回家了。"尹福嘻嘻笑着。

"哼，想得倒美，你以为这是猪八戒背媳妇呢？做你的美梦吧。"

尹福笑道："你信不信天？"

"信。"向昀认认真真地回答。

"信不信地？"

"信。"

"信不信鬼神？"

"不信，我才不稀罕那玩意儿。"

尹福掏出一个铜钱："正面是背，反面是背不成，我掷一下，算算命。"

尹福往地上一掷铜钱，铜钱打了一个旋儿，落到地上，是正面。

"嘿嘿，我赢了。"尹福得意地说。

"叮当当"一阵马铃声，一个小姑娘牵着一匹马走进了后院。小姑娘长得惹人喜欢，圆圆的脸，弯弯的眉，水汵汵的大眼睛，有一个微微翘起来的小鼻子，早熟的身体使水红色的衣服显得紧绷绷的。枣红马上驮着两个沉甸甸的铁箱。

店主像一尾鱼溜进来，手指南屋说："你就住那间屋吧。"

小姑娘往一个石墩上一屁股坐下，叫道："我马上驮的可是无价之宝，丢了回去无法交差，人家还不把我打成两截，今晚我就在这石墩上过夜。"

店主无可奈何地说："好，随你，丑话说在前头，一两银子也不能少交。"

"当然，这中原一带的客店，你打听打听姑奶奶我少交谁啦！"小姑娘气呼呼地说。

店主一扭一扭到前院去了。

屋内，尹福对向昀说："嘿，有看门的了。你瞧那小姑娘，就坐在院中央，八成是怕她的东西丢了。”

向昀抬头往窗外一看，一个十四五岁的小姑娘正自斟自饮，大眼睛忽闪忽闪地瞅瞅这，瞅瞅那。当她与向昀的目光相遇时，向昀猛觉得她的目光像一柄利剑，仿佛要刺透对方的心房。

尹福和向昀吹灭了蜡烛，已经睡下。尹福偶然一侧头，正见院中央那个小姑娘依旧不紧不慢呷着茶，精神十足。

尹福恍恍惚惚睡去，他在睡中有一个习惯，任何轻微的动静都能惊醒他。他正在熟睡中，忽然被一阵子脚步声惊醒。

屋顶上有人。

他看一眼那小姑娘，小姑娘轻轻把茶杯一扣，就在这一瞬间，忽听“哗啦”一声响，茶杯便成一堆碎屑儿，她用手指捏着茶杯的碎屑儿，不时地用食指弹着玩。

原来这小姑娘身怀绝技。

屋顶上没了动静，尹福觉得脸上湿湿的，用手一摸，是鲜血，他有些吃惊，爬起身来一看，屋顶上往下淌血。他见屋顶上渗血，急忙出了屋门，那小姑娘和马匹都已不见了。他一纵身，来到房上，只见房上东倒西歪卧着四个蒙面大汉，宝刀利刃脱落一旁。他翻转这些人的尸身，发现他们两只眼睛都有一个血点儿，原来是杯屑弹入他们的眼中又钻入脑里。

小姑娘踪迹全无。

尹福回到屋内，见向昀仍在熟睡，他帮向昀盖好被单，悄悄回到自己床上睡了。

第二天一早，尹福被向昀叫醒：“尹爷，太阳都快照到屁股了，你还蒙头大睡。”

尹福爬起来，没有说什么。

“怎么？你脸上有血。”向昀惊慌地叫道。

“没什么，流了点鼻血。”尹福用衣袖抹去血迹。

店伙计走进屋来，说道：“二位洗过脸，请到前厅用饭。”

尹福、向昀草草洗过脸，向昀整理了一下头发，二人来到前厅，前厅内没有别的店客，一张桌上放着两碗豆汁，一碟咸菜和一盘炸油饼。

两个人狼吞虎咽地喝下豆汁，先是向昀感到腹痛难忍，然后一个趔趄，栽倒在地上。紧接着，尹福也感到天旋地转，几个踉跄，也栽倒在地上，人事不省。

尹福醒来时见自己五花大绑倒挂在一个铁桩上，左边是向昀，她已被绳索捆住，倒挂在一边。右边也有两个人被剥得精光倒挂在那里，身体已经泛紫，显然已经死了，一个是中年妇人，另一个是个小男孩。肉案上堆着乱哄哄的肉，剔肉刀、切肉刀挂在墙上。

屋子狭小、冰冷，充溢着一股血腥气。原来这是个卖人肉包子的黑店。

尹福不禁打了一个寒噤。他想挣脱，但是全身都被绳索绑住，无可奈何。

向昀仍是昏迷不醒。

尹福用力荡着，终于用身体撞着向昀。

向昀醒了，吓得目瞪口呆。

“我们怎么到了这里?”向昀带着哭音。

“都是那一碗豆汁闹的，贪吃贪喝的好事。”

“这是哪里?”

“人肉包子铺，这八成是仓库。”尹福冷冷地说。

向昀看到了那两具裸尸，吓得闭上了双眼。

尹福道：“我尹福一世好汉，从来没想到会栽在这么一个黄脸婆手里，让人家大模大样用刀剔了，做人肉包子馅儿。”

向昀睁开眼睛，挂着泪花，喃喃说道：“有什么办法吗?”

尹福茫然地望望四周，叹了一口气：“纵有千般本事，也插翅难逃，真是明枪易躲，暗箭难防。”

“都是我拖累了你……”向昀凄凄切切地哭起来。

“傻妇，事到如今，还说这种话。”

“尹爷，说心里话，你是我一生中最喜欢的男人。”

“哦，你也曾喜欢过别的男人……”尹福打趣地说。

“不，你是我唯一喜欢的男人。”向昀的声音压得很低，身子微微颤抖着，脸憋得通红。

“现在说什么也没用了，我们都快成了人肉馅儿了。”

“要包也把我们包到一块。”

“哼，都到这个时候，你们还在说悄悄话!”门开了，店主一脸杀气，闯了进来。

店主来到案上，拿下剔肉刀，在案上磨了磨，然后来到向昀面前，就要剥她的衣服。

向昀破口大骂，店主连打了她几记耳光。

尹福叫道："你先杀我吧，不要杀她。"
店主冷笑道："你肉糙，她肉嫩，我自然要先杀嫩的。"
尹福急中生智，叫道："她可是皇太后啊！你杀了她，朝廷要找你算账的！"
店主一听，怔了一怔，慌得退后了几步。

第十回 老宫女细说深宫事 客店婆撒泼污水浴

“你真的是慈禧太后?”店主睁大了一双老鼠眼，瞪着向昀。

尹福叫道：“她的的确确是皇太后，皇家行列从西安往京城返，在潼关道上被少林寺的和尚劫驾，太后被劫少林寺，是我费了九牛二虎之力，才把她救回来，没想到……”

店主对尹福道：“你是她的保镖?”

尹福点点头。

店主揪着向昀的头发说：“你说你是慈禧，那我问你，太后喜欢抽什么烟?”

向昀答道：“我喜欢抽水烟。”

“谁问你啦?”

“我就是太后，因为宫里头不爱听水烟这个词，所以管水烟叫青条，也叫潮烟。”

“那你把给太后敬烟的事说清楚。”

“一是火石，二是薄绒，三是火镰，四是火纸，五是烟丝，六是烟袋。有个小包，一层装薄纸，一层装火石，包的外沿是月牙形，向外凸出，用钢片镶嵌一层厚边，有顿刃，用它往火石上使巧劲一划，钢和火石之间就爆出火星来，同时在拇指和火石的间隙，按好一小撮薄绒，这片薄绒借着火星就烧着了。再把薄绒贴在纸眉子上，用嘴一吹，纸眉子燃起火，就用这个火点烟……”

“说得还真八九不离十，你说说，水烟袋什么样?”

向昀喘了一口气，又说：“烟管特别长，叫鹤腿烟袋，烟锅是两个。”

“那宫女是怎样给你敬烟、敬茶的?”店主的双眼紧盯着向昀的眼睛。

“宫女一定要在侧面递上去，出屋时也一定要侧着身子走，走路不能脚后跟擦地，更不能把屁股整个对着人，要轻轻地退着走，弓着身子，但不能毛着腰走。”

店主松一口气，眼珠子转了几转，又说：“你说说上夜是怎么回事？”

向昀喃喃地说：“我有点儿冷。”

店主拽过她的衣服搭在她身上，向昀说：“门口有两个人，夏天在竹簾子外头，冬天在棉簾子里头，只要寝宫的门一掩，不管职位多高的太监，不经过我的许可，若擅自闯宫，非剐了不可。更衣室门口外头一个人，她负责寝宫里明三间，主要是注意我卧室里的声音动静。寝宫门口外的人专门负责寝宫和南面一排窗子。卧室里只留一个人，叫侍寝，是我最喜欢的人，一般由茶子担任。她和我待的时间最多，说的话也最多，她是宫女的头儿。当然她也辛苦，她没颤垫子，只能靠着西墙，坐在地上，离我后床有二尺远近，面对着卧室门，用耳朵听我睡觉安稳不？睡得香甜不？出气匀停不？夜里口噪不？起几次夜？喝几次水？翻几次身？夜里醒几次？咳嗽不？早晨什么时候醒？都要记在心里，说不定内务府的宫儿或太医院的院尹要问。能够迈进储秀宫门槛里的宫女是上等，能给我敬茶敬烟的是上上等，能在上房值夜的是特等，能给我更衣，伺候我解大小溲、给我洗澡、擦身、洗脚、侍寝的是特特等……”

“你再说说，你都订下什么臭规矩？”

“第一，宫女绝对不许仰面朝天大八字式躺着，身体乏了，闭目养神可以，但不许出粗气。第二，不许出恶味，不能在正偏殿解溲。第三，我坐的炕、椅子不许别人坐。第四，门口值夜，永远保持两个人。”

店主脸上露出秽笑：“骚唐臭汉的事就不去管它了，我听说你以前有个贴身太监小安子，在你跟前最得脸儿。同治帝在大婚前，借着小安子到江南去办龙袍，以太监不许出京城为由，在济南府让山东巡抚丁宝桢杀了，人们撕开他的裤子一看，却是个缺嘴的茶壶，到底有没有这回事？”

向昀回答：“还不至荒唐到这种地步，当然，红灯绿酒以后，找几个面首，聊慰一下深宫的寂寞，垂帘听政，大权在握，也不算什么。这种事不但中国有，就是西洋也有。但是给皇上出谋划策的人不是傻瓜，内务府一年春秋两季检查太监，二次净身、三次净身的都有，通过贿赂漏检的，当官的要掉脑袋，太监又都是穷到没裤子穿的出身，哪个想轻易掉脑袋？这都是聊斋。我名义上是皇太后，吃的是山珍海味，穿的是绫罗绸缎，可是总觉得孤单，守在身边的是一群懂事的丫头，伺候自己的是一帮又奸又滑的太监。那些六根不全的人，吃饱了饭没事干，整天憋坏主意，揣摸我的心思，捧我，拍我，其实谁也不是真心，大的捞大油水，小的捞小油水，明知如此，又得利用他们，这不是活受罪吗？再说上上下下，整天像唱戏一样，演了今天演明天，妈妈儿子没有真心话，婆婆媳妇也没有真心话，实际一个亲人也没有。最苦的是自己一肚子话，到死也不能吐出来，人和人说话就像戏台上背诵编好的台词一样，丝毫不能走样，我就像一具躯壳，横陈于宫，苦不堪言啊！”

“嘿嘿，这么说，你还满腹委屈，是个受苦受难、含冤含屈的人了？”店主怪笑着大声说道。

尹福在旁边听了，感到好笑，心想：向昀真是个好戏子，戏越演越真了。

店主又说：“你在宫里洗脚是怎么洗的？”

向昀哀求说：“能不能把我放下来说，这样吊着真不是滋味，我起来把衣服穿好。”

店主冷笑道：“没那么多便宜事，现在落在我手里，还想图舒服，没那么容易，你就凑合着光腚吧。别打岔儿，说说你是怎么洗脚的？”

向昀闷闷地说：“我在宫里的洗脚水是极讲究的：三伏天，天气热，又潮湿，那就用杭菊花煮沸后晾温了洗，这样清眩明目，全身凉爽，两腋生风，不中暑气；三九天，天气寒冷，那就用木瓜汤洗，使活血暖膝，四体温和，全身暖如春。洗脚用的是银盆，是用几大张银片剪裁好，拿银铆钉连缀而成的，中间是木胎，边卷出来，平底，成斗形。银盆可以防毒，木胎不易散热，边卷出来，可以放腿，平底容易移放，斗深为了泡脚。我每次洗脚都用两个这样的盆，一个是放熬好的药水，一个放清水，先用药水，后用清水。伺候我洗脚的是两个宫女，我洗脚时往椅上一歪，先由宫女搓揉脚，脚洗完后，如果需要剪脚趾甲，一个宫女手提羊角灯，单腿跪下照亮；另一个宫女也单腿跪下，把我的脚抱在怀里细心地剪。”

店主哼了一声，说道：“再说说洗浴。”

向昀叹了一口气，说：“洗浴一般在晚膳后一个多小时，在宫门上锁前。因为需要太监抬澡盆、担水，连洗澡用的毛巾、香皂、爽身香水都由太监捧两个托盘送来。太监把东西放下就走开，不许在寝宫逗留。司沐的四个宫女全都穿一样的衣着，一样的打扮，连辫根、辫穗都一样。太监把澡盆等送到廊子底下，托盘由宫女接过来，屋内铺好油布，抬进澡盆，倒入温水。我坐的是一尺来高的矮椅子，四条椅腿很粗壮，共有八条小龙附在腿上，每条腿两条龙，一条龙向上爬，一条龙向下爬。椅子背可以拿下来，也能向左或向右转，椅子下面还有横托板，是为了放脚用的。澡盆是银的，用两个澡盆，澡盆外形像个大腰子，中间凹进一块。盆底有暗记，一个是洗上身用的，另一个是洗下身用的，不能混淆。托盘里放着整齐的毛巾，二十五条一叠，四叠整整一百条，每条都是用黄丝线绣的金龙，一叠是一种姿势，有矫首的，有回头望月的，有戏珠的，有喷水的，毛巾边上是黄金线锁的万字不到头的花边。由我自己解开上身的纽袢，四个宫女分四面站开，由一个宫女带领，另外三个宫女完全看带头宫女的眉眼行事。带头的宫女把毛巾浸在水里，先捞出四条，拧干后分发给其他三个宫女，然后一齐打开毛巾，平铺在手掌上，轻轻给我擦胸、擦背、擦两腋、擦双臂。第二步是擦香皂，四个宫女一齐动手、擦完身体后扔下一条，再取再擦，鸦雀无声。给我擦胸的宫女，要憋着气工作，不能把气吹向我的脸。擦净身子后，还要涂香水，夏天多用耐冬花露，秋冬则用玫瑰花露，用洁白的纯丝棉轻轻地在身上拍，要注意乳房下面、骨头缝儿里、脊梁沟儿等处。最后，四个宫女每人用一条干毛巾，再把上身各部位轻拂一遍，然后取一件偏衫给我穿上。洗下身的用具绝对不能洗上身，上身是天，下身是地，地永远不能盖过天去；上身是清，下身是浊，清浊永远也不能混淆。洗下身大致和洗上身一样细密，屁股沟儿、脚趾缝儿、风流穴，都要细细地洗干净。洗完澡后，换上逍遥屐和睡衣睡裤，睡衣的前后襟和两肩到袖口都绣有极鲜艳的牡丹花，两条裤腿由裤腰到裤脚绣的也都是大红花……”

“哼，三十丢红，四十丢绿，你那么大年岁，还要穿花服，真是屎壳郎戴花——臭美!”店主不满地说着，拎起屋角一个脏水桶，把桶里的脏水都泼在向昀身上。

“我给您洗个澡。”她得意地笑着，露出两排烟熏的黄牙。

向昀咬紧嘴唇，任凭脏水顺着胸前流到脸上……

尹福暗道：“你跟她讲那么多干什么？你又不是慈禧，怎么知道她那么多事情?”

原来向昀在京城时常跟丫环聊天，有个丫环与慈禧的贴身宫女茶子是同乡，姐妹在一起时常议论宫中轶事，丫环嘴快，自然跟向昀讲了不少这些轶事。

听到这里，店主喜道：“看样子你就是慈禧，那可中了。”

“怎么中了?”尹福问。

“杀对了。”店主有些手舞足蹈。

“究竟是怎么回事?”尹福有些迷惑不解。

店主道：“我以前就是宫女，因为有一次得罪了太后，被毒打一顿，赶出宫去。我沿街乞讨，一路来到这里，后来靠卖人肉包子红火起来。今日真是冤家路窄，没想到在这儿撞上了她。”

说着，转向向昀说："你末日来临了，我要做一屉太后肉馅包子!"抄起剔肉刀，举刀就劈。

刀"哐当"一声掉在地上，店主瞪着双眼，摇晃了一下，栽倒在地，悄无声息。

向昀、尹福怔住了。

一忽儿，门"吱扭"一声开了，露出一个小姑娘的笑脸。她的脸红扑扑的，像一朵牡丹，艳艳的，嫩嫩的。一股清香扑鼻而来。她就是昨晚在院内呷茶的那个小姑娘。

小姑娘笑嘻嘻来到向昀身边，帮她解了绑，笑道："大姐，受惊了。"

小姑娘搀扶着向昀出门，临出门时，朝尹福挤了挤眼睛："大哥，先忍一下，我去给大姐找一身像样的衣服。"

二人出去了，尹福看到门上有一个极细的孔，再瞧瞧店主，胸脯上渗出黑血。

一忽儿，小姑娘走进来，笑嘻嘻地为尹福松了绑。

"小姑娘，你是何人？为何来救我们?"尹福问。

小姑娘嫣然一笑，说道："我昨晚一进这客店，就闻到一股腥气，知道这是个黑店。"

尹福道："你的嗅觉真灵敏，比我们强多了。"

二人走出这间房屋，来到前院，正见向昀穿戴整齐，如释重负地走来。

尹福又问小姑娘："昨晚你怎么又不见了?"

小姑娘回答："半夜里来了一股贼寇，见我的马上驮着财物，群拥而来，被我击毙几个，另有两个逃去，我把他们追杀了。他们打着哥老会的旗号……"说到这里，小姑娘又不吱声了。

向昀问："你是哪个门派的?"

小姑娘眉毛一扬："我是玉皇大帝派来的，天知、地知、我知。"

"那你怎么又回到店里?"尹福问。

"我见这个店是黑店，店主一脸杀气，知道她是只黄蜂，不是省油的灯；我又见你们慈眉善目的，像是一对恩恩爱爱的夫妻，在外面旅行，我想店主要对你们下毒手，便赶回来看个究竟。"

小姑娘的这番话，说得向昀脸红耳赤，心口"怦怦"地跳，尹福也不好意思地移开目光，故意看着屋瓦。

三个人来到前厅，只见地上横着伙计的尸首，尹福猜想是小姑娘所杀，没有说话。

出了客店，小姑娘飞身跃上她的那匹快马，朝尹福、向昀一拱手，说声："后会有期！"一夹马肚子，快马飞腾而去，扬起阵阵尘土，不久便消逝在无垠的土路上。

"这小女孩真可爱！"向昀由衷地赞叹着。

"她一定是个有来历的人。"尹福肯定地说。

两个人日夜兼程，逢人便打听皇家行列的下落，后来一个商贾说，皇家行列已入河南境，在陕州一带遭到土匪袭击，此时已到了张茅镇，于是二人朝张茅镇走去。

张茅镇仍属陕州属辖，此地地势狭窄，道路崎岖，二人到达此处，已是晚上，突然下起瓢泼大雨；二人在泥中颠沛，异常困顿。尹福在泥中发现几只杂乱的鞋子，有士兵穿破的鞋子，也有一只绣花鞋，他猜想这是宫中女眷的鞋子。

"皇家行列肯定经过这里。"尹福对向昀说。

向昀点点头，望了望倾盆大雨的天空，深深的黑暗笼罩着杳无人烟的山野，大雨密得像一张帷幕，形成显出无数斜纹的雨墙，它鞭挞着、迸射着、淹没着一切。

"这个鬼天气，附近也没有一个避雨的地方。"向昀恨恨地说。尹福朝前望去，见半山腰有个黑黝黝的小庙，惊喜地叫道："向昀，那里有个小庙，咱们快到那里去避雨。"说着，紧走了几步。

向昀也想快走，没想脚下一滑，跌倒在地，腰岔了气。

尹福急忙走回来扶她。向昀觉得腰使不上劲，急得用拳头捶腿。

尹福道："别逞强了，我背你走。"说着，不由分说，把向昀背起来。向昀无可奈何，只得趴在尹福背上，她感到全身一阵温暖，一股喜悦之情，使她忘记了雨淋和凉意。

尹福终于走到了那个小庙的门口。这是一个残破不堪的小庙，院墙颓败，树木干枯，连庙门都没有。

尹福背着向昀走进小庙，正北是一间殿堂，尹福走进殿堂，一片漆黑，殿堂内弥漫着一股股潮湿发霉的气味。

尹福把向昀放到地上，他摸索着，摸到了土地爷的塑像，摸到了供台，也摸到了一堆发霉的供果。

向昀说："尹爷，你听，有脚步声。"

尹福仔细一听，果然有脚步声，轻微、急促，带有泥溅声。

"快躲起来。"尹福把向昀又背起来，躲到塑像后面。

脚步声愈来愈近，进了庙院，进了殿堂。

"多美的地方，天助我也！"一个男子的声音，轻佻、浮躁。

"算你这小子有福气，终于找到这么一个能避雨的地方。"这是一个少女的声音，稚嫩的声音透出几分辣味。

"宁在花下死，做鬼也风流。"这是那男子的声音。

"你这风流鬼，真是天下闻名！"这是那少女的声音。

向昀觉得那男子和女子的声音都熟悉，可一时又记不起来。

"这里不会有生人吧？"少女问。

"这荒郊野山的，又是这么一个鬼天气，有谁能来，谁来谁就是刀下鬼！"男子狠狠地说。

"皇家行列可能已到了英豪镇，这次又让西太后和皇上溜了，真扫兴！"男子闷闷地说。

"留得青山在，不怕没柴烧。"少女劝慰他道。

男子疑惑地说："我们找了半天也没找到慈禧那老鬼，真奇怪，有人说她让少林寺的和尚劫持到少林寺去了。"

"不会的，她一定乔装躲在这皇家行列里。"

"你们万里迢迢来这里为何？"

"寻找清宫护卫总管尹福，与他较量。他杀了我们的义兄，我们与他有杀兄之仇！"少女的声音冰冷。

尹福在塑像后听了，心头一紧。

男子又说："八国联军派来的杀手也来起哄，他们要杀太后，可又保皇上。"

少女道："保皇上还不是为了搞一个什么君主立宪，这主要是英国人和日本人的意思；皇上是木偶，是傀儡。"

男子说："那天我正要杀皇上，却被那个黛娜小姐冲了，到嘴的天鹅又飞了。"

少女冷笑说："你的心思哪里在皇上身上，肯定使在瑾妃的身上，你甭想哄骗我！"

"不说那个了，咱们还是先快活一下吧。"男子扑向少女。

少女灵活地一闪，男子扑了个空。

“你老实说，你至今沾了多少朵花？惹了多少颗草？”

“跟她们都是逢场作戏，只图一时快活，没有什么真情实感。”

“你对我也是这样？”少女问。

“咱们是千里有缘来相会，一见钟情，一见如故，一见倾心……”

“放屁！老娘可不是好惹的，任你攀来任你折，你有没有听说过这样一句话：女人像一团火，弄不好就会被她烧死！”

男人支吾道：“我只知道………女人像一口井……跳进去就休想出来………”

少女幽幽地说：“何以证明你对我真心？”

“你让我干什么我就干什么，让我杀尹福，我就杀了尹福！”

“你未必是他的对手！”

“尹福是聋子的耳朵——摆设。他是董老公的徒弟，当初不服董老公，跟人家比武，结果磕掉两颗大门牙。”

尹福听了，气得发抖。向昀见他动了真气，伸过一只手，紧紧揪住他的衣服，示意不让他闯出去。

“可人家尹福是清宫护卫总管、大内武术教头，从来没有打过败仗，在江湖上是一跺脚三颤悠的人物，而你不过是一个采花贼！”

“我采花说明我有本事，人家愿意随我，有的人想采还采不了呢。”男子抬高了嗓门。

少女冷冷地说：“你不是说，我让你干什么，你就干什么吗？你采了多少花，就给我磕多少头。”

“我也记不清了。”

“那就磕数不清的头。”

“不行，那我的脑袋还要不要啦？”

尹福、向昀都听出来了，那男子正是花太岁。

“磕吧，我给你数着。”

“好，我磕！”男子应了一声，运了运气，跪了下来，朝少女连连磕头。

磕了一阵，男子停了下来，说道：“我脑袋发涨了。”

“继续磕！”少女声音严厉。

男子又磕起头来，“砰砰砰”，磕头声在这夜晚沉重有力。

雨，停了下来。

男子又停了下来。

“为何又停了？”

“就这么多了。”

“不对，刚刚一百二十一下，你不是说天天采花吗?”

“哎哟，我的姑奶奶，我那是吹牛呢，你还真信哪!”

“你不老实。”

“我老实得都快麻木了。”

“接着磕。”

“我的脑袋实在受不了了，我是世上那种说得多做得少的人，善于夸夸其谈。世上有一种人最可怕，他们言而不露，不动声色，沉默寡言，一声不吭，可却满腹杀机，一发制人便锐不可当。你没听说过，咬人的蚊子不哼哼，不咬人的蚊子哼哼唧唧的。”

“那我就灭了你这只花蚊子!”

少女一扬手，男子悄无声息地倒下了。

他再也起不来了。

第十一回　烤篝火更识真君子　陷地穴勇斗金钱豹

少女瞬间不见了。没有声音，一片沉寂。

过了有一顿饭的工夫，尹福听听没有任何动静，便扯着向昀走了出来。

雨停了，外面有些亮光透进来，向昀发现躺在地上的那男子正是花太岁，他就是假扮临潼县县令夏良材的那个人。

尹福来到花太岁跟前，发现在他的额门上有一个深深的掌印，呈乌黑色，四周嵌有鸳鸯形。

这就是骇人的鸳鸯指！少女不是秋千鹄，即是秋千鸿。

“天山二秀”也在追赶皇家行列，图谋不轨，心怀叵测。

尹福思忖：那娘子说与我有杀兄之仇，我并未去过天山，也没听说过与“天山二秀”有瓜葛，那么这杀兄之仇从何而来呢？

向昀哆嗦着道：“尹爷，我冷得很，浑身不由自主地发抖。”

尹福道：“别是着凉了，刚才那么大的雨，衣服都湿透了。”

向昀往前走了两步，一个趔趄栽倒在地。

尹福急忙上前扶住她。

“我的腰还是使不上劲儿。”向昀急得险些哭出声来。

尹福觉得她身上热乎乎的，伸手去摸她的额门，滚烫似火。

“你发烧了，一定是着了寒气。”尹福说着，把她扶到墙壁前，把花太岁的尸首拖出门外，一会儿找了几根断木头走了进来。

“必须把火升起来，你的衣服太湿了。”尹福又到外面找了两块石头和一些碎树枝、树叶。他把木头架好，把树枝、树叶垫在下面，把两块石头用力一碰，碰撞出火星，点燃了树叶、树枝。殿堂里渐渐暖和起来。

“不会把贼人引来吧?”向昀担心地说。

“现在管不了那么多了。”尹福站了起来,走到门口:“你把湿衣服烤一烤。”

“你到哪儿去?”

“我出去找个盛水的家伙,再弄点儿泉水来。”尹福说完,大踏步出去了。

向昀明白,尹福不愿看到她脱衣服的窘状,躲了出去。他真是个磊磊落落的君子,一个地地道道的老实人。

向昀不由得对他又增了几分尊敬,她想到花太岁,感到人世间人与人真有天壤之别。

向昀挣扎着来到火堆前,慢慢脱下了湿衣服,在火前烘烤着。

烤干了衣服,穿在身上,顿觉暖烘烘的。她又脱下裤子在火堆前烘烤,她望着自己裸露的双腿,白皙,娇嫩,经火光一映,呈出玫瑰色的光泽,肌肤光洁,柔软泛辉,她感到自豪。

这时她忽然生出一种愿望,要是被他看见………想到这儿,她觉得满脸充满着热血,羞愧地低下了头。四十多年以来,这双柔润丰腴的双腿还没有被一个男人看见过,它将永远封闭在裤布里,由娇嫩到粗糙,由白皙到多皱,由丰腴到萎缩。

她感到一种莫名其妙的悲哀和惆怅。殿堂外传来脚步声。她赶快穿好裤子。

尹福端着一个破碗出现在门口。

“我给你找来了一碗泉水,非常清凉。”他快活地说,双目烁烁,好像看穿了向昀的心思。

“谢谢你。”向昀感激地说。

“何必这么客气!”尹福走进来,把一块砖石搁在火堆旁边,把那碗放在砖石之上。水开了,冒起小泡,泛着蒸气。

向昀闻到一阵清凉的气息,馨香,使人感到舒适。

尹福端起水碗………

“小心烫手!”向昀急得大叫。

“练功夫的不在乎这个。”尹福笑着吹温了开水,服侍向昀喝水。

两行热泪扑簌簌落到碗里。

“你哭什么,傻孩子。”尹福亲切地望着她。

“你真好,天底下再没有比你好的男人了。”向昀的眼前泛起一片光辉,似乎烧退了,身体充满了气力。

她想站起来,但腰部一阵疼痛,又蹲了下来。

“怎么，腰还没有好？”尹福放下空碗，怔怔地问。

“嗯，岔气了，真麻烦。”

“你要不介意的话，我帮你顺顺气。”尹福打量着她丰腴的细腰。

向昀巴不得他说这句话，爽快地点点头说：“女人三不忌，一不忌父母，二不忌丈夫，三不忌郎中。”

尹福按着她的腰说：“我可是郎中。”

向昀感到一阵舒服，笑道：“我知道你不会排错座次。”

尹福用双手找到她的穴位，轻轻地按摩着，同时丹田运气，借助气功，攻她的腰位。一会儿，尹福松开手，叫道：“试试看。”

向昀活动一下，腰部果然不疼了，她在原地转了几转，笑道：“你果然是个好郎中！是个合格的郎中，不是江湖骗子！”

尹福说：“现在该你出去溜达溜达了，我该烤烤衣服了。”

向昀捶着自己的脑袋说：“我真该死，怎么尽想着自己，忘记了郎中。我不用出去，我出去你难道不怕我被人劫持了吗？我扭过身就行了。”说着她扭过身子，背对着火堆。

尹福见她不愿出去，只得脱下衣服在火堆前烘烤。

向昀听到一阵脚步声进了庙院，迅疾转过身来，猛地看到尹福那健康黝黑的脊背、粗壮有力的双臂。

两个凶神恶煞的和尚已经闯进殿堂，一个和尚叫道：“原来是你们杀了我们的师父！”

另一个和尚叫道：“你们真是吃了熊胆了，竟敢对我们的师父下毒手！”

两个和尚一齐朝尹福扑来。

尹福不慌不忙，一手夹住一个，一纵身，将两个和尚甩了出去。

两个和尚被甩出有一丈多远，一个头撞在墙壁上，脑袋挂了彩；另一个栽倒在地上，左胳膊骨折了。两个人“哇哇”叫着，冲出庙院。

尹福迅速穿好衣服，对向昀说：“此地不能多待，莲花寺的和尚说不定蜂拥而来，咱们快走！”

尹福扯着向昀飞也似离开了这座破庙，这时天已渐渐亮了，东方透出鱼肚白，经过雨洗的山野到处一片青翠。

两人往东跑了一程，但听遍野响起一片呐喊声，在这初晨的山野荡起一片回声。

莲花寺的大批和尚到了，他们就像一张大网，遮住了这山上的一草一木。

尹福拉着向昀飞奔，跑着，跑着，“扑通”一声，两个人栽进一个黑窟窿里，落进深两丈的地穴里。

这是一个专门用来捕获猎物的陷阱，洞内潮湿，阴暗，气味难闻。尹福用手一抓，抓着了向昀的衣服，可是没有任何反应，原来她摔昏过去了。

尹福看到前方有一双亮晶晶的东西，一闪一闪，闪烁着幽蓝色的光芒。

他仔细听了听，有粗粗的喘息声。

“你是谁?”尹福大声问。

没有人应声，只传来“嗷”的一声。

尹福警觉地朝前移动着身子，一把摸到一个毛茸茸的东西。他吓得后退了几步，问道：“你是人还是鬼?”

那东西“嗷嗷”叫着，朝尹福扑来。尹福一闪身，往旁边一躲，那东西绊在向昀身上，栽倒在地。

尹福骑了上去，抡拳便打，那东西很快一动不动了。

尹福仔细辨认着，原来是一只金钱豹，一只疲惫不堪的豹子，也不知道它何时陷入这地穴。尹福只知道它虽然凶猛不可一世，但是一到了这步田地，便不堪一击了。

尹福扶起向昀，他摸到了血。原来刚才金钱豹栽倒在地时，爪子碰伤了向昀的脸。

向昀渐渐苏醒过来，她看到此情此景，苦笑着说：“看来咱们两个是同病相怜。”

尹福笑道：“大难不死，必有后福。”

向昀看到金钱豹，她先是一惊，后来发觉它是一只死豹，笑道：“它是咱们的殉葬品。”

“谁给谁殉葬还不清楚呢!”尹福叹了一口气，仔细打量着这两丈多深的陷阱。洞底有十尺多长，六尺多宽，洞口直径只有三尺，洞壁潮湿、光滑。洞口外一片蓝天，天已经大亮了。

“咱们这真是坐井观天了。”尹福喃喃地说着，用手触摸着洞壁。

“这豹毛怎么都脱落了?”她吃惊地叫着。

尹福过来摸了摸，摸到一堆白蛆，原来豹子的后背都腐烂了。

“这是一只病豹，豹肉不能吃。”尹福肯定地说。

向昀绝望地大喊：“救救我们! 救救我们!”

尹福慌忙掩住了她的嘴。

“莲花寺的和尚正在找我们，你一嚷，还不是把他们招来了。”

“又不是我们杀的花太岁，他们凭什么追杀我们？”

“你怎么耍起小孩子脾气来了，这是什么年头？秀才遇见兵，有理说不清！”

“我才不怕那几个野和尚！”

“不是谁怕谁，咱们落到这个地步，插翅难逃，还不得由人家摆布！”尹福有点儿火了。

“你不是会蹿跳术吗？发气功跳一下不就出去了？”向昀也不客气，回敬道。

“你懂个啥！那武术和气功又不是吹出来的，练功是有限度的，又不是《西游记》里的孙猴子，一个筋斗能翻十万八千里。”尹福朝她咆哮道。

“我懂个啥？你知道个屁！你要有《七侠五义》里钻山鼠徐庆那两下子，钻出一个洞来，不也一样能出去。”

“你再胡嘞嘞，看我扇你！”尹福气得两眼冒火，冲了上来。

“你扇，你扇！你一个老爷们欺负一个娘儿们，充什么好汉，有把儿的欺负没把儿的，说出去让人家笑掉大牙………”向昀气得全身发抖，硬挺着身子凑上前来。

尹福看到她那淌着血的脸，高举着的手掌放下了。

洞口出现几张形形色色的嘴脸，只有两个是一样的，光秃秃的脑袋和龇着牙的大嘴。

“哟，两口子在下面吵嘴了！”

“别尽练嘴皮子不动手呀！”

“枕头风一刮就全好了。”

莲花寺的和尚包围了这个陷阱。

向昀一股无名火一下子燃到洞口：“嘿，你们这帮秃驴在这儿转什么磨？还不回庙里啃你们那些青菜叶去！”

“风景这边独好！”一个大胖脑袋笑嘻嘻发出浑厚的声音。

“让他们尝尝鲜，让这小娘子见见阵势。”又一个和尚怪里怪气地说。

洞口挤满了肥硕的屁股。

向昀气得赶紧扭过脸去，将身子紧贴在洞壁上。

“哗哗哗”、“哧哧哧”，一阵乱屎急尿倾盆而下，骚臭气充溢着洞穴，洞内简直成为一个茅厕。

尹福叫道：“你们为何而来？”

“仇将仇报！”一个和尚回答。

“有何仇缘?”

“你们杀了我寺的住持花太岁!”

“你们弄错了，杀花太岁的是‘天山二秀’的秋千鹊或秋千鸿，不是我们。”

“何以见得?”

“你们去看看，花太岁尸首的额门上有一个鸳鸯指印，那是‘天山二秀’的绝活。”

一个和尚说：“刚才只顾了悲伤，没有细看，咱们派个人瞧瞧去。”

洞口没了动静，一会儿，有脚步声传来，一个和尚道：“不错，住持额门上有鸳鸯指印。”

“原来是‘天山二秀’干的，我看到这姐妹俩扮成宫女，已混入皇家行列了。”

尹福听了，心头一震：难道皇家行列离此地不远，昨夜秋家一个女子还在庙内，怎么这么快就混到皇家行列里去了。

“那咱们去杀她们。”一个和尚道。

“咱们这么多人未必是她们姐妹的对手。”又一个和尚犯愁道。

“叫她明枪易躲，暗箭难防。把实情告诉那个荣总督，咱们来个借刀杀人。”

“她们究竟要杀谁?”

“鬼知道，昨日白天她们中的一个还与住持打得火热，共商对策，不知什么缘故，晚上就翻了脸。”

“真是最狠不过妇人心!”

和尚们离开洞口。

尹福叫道：“你们救我们出去呀!”

一个和尚在洞口叫道：“你们在这风流穴里不是好快活吗?”

尹福叫道：“救人一命，胜造七级浮屠。”

“胜造十七级糊涂（浮屠），与我们也没关系，我们本来就不是真和尚，我们是一群土匪，前几年杀了莲花寺的和尚，占庙为王，做起假和尚来了!”那和尚说完，大摇大摆地走了。

死一般的沉寂。

向昀感到了阵阵窒息，连日的奔波和折腾已使她疲惫不堪，那些惊险故事，曲曲折折、跌宕起伏、险象环生的情节，那些令人屈辱、令人羞愧的窘境和险遇，使她心悸不已。为了救义父，救那个颠沛新疆的垂死老人，她一直以极大的耐力忍受着这一切，将生死置之度外。如今终于落进这口枯井里，一口名副其实的陷阱，她觉得自己的一生都像沉在井底。峨眉山、青城山固然美丽，可是自己却与世隔绝，在道家的这口井里度过了青春韶年；在北京王府，她也被锁在充溢着脂粉气的深井里，好容易逃出了脂粉香井，又陷入假扮太后的险井中；一路上她被一双双眼睛注视着、审度着，被五花大绑地捆在香车上，宝马香车，纵是满腹哀怨，恰似秋雨随秋风。在东归途中，她真正结识了尹福，这个地地道道的男人。他的英武，他的智慧，他的坚强，他的人品，确实使她心旌飘荡。她企望着，希冀着这个真正的男人能够带她逃出这口井，带她奔往由自在的天地，呼吸新鲜的空气，不要任何束缚，连鲜花的簇拥也不要，而要顶天立地，赤条条来去无牵挂。可是没想到在离开少林寺，刚刚脱离那腥风血雨包围的黑店后，又一头栽进了这个更加狭隘的陷阱。

人生大概就是一场梦，人的命运似乎是不可抗拒的，她本是一个无神论者，面对现实反倒有点儿信命了。

一口真正的井，潮湿、阴暗。

尹福陪伴着她，陪伴她走向死亡，殉葬品是一只刚勇无比的金钱豹。这可怜的豹子曾经是狂啸山野、独往独来的野种，那样疯狂不可一世，可是在这口井里，它也无能为力，这里就是它的归宿。

“尹大哥……”向昀哆哆嗦嗦地叫着。

尹福还是第一次听到她叫出这三个字，亲切，真实，温情脉脉。

“你想说什么?”尹福把目光从洞口移向她。

“你怕死吗?”

尹福摇了摇头。

“我也不怕，只不过就是觉得窝囊了点儿。”向昀小声地说。

“或许还有希望，如果那帮和尚里有个有良心的，或许路人经过这里，或许设置陷阱的猎人来到这里……”尹福张开想象的翅膀，尽力安慰她。

向昀淡淡一笑，这种笑在尹福看来十分凄凉。

“没有吃的，喝的，可怎么办?”向昀问。

“有这只金钱豹，还能抵抗一阵子。”尹福充满信心地说。

“这只豹子……”向昀望了望倒在一边的金钱豹，“它已经烂了，长蛆了。”

“闭着眼睛吃吧。”尹福默默地说。

向昀看了看金钱豹，感到一阵恶心。

三天过去了，还是没有第三个人光临这口陷阱，金钱豹的肉已被吃去一半，向昀始终没有吃一口豹肉，又累又饿，加上发烧，她昏过去几次。

尹福无可奈何地望着这个倔强的老姑娘，向昀脸上失去了往日的风采，没有一丝血色，嘴唇像起了一层皮炎，两只大眼睛显得更大，黯淡无光。

“向昀，还是吃块豹肉吧。”

向昀没有说话，她连说话的气力都快没有了。

又过了一天，向昀费力地爬到尹福身边。

尹福把身体朝她靠近了一些。

“尹……大哥，你……不讨厌我吧？”向昀的眼睛死盯着尹福的眼睛。

尹福觉得，那是两口深不可测的井。

尹福摇了摇了头。

“那你亲一亲我……”

尹福俯下身在她那苍白的脸颊上亲了一下，冰凉，柔滑。

向昀露出了一丝苦笑，脸上依旧没有血色。

尹福想，如果要是在平时，她的脸一定红得像盛开的红玫瑰。

向昀重重地呼吸了一下，又说：“尹……大哥……”

“我听着呢。”

“我……死后，你就吃我的肉……喝我的血……或许，还有希望……这是我……心甘情愿的……”

“不！”尹福坚决地摇了摇头。

向昀听了，几乎要流出泪来，但是哪里还有眼泪。

“你吃了我的肉……喝了我的血……我们就融合在一起了，我们就是一个人了……”向昀吃力地说，显得呼吸急促。

尹福完全被感化了，他觉得眼前这个女人简直不是一个人，而是一个精灵，一个圣洁的精灵。他想对她说，我也喜欢你，我对我的妻子是一种感情，对你又是另外一种感情。但是他没有说出口，因为在他面前仿佛出现了一个高大的屏障，那屏障就是他妻子的身影，高大、挺拔。他的妻子是一个勤劳、温顺、贤良的女人，逆来顺受，把全部的爱都献给了他，替他挑起家庭的重担，抚养几个孩子长大成人。她把对丈夫的爱都倾注在缝衣做饭、伺候老人上面。尹福在宫中教拳，在王府服役，在武馆授徒，整日在外奔波，家里上上下下、里里外外都是由妻子主持，如今她带着孩子避难乡间，正眼巴巴地盼着丈夫回来呢。尹福想起二十岁那年，一顶朴素的花轿把这个秀气的乡村姑娘接进家门，闹洞房的亲友宾客一走，便偷偷揭开了新娘的遮盖，新娘满脸泪痕，像残蜡一般。尹福感到十分奇怪，问：“你怎么了？”

新娘没有说话，搓着双手，绞在一起。

“不满意这门亲事？”

新娘又摇摇头。

“那到底是为啥？”尹福如同进了迷魂阵。

新娘见尹福有点儿着急，小声说：“女人嫁鸡随鸡，嫁狗随狗。俺随了你，可都交给你了。”

尹福着急地说：“我不是鸡，也不是狗，我待你就像待我亲妈一样。”

新娘一听，“扑哧”笑出声来，嗔怪道：“谁说你是鸡狗，俺是说你要待俺好，别跟孙猴子的脸似的，一天三变。”

尹福笑着说：“我是猪八戒的脸，三六变也变不了模样。”

新娘“咯咯”地笑了，撒娇地依偎到尹福怀里………

几个孩子“呱呱”坠地，尹福要接替师父董海川担任肃王府护卫总管了。临出门时，妻子送到胡同口，一双手拽着尹福不放。

“挺大的人了，让人瞧见！”尹福前后左右瞧着。

“王府里花花绿绿的漂亮的有的是，别瞧花了眼，忘记了糟糠之妻。”妻子撇着嘴。

“不会的，人家都是金枝玉叶，哪能看得上咱们这满脑袋高粱花子？一肚子油条的人？”

“那可说不准，王八看上绿豆，有时就对上眼了。”

“还是家里的炕暖，再说我不是那种寻花问柳的人。”

“自古道，英雄难过美人关，自古美人慕英雄。你这儒儒雅雅的，白脸小生一样，说不准哪个小姐就瞧上了你。”

尹福想到这里，脸上火辣辣的，向昀的痴情确实让他动心，有生以来他还没有见过这种痴情的女人，她就像一片洁白的羽毛，圣洁无瑕，没有一尘之染。

洞口传来了脚步声。

沉重，沉得让人发慌，重得让人发抖。

第十二回　老猎户洞穴救双雄　尹大侠嵴山撞悬尸

尹福兴奋得发狂，他想大声喊救命，可是不知怎的却喊不出声来。

向昀的脸上似乎有了血色，涌涨了几下，高兴得昏了过去。

尹福拼命克制住自己，站了起来。

洞口露出了一张老人威严的脸庞，花白头发和胡子瑟瑟抖动，古铜色的肤色，一双铜铃般的大眼睛，充溢着果敢和智慧。

“你们怎么在里面?”老人惊讶地问。

尹福终于说出话来：“快救救我们，她已经不行了。”

老人消失了。

尹福的心悬了起来，像在空中飘游。一会儿，老人把一棵树木放入洞内，尹福紧紧攀住树木爬了上来。

老人一副猎户装扮，腰间围着一张豹皮，闪闪发光，还挂着一个葫芦。

“老人家，下面还有一个女人，我已经没有力气把她背上来了。”尹福说。

老人轻轻一跳，落到洞底，他见向昀仍在昏迷之中，拿起葫芦往她嘴里灌了一些酒。一会儿，向昀醒了，见是个慈祥的老人，喃喃地说：“老伯伯，谢谢您，救我……”

老人背起向昀，顺着树木爬了上来。

“到我那里去，你们一定是饿坏了。”老人背着向昀朝树林深处走去，尹福跟在后面。

在树林里走了约有二里，在乱石中出现一个小窝棚，棚上晾着狼皮、鹿皮、豹皮等物。几个人走进小窝棚，老人把向昀放到铺满兽皮的地铺上，请尹福坐到一边。然后来到窝棚外烧起一个小篝火，抓来一把米，放在一个铁桶上，架在火上煮起来。

尹福见这小窝棚东西狼藉，角落里放着利斧、弓箭、大刀等物，窝棚左侧放着几个酒缸和菜坛。

一会儿，老人端着热气腾腾的铁桶走了进来。

“你们的肚子空，先喝一点儿稀粥。”老人说着，把铁桶放到一个小饭桌上，从桌下摸出两个破瓷碗，用袖口擦了擦，把粥盛到碗里。一碗递给尹福，另一碗端到向昀嘴边，服侍她喝下。

一碗粥落肚，尹福顿时觉得有了生气。尹福拿起铁桶，还想往碗里倒，被老人拦住。

“一下子不能喝得太多，肚子受不了。”老人认真地说。

尹福只好放下了铁桶。

老人从怀里摸出一个大铜头烟斗，把烟袋子解开，装满了烟叶末，点燃了，“吧嗒吧嗒”吸起来。

尹福觉得这烟好香，心里痒痒的。

“你们怎么落到这个陷阱里？我是用它来捕野兽的。”老人不紧不慢地问道。

尹福道：“我们从湖南来，要到北京去，晚上赶路匆忙，没想到掉了进去。”

“有多少天了？”

“五天了吧？”

“算你们命大，命不该绝。”

“老人家，我这妹子还在发烧，淋了雨，冻着了，身体十分虚弱。”尹福看了一眼向昀，向昀面色依然苍白，双目无神。

老人放下了烟斗，来到向昀面前，用粗糙的手摸了摸向昀的额门，又摸了摸她的手腕。

尹福见老人没有说话，只是紧锁眉头。问道：“她怎么样了？”

老人叹了一口气：“她是富贵人家的身子，现在受了凉气，底气很虚，十分危险。”

“有什么办法医治吗？”尹福急切地问。

“我用祖传秘方试试看。”老人说着，在一片兽片中翻出一个小瓦罐，把葫芦里的酒倒了一些在瓦罐里。

老人扶向昀坐了起来，让她面向棚壁，然后对尹福说：“你把她的上衣脱下来，露出后背。”

尹福帮向昀脱了上衣，老人暗暗发功，一股股气吹到罐内，一会儿，罐内蹿出幽蓝的火苗。老人猛地把瓦罐扣住向昀的后腰，瓦罐紧紧箍住向昀的皮肉，老人端坐在向昀背后，用两只手在她背上按摩，口中连连吹气，一股股气浪袭向向昀全身。

尹福发现老人的额上渗出冷汗，渐渐向昀也全身大汗淋漓，后背由淡青色变为淡黄色，再由淡黄色变为粉红色……

老人长吁一声，摘掉瓦罐，说了一声："好了。"

尹福正要上前帮向昀穿上衣，被向昀拦住，她活动自如地穿好上衣，脸上露出笑容，说道："身上感觉舒服多了，只是渴得很。"

老人又烧了一铁桶水，递给向昀，向昀一仰脖子，"咕嘟咕嘟"全都喝光。

老人道："你们在我这里歇息几天，先把身子养好，然后再赶路。"

晚上，老人准备了一顿丰盛的野肴，有野兔肉、炒蘑菇、炸山鸡、窝窝头。尹福和向昀吃得很开心。

老人多喝了点酒，兴致勃勃聊起他的故事。他是世代猎户，已在这山林中栖息找猎七十八年。他在五十岁时娶了一个乡村女子当老婆，两年后生下一个男孩。男孩长得活泼可爱，一见猎枪就兴奋，几个月就会叫爹叫娘，把老两口喜得欢蹦乱跳。这小家伙成了老两口的宝贝，当娘的没有奶，老爷子就跑到几十里外弄牛奶、羊奶。三岁时，小家伙长得跟一头小牛犊子一样。这三口之家生活在荒山野外，就像是一个欢乐的小王国，欢声笑语，不绝于耳。老爷子打了野兔，先放在笼子里，供小家伙玩耍。老爷子打了豹子，先把豹皮扯下来给小家伙做皮衣裳。小家伙挺着"小茶壶"往老爷子嘴里撒尿，老爷子都觉得这简直是甘泉。有一天，老爷子出外打猎回来，一走进小窝棚，可吓呆了。老婆直挺挺躺在那里，脖子上的血汩汩地流，淌了一地。她手里紧紧地攥着一柄小刀。

老爷子发现窝棚附近有血迹，他沿着血迹走了半里路，在一个土坑里，发现了他儿子血肉模糊的尸首，肢体分离，显然是被豹子叼走了。

他明白了，豹子叼走了儿子，当娘的在悲恸之中，用刀子割破喉管自尽了。

这个家毁了，老爷子眼前一黑，扑倒在地上。

从那时起，他下决心杀掉世上所有的豹子，为儿子为老婆复仇。

于是他在这山林里处处设下陷阱，置那些凶敌于死地。

多少年来，他不知射杀、捕灭了多少只豹子，豹皮卖了一张又一张，"小金库"里铜板一叠高过一叠。

那只与他有家仇的豹子也不知逃向何方，或许已在他的枪口之下，或许已在他的陷阱里活活饿死。如果这只豹子侥幸脱身，但是它的子孙也未必能逃脱死亡的命运，有的可能已被他脱了皮，成为某个富贵人家的椅垫、背垫，每想到此处，老爷子倒感到有一点儿宽慰。但是每当他看到别人携妻背子亲热幸福的情景，心里就不是滋味，于是他不再轻易出门，而把自己锁进这山林里，过着野人一般的生活。

尹福和向昀听了这饱经沧桑的老人的叙述，感慨万分，他真是一位有着大喜大悲具有传奇色彩的老人，他的遭遇引起了尹福和向昀的极大同情。

向昀关切地问老人："您为什么不从这深山老林走出去，您或许还能再找到真正的幸福，找到爱情，寻觅到人类的温暖，不然太凄苦了。"

老人苦笑了一下，皱纹舒展开来："姑娘，你要知道，人类原本就是从猴子进化而来的，他们原本就生活在密林中，靠寻找果子为生，树木就是玩具，以泉为饮，以洞为宿处。"

"可是您要知道，人类已经进步了啊！"向昀睁大了眼睛。

老人的眼睛闪烁着，说："人类有美好的情感，但也有卑鄙、残忍、庸俗的一面，我正是逃避这种俗气和恶气，才与妻儿躲进这深山老林。我宁愿与树林为伴，也不愿涉世一步。"

尹福和向昀告别老人后，才想起忘记问老人的姓名了。

"他大概从来就没有名字，名字不过是一个人的标号，他既然离开了人类，还要名字干什么！"向昀淡淡地说。

两个人迅疾赶路，逢人便打听皇家行列的下落，知道皇家行列经英豪镇，过渑池县，已进入崤山。

气势磅礴的秦岭山脉，横亘在中国中部，它自陕西东来，进入河南境内后，呈扇形向东北和东南方向展开，构成面积广大的豫西山地。其北便是崤山，南为伏牛山。

崤山位于洛宁县北，西北接陕县，东接渑池，延伸于河洛之间。崤山素以险峻而著名，古代常与函谷关并称为"崤函"之塞，《吕氏春秋》把它列入天下险要的"九塞"之一。

尹福和向昀夜晚登崤山，真正领略到崤山之险。背后壁立的山峰简直高耸到天上去了，从脚到顶，全是苍黑的岩石。有些地方非常突出，好像就要崩下一样；有些地方又凹了进去，如同里面有幽深的岩洞似的。岩石上下的缝隙里，到处长着枝丫弯曲的野生杂木，看起来极像巨人身上生长的粗毛一般。再涂上一层苍茫的夜色，阴影朦胧，更显得凶残唬人了。

“皇家行列怎么选择了这么一条险道?”向昀小心地望着四周，有些胆怯地问。

“可能是必经之路。”尹福一边回答，一边披荆斩棘摸索前进。

“这里有一只鞋子。”向昀叫道。

尹福拾起那只鞋子，是一只已经烂掉帮子的绣花鞋，鞋面泥泞不堪，鞋的前头已露出一个洞。

“他们真是经过了这里。”向昀惊喜地叫道。

尹福正走着，不小心被什么东西撞着了，连忙退了回来。

向昀也看见了，前面的一棵歪脖槐树上，影影绰绰吊着一个人，晃晃荡荡，白呼呼的。

“什么人?”尹福问。上有风声，凄厉的呼啸。尹福见没人应声，大着胆子走上前去。

原来是一个吊死的宫女，一身雪白的衣裙在风中瑟瑟抖动，赤着一只脚。

“是个宫女。”尹福招呼着向昀。

向昀大着胆子走上前，仔细端详着吊死的宫女。

她为什么要吊死呢?是因为劳累得受不了呢?还是因为受了屈辱?

“鬼知道，看来皇家行列离我们不远了。”尹福望着黝黑的山谷说。

“砰………”传来清脆的枪声。

“砰，砰，砰……”枪声震荡着山谷，发出沉闷的回声。

尹福大惊失色，自语道:“这是洋枪，难道洋人的军队到了这里?”

二人疾朝响枪的地方奔去。

跑了约有二里路程，二人终于看到几个狼狈不堪的清兵。

尹福上前揪住一个清兵问道:“前面发生了什么事?”

那兵丁气喘吁吁地答道:“中了洋兵的埋伏。”

尹福侧耳听了听，枪声并不密集，好像并没有几支枪，发枪声来自右边的山顶。

尹福放开那个兵丁，与向昀往前跑了几步。这时听到有人喊话:“大清帝国的君臣，你们听着，你们必须交出慈禧，是死是活都行，如果不交出来，我们就要开炮了!”

这是一个洋女人的声音，中国话说得比较含混，嗓音十分洪亮。

向昀道:“洋人怎么到了这里?连洋炮都带来了。”

尹福想起李瑞东曾对他讲的那个意大利的黛娜，她的主子因为在清王朝赔款的分赃中觉得受了委屈，妄图杀害慈禧，酿成中国更大的内乱，从中渔利。

皇家行列中有人在回话：“不要开枪，慈禧太后被少林寺的和尚劫走了，现在不在这里，你们千万不要开炮！”

尹福听出来了，这是太监总管李莲英的声音。

“你们不要骗我们，慈禧就在队伍里！”又是那个女人的声音。

尹福对向昀说：“洋人如果开炮，皇家行列肯定损失惨重，况且行列里还有不少女眷。你在这里守候，我去山顶想法弄掉洋炮。”

向昀说：“我也跟你去。”

尹福见她主意坚决，于是带着她飞快地朝右侧山顶奔去。

二人刚跑到山腰上，洋炮响了，惊天动地，一股股硝烟冉冉升起。

传来宫女、宫眷哭喊声。

又传来那洋女人的声音：“如果不交出慈禧，我们就不断地开炮！”

尹福、向昀终于攀上了山顶，正见有个洋女人威风凛凛地立在高处，正指挥炮手们开炮，一共有三尊洋炮，炮手都是中国人。

洋女人身穿黑袍，正全神贯注地指挥和喊话，她万没有想到山下钻出两个人来。尹福猛地冲上前去，迅疾冲到洋女人身后，一掌将她推了下去。

洋女人哼都没来得及哼一声，滚下山去。

尹福和向昀挥拳与炮手们混战，那些炮手都是黛娜用银两雇来的，无心恋战，见黛娜栽下山去，三拳两脚，抵抗一下，四散奔溃。

尹福见这洋炮十分珍贵，向山下喊道：“我是清宫护卫总管尹福，现在已夺取了洋炮，洋鬼子已经被我赶跑了，你们快派人上来拖走大炮！”

皇家行列的人一听是尹福，惊喜万分。

李莲英喊道：“你真是尹爷吗？”

尹福回答：“我就是尹福！”

“那太后呢？”

“太后就在我身边，我把她救回来了！”

“请太后说话！”

向昀朝前走了几步，向山下喊道：“诸位辛苦了，祸兮福所倚，福兮祸所伏，我回来了！”

皇家行列一片沸腾，兵士们刀枪齐举，人群爆发出“皇太后万岁，皇太后万万岁”的欢呼声。

“砰……”枪声响了，向昀摇晃了一下，栽倒在尹福身上。

尹福向响枪的方向一瞧，原来山崖下面十几尺处有株株崖松，有个黑影窜来窜去。

尹福手一扬，几支飞镖击了出去，那黑影不见了。

尹福想：那洋女人栽下去后，可能落到松树上，刚才一定是她放的黑枪。

尹福扶起向昀，向昀的左胸中了枪，鲜血透过衣衫渗了出来，她微笑着瞧了瞧尹福，昏了过去。

“是谁放黑枪？太后怎么样了？”是李莲英的声音。

尹福叫道：“太后受了伤，快请御医上来！”

尹福把向昀平放到崖顶上，撕下自己的衣衫为她包扎了伤口。

一会儿，李莲英带着御医和几个太监跑上山崖。御医查视一下伤口，又给向昀号了号脉，说：“子弹还在里面，需要动手术取出弹头，这山顶风太大，还是下去做手术吧。”

尹福背起向昀，几个人鱼贯下了山，回到皇家行列。

光绪皇帝、隆裕、瑾妃等人来探视，都被御医挡在临时搭起的帐篷外。

向昀躺在一块木板上，在摇曳的烛光下，她的脸色苍白，双目紧闭。

御医望着向昀，紧锁双眉，迟迟不动手。尹福见他脸上满是汗珠，有些疑惑，问道：“为何还不动手？”

御医喃喃地说：“麻醉药包在路上跑丢了，动手术没有麻醉药可怎么办？”

众人一听，都愣住了。

李莲英埋怨道：“你这个马虎鬼，怎么把药包丢了？”

尹福道：“弹头若不取出来，伤口就会化脓，太后可就危险了！”

李莲英知道这个太后是假的，绷着脸道：“当年关公不是也没有上麻药而刮骨疗毒吗？没有药也对付了。”

御医点点头，扒开向昀被鲜血渗湿的衣衫，露出伤口。他把手术刀在烛火上烤，然后用力剜出那个弹头。

“啊！”一声惨叫，悲天恸地，向昀疼得醒了过来，并立起身来。

尹福紧紧攥住她的手，攥得出了汗。

李莲英瞪了尹福一眼。

御医轻轻扶倒向昀，在她伤口处敷了一些药，然后用绷带包好。

尹福走了出来，正碰上李瑞东。

“哎呀，尹爷，可把我想死了。”李瑞东用他那粗大的手按着尹福的肩头。

“你的担子不轻啊！”尹福说。

"这一路上，哎，真是一言难尽！"

皇家行列在这山腰上歇息了半宿，第二天一早便又出发了。

向昀的伤口没有化脓，只是发低烧，紧一阵儿慢一阵儿地呻吟不止。

皇家行列出了崤山，经过洛阳，到达郑州，接到电报，李鸿章病殁。当晚李莲英递给向昀一份抚恤的上谕，让她宣告。向昀伤口痊愈，精神好了许多。她看了看上谕，只见上面写道："大学士一等肃毅伯直隶总督李鸿章，器识湛深，才猷宏达。由翰林倡率淮军，戡平发捻诸匪，厥功甚伟，朝廷特沛殊恩，晋封伯爵，翊赞纶扉，复命总督直隶，兼充北洋大臣，匡济艰难，辑和中外，老成谋国，具有深衷。去年京师之变，特派该大学士为全权大臣，与各国使臣妥立和约，悉和机宜。方冀大局全安，荣膺懋赏。遽闻溘逝，震掉良深！李鸿章着先行加恩，照大学士例赐恤，赏给陀罗经被，派恭亲王溥伟带领侍卫十员，前任奠酉，予谥文忠，追赠太傅，晋封一等侯爵，入祀贤良祠，以示笃念荩臣至意。其余饰终之典，再行降旨。"

向昀问李莲英："皇帝有什么意思没有？"

李莲英道："他就不用看了。这里还有一个名单，也一起宣读。"

向昀看了一眼那名单："王文韶署理全权大臣。袁世凯署理直隶总督；未到任前，命周馥暂代理。张人骏调山东巡抚。"

"这名单他也不用看了吗？"向昀淡淡地问，她为这个空头皇帝受此冷遇感到不平。

"这个名单皇上看过，他对袁世凯升官不满，拿纸笔画了一只乌龟，背上写了'袁世凯'三个字，然后又撕掉了。"李莲英说完，退了出去。

向昀躺在床上，翻来覆去睡不着。她想起正在新疆的义父，这个历经沧桑的老人可能已经入睡了，老人家每晚总是睡得早，早晨起床也早。在京城时老人家睡在温暖的锦衾中，如今可能只好睡在冰凉的席上。

义父平时喜欢读的书是《资治通鉴》。他也读小说，但喜欢读《西游记》《镜花缘》《聊斋志异》等狐仙神鬼类的小说，偶尔也看一看《蜃楼志》《玉蒲团》等淫书。他还工于书法，不论谁请他写字，都认真完成，总是让侧福晋在纸上打好粉线格子，然后工工整整地写。他经常写的横幅是"端正和平"四个字，落款不写姓名和年月。他讷于言词，说话甚少，亲友和兄弟们在一起时，总是听别人说话，他只是"嗯、嗯"地表示在听。下面的人向他请示事情时，他经常回答说："照老例去办。"对书面请示，他批的多是"速力"或"急力"之类的字眼。他不吸烟也不喝白酒，更厌恶吸鸦片烟，但喝茶十分讲究季节，夏天喝碧螺春，秋春则是香片，冬天喝红茶。戴帽穿衣也都按季节日程办事。

向昀想：义父每到秋季都要喝香片，而在新疆恐怕就只有喝凉水了。

向昀清楚地记得，北京的王府雕梁画栋，回廊曲折，通连着重重院落。其正宅府堂，住宅和花园，有青山绿水，异树奇花，虽然比不上皇宫的宏伟壮丽，辉煌多姿，但也有异曲同工之妙。王府里除正府、正宅、花园、家祠、戏台等以外，还有回事处、随侍处、庄园处、司房、厨房、荣记、大小书房、更房、裁缝铺、马圈等。祠堂院只是祭福祀神的地方，平时有一个老太监和两三个苏拉守护着，每逢旧历初一、十五，他们要摆供上香，洒扫祠堂内外。她记得小书房内偏东靠墙处，有一个八角形的木门，门内放有一个红漆连三长几，中央置一木龛，龛内有“大成至圣先师孔子之位”的木牌，牌前放有香炉、蜡插，前面放有四盘如意饽饽之类的粗点心……

这时，窗外吹来一阵风，屋内的蜡烛灭了。

向昀下了床，重新点燃了蜡烛。

烛光摇摇曳曳，向昀的影子长长的，曲曲的。

又有一阵风吹来，蜡烛又灭了。

向昀看到窗口有个人影一闪。

第十三回　郑州署院墙皮弹刀　开封古道绣花夺魂

向昀急问："外面何人？"

没有人应声。

向昀急忙奔到床前，去取暗器，原来刚才她在脱衣服时卸了暗器。她刚一转身，一柄明晃晃的钢刀朝她劈来。

她吃了一惊，急忙闪身。一股疾风吹散了她的头发。

对方是个彪形大汉，来势凶猛。

向昀大叫："来人啊！"

大汉一刀朝向昀腹部刺来，向昀又闪到一边，一脚朝他右手腕踢去，想踢掉他手中的钢刀。

大汉一抖手，钢刀朝向昀的右腿劈去。向昀一个就地十八滚，滚到屋角。

大汉手握钢刀，咄咄逼人，逼近向昀，向昀无路可退。

大汉左手揪住向昀的衣领，右手举刀，喝道："慈禧，你死到临头，还有什么话说？"

向昀知自己又要做冤死鬼，无可奈何地说："我死也要死个明白，你是何人？"

大汉仰天大笑，说道："好汉坐不更名，行不改姓，我便是江湖上有名的义士胡七！"

"你为何要杀我？"

"为了普天下受苦受难的百姓，也为了我的仁兄'大刀王五'。"胡七恨恨地说。

"'大刀王五'又不是我害死的。"

“可是是你杀害了戊戌六君子，是你镇压了维新变法运动，是你下令杀害了我仁兄的好友谭嗣同先生。”

向昀无话可说，她长叹一声。胡七说道：“我要用你的血祭天下英杰……”说着举刀就砍。

向昀眼一闭，等着末日来临。“哐当”一声，传出钢刀落地之声。向昀不知自己是人是鬼，是梦是真，睁开眼睛一瞧，胡七已倒在一边。

窗口坐着一个小姑娘，晃晃荡荡，顽皮可爱，皎洁的月光下她的脸色柔润白皙。

她正是在黑店救过向昀和尹福的那个小姑娘。

胡七对那小姑娘嚷道：“你狗拿耗子——多管闲事！”

小姑娘不紧不慢地说：“你也不看看是哪个庙门，哪有一见菩萨就磕头的！”

胡七指着向昀道：“她是祸国殃民的慈禧，千人唾，万人骂，千刀万剐也不解恨。”

小姑娘“咯咯”笑着：“她是什么慈禧，你真是狗戴嚼子——胡勒！她怎么是慈禧？她险些成了人肉包子。”

胡七怒道：“哪家当爹的一打盹儿，把你给露出来了，回家睡觉去！”

小姑娘抠起一声墙皮，用力一弹，正贴在胡七的左眼上，胡七大叫一声，拾起钢刀夺门而出。

向昀再看小姑娘，已不见踪影，窗口，空空荡荡。

向昀不敢再睡，来到门外，见两个宫女睡得正甜，还说着梦话。向昀一脚踹醒一个。那两个宫女揉揉眼睛，爬了起来。

一个问：“太后，啥事？”

另一个说：“要起夜呀，我给您端夜壶去。”说着，爬到一边，端起一个木盆。向昀气得一脚踢翻了它，叫道：“快请尹爷来！”

这两个宫女一听，个个不挪步。

向昀有些奇怪，骂道：“怎么啦，都聋了，请尹爷去！”

一个宫女吞吞吐吐地说：“李……大总管说了……没啥事，少叫尹爷……”

向昀一听，气不打一处来，叫道：“刚才来贼，数他武艺高，不请他请谁！”

宫女一听，只得去请尹福。一会儿尹福随宫女进了屋。

向昀把方才发生的事情对尹福讲了一遍。

尹福沉吟一会儿，缓缓地说：“这个小姑娘来历不凡，她已经知道了你的真实身份，事情看来比较棘手。”

“可是我并不认识她呀!”向昀听了，有点儿着急地说。

尹福说:“看来胡七也一直跟着皇家行列，他是不杀太后，誓不罢休。现在看来，花太岁是死在秋家姐妹手里了，莲花寺的和尚成不了什么气候了，可是像魔影一样环绕着皇驾的还有几股十分厉害的势力。一股是秋千鸿、秋千鹊姐妹，一股是胡七，一股是八国联军的杀手黛娜小姐，再有这小姑娘，莫名其妙，叫人摸不着头脑!”

二人又叙了一会儿，尹福恐怕再节外生枝，于是在向昀屋外睡了。

后半宿平安无事，向昀睡得很熟，要不是李莲英进来催促，她不知要睡到何时。

皇家行列又启驾了，文文武武的官员跪着送别，红缨帽子一片片，在阳光下烁烁发光。下一站是历史名城开封，那是北宋的繁华都城，曾是清明上河图的诞生之地，皇家行列里的大多数人都认为这是吉祥之地。

这一天傍晚，皇家行列正在山道上行走，前面开道的兵丁忽然发现道中有三个麻袋，那三个麻袋整齐排列当中，各有一尺距离，袋内鼓鼓囊囊。兵丁们生怕袋内装着炸药一类的东西，慌忙报告马玉昆将军。

马玉昆赶到前面一瞧，也觉得这麻袋可疑，于是又请来尹福和李瑞东。

尹福走到其中一个麻袋前，轻轻用手摸了摸，解开了麻袋的系结，原来里面是许多人头，光秃秃的，没有任何血色，秃顶上有受戒的标志。

尹福又打开第二个麻袋，第三个麻袋……都是和尚的人头。

尹福登时明白了，这是莲花寺和尚的头颅。他们按捺不住，找“天山二秀”秋家姐妹索命，结果反倒遭了毒手。尹福仔细一看，在这些光秃秃的脑后都有一个小花巴掌的痕迹，呈现出鸳鸯的图案。

秋千鹊、秋千鸿姐妹就在附近，她们就像猎犬，一直寻觅着皇家行列的足迹。

那么她们是为何而来呢?

尹福吩咐侍卫们搬开三个麻袋，皇家行列又继续前进。

幸亏那些宫眷没有看到这些乱糟糟的人头，不然的话，她们准得有呕死的。

尹福有点儿后悔，他不该说出花太岁是秋家姐妹害死的，以致使那么多和尚毙命。但又一想，如果不说出真情，恐怕他和向昀就会被击死在陷阱里，恐怕现在连尸首都腐烂了。

唉，那些和尚反正不是和尚，而是土匪，土匪多死几个，老百姓少遭点儿殃。想到这儿，尹福的心里踏实多了，嘴里哼起了小曲。

光绪皇帝的轿车过来了，光绪忧郁地伸出半个脑袋，问尹福："刚才怎么回事？车子停了一会儿。"

"没什么，开路的兵士迷了方向。"尹福装作若无其事的样子，他不愿对这个多愁善感的人说出真情，生怕吓着他。

"没事便好。"光绪叹了一口气，缩回了脑袋。

隆裕和瑾妃的轿车过来了。轿帘一掀，露出瑾妃的秀脸，手里端着一只水碗。

"尹爷，车内的水喝完了，你给我端一碗水来。"

尹福接过水碗，来到宫女娟子身边，她手牵一个黑毛驴，毛驴背上驮着两只大木桶。尹福打开桶盖，舀了一碗水，然后追上瑾妃的轿车。

"瑾主，水来了。"尹福叫道。

瑾妃露了一张脸，伸手接过水碗，喝了一口，叫道："哎哟，好凉，喝了肚子要疼的。"

尹福道："你把水碗给我，我把它弄热了。"

瑾妃把水碗又递给尹福，问道："你要烧柴禾，哪里来得及？"

尹福笑了笑，说道："我吹一口气，这水就热了。"

瑾妃也"咯咯"地笑了："尹爷，你可别哄我。"

尹福朝着碗中的水频频发气，一会儿，冒起热气。

瑾妃睁大眼睛望着尹福。

尹福说道："瑾主，这叫气功，一发功，水就热了。"他停止发功，把水碗递给瑾妃，说道："趁热喝，一会儿该凉了。"

"哎呀，尹爷，不好了，前面路中央有个小姑娘正在绣花呢，兵士们要赶走她，结果趴下好几个。"一个兵丁头目气喘吁吁地跑来。

尹福和李瑞东赶忙赶到皇家行列的前面。只见路中央果然有个小姑娘，生得齿白唇红，柳眉细眼，头上束着青细包头，穿一件银红上衣，腰中系着丝绦，下面穿一条水绿裤子，两腿交叉盘在一起，露出一双红底金黄丝鸟图案的绣花鞋。她正在认认真真地绣花，绣图上是一朵含苞欲放的玉兰花。她一针一针地用心绣着，是那么专注、那么会神，仿佛没有看到这千军万马的到来，更没有看到这么多有顶戴花翎的人。

她看来不把太后、皇上放在眼里。

尹福还看到，在小姑娘前后左右五尺外横七竖八地躺着十几具兵丁、侍卫的尸首。

尹福见这小姑娘有些脸熟，他盯着她的一双细长美丽的眼睛，终于想起来了，她就是在黑店中杀死店主救出他和向昀的那个风尘侠女，那个活泼可爱、形迹无猜的小女孩。

有两个侍卫见尹福和李瑞东来到，壮大了胆子，悄悄摸了上去，但是又很快倒了下去。

小姑娘仍在聚精会神地绣花，那朵鲜灵灵的玉兰花仿佛永远也绣不完似的。

尹福往前走了两步，问道："小姑娘，还认识我吗？"

小姑娘连头也没抬，已经进入花的意境。

尹福试探着又往前走了一步，说道："多谢上回你的搭救之恩。"

小姑娘一动未动，全神贯注于玉兰之中，好像她的灵魂已与花魂融为一体。

尹福又试探着往前走了一步，只觉得眼前一个亮晶晶的东西一闪，抬手拿住，原来是一根绣花针。

小姑娘仍然没有抬头。

尹福一抬头，又一个亮晶晶的东西一闪，他用手捏住，又是一根绣花针。

尹福接连接住十根绣花针。

"你就是尹大侠？"小姑娘终于停下了手中的活计，站了起来。

她嫣然一笑，真像一株亭亭玉立、洁白无瑕的玉兰！

"'铁镯子'尹福就是你吗？"小姑娘睁大了水泠泠的细长眼睛。

"我就是尹福，怎么？你找我吗？"尹福问。

"你可认识于莺晓？"小姑娘把双手搁到背后，俏皮地摇晃着脑袋。

尹福像被闷棍击了一下，触电般呆住了，他喃喃地问道："你怎么认识于莺晓？"

"她是我的师姐，我怎么能不认识？想当初我们俩姐妹一起在黄山学艺，拜教于黄山道祖铁木真人，情同手足，朝夕相伴，同床一枕，星月共系。她就像我的亲姐姐，照顾我，体贴我，她的恩情，我岂能忘记？五年前她艺成下山，与我洒泪而别。她一去音讯全无，去年我下山后才知道她已殉难。"

"她是一个好姑娘……"尹福的眼眶涌出热泪。他想起于莺晓那张生动的脸庞和那双火辣辣的大眼睛，恒山地穴里的往事一幕幕闪现在他的脑际。

一个清脆亲切的声音从很远很远的地方传来，好像是快马疾驰，声音一阵高过一阵："你讨厌我吗？你讨厌我吗？你讨厌我吗？"

"不……"尹福的耳鼓"嗡嗡"作响，乱哄哄的，他在自己的良心深处有深深的负疚感，一直无法摆脱。

在这一闪念中，他想到了向昀，他总觉得于莺晓与向昀有相通之处，向昀仿佛就是于莺晓的影子，也可能有这个缘故，他对向昀有一种莫名其妙的感情，但这种感情中间有一道深深的鸿沟。

“你可能是那种长相平凡而内心不平凡的人。”小姑娘有点失望地说。

“我是平凡的人，一个普普通通的人。”尹福就像炒黄豆一样一字字爆出来。

“不，我师姐不是一个随随便便的女人，她的眼睛刁得很，她看上的人绝不是凡胎俗子，更不是一张白纸，没有文字，也没有痕迹。”

尹福严肃地说：“一张白纸，没有文字，也没有痕迹，也能写世间最美好的文字，画世间最美好的画。我已是一张粗糙的纸，满是文字，而且还有不少错字别字。”

“那正说明这张纸有分量，它记载着历史沧桑，它有着奇特的经历和重负，这些痕迹懂得人生的风风雨雨，沟沟坎坎，因此才有无穷的味道……”小姑娘叹了一口气，那朵玉兰花朵般的脸褪去了丰泽，有点儿苍白。

李瑞东在一旁听了，可有点沉不住气了。他想：尹爷和那小姑娘在说什么梦话呢，什么一张白纸一张糙纸一张马粪纸的，转来转去，还是一张纸，嚼什么舌头？尹爷八成是离家太久了，想老婆了，不然怎么跟眼前这个花朵般的小姑娘泡上了。小姑娘有点儿武艺，赖在大道中间不走，装模作样地绣花，八成是想要点儿什么，是金银财宝，还是宝马香车？要不就是想给皇上续个妃子。唉，这年头，兵荒马乱的，君不像君、民不像民，男不像男、女不像女……想到这里，李瑞东朝尹福喊道：“尹爷，这几千口子都横在这呐，你也七老八十了，人家小妞可是小荷才露尖尖角……”

尹福狠狠瞪了他一眼。

李瑞东又朝那小姑娘嚷道：“我说小妹妹，你娘等着你回家烙贴饼子呢，看这天都快黑了，还不赶紧回家，要不然回去又要挨一顿臭揍。揍在屁股上还好说，有裤头遮着；要是揍在脸上丢下一个疤花儿，看哪个男人家想要你！再说天一黑下来，半路上窜出几个土匪来，看你这花骨朵儿般的身子，哪个不流哈拉子？一动起手脚来，你可就连哭都来不及了……”

李瑞东正说着，猛见眼前有个亮晶晶的东西一闪，他知是暗器，急忙一闪身，身后“哎哟”一声，一个兵丁直挺挺地倒下了。

这时，李莲英又来到前面问究竟。

小姑娘又对尹福道：“你要是条汉子，你就朝西北方向我师姐的墓碑鞠几个躬，我眼见了，心里也就踏实了。”

尹福对着西北方向，恭恭敬敬地鞠了三个躬。

小姑娘满意地笑了，她打了一个响亮的呼哨。不一会儿，一匹雪白的骏马从山后飞驰而来，小姑娘飞身跨上骏马，骏马卷着一股旋风朝山后飞奔而去。

“你叫什么名字?”尹福大声地问。

“于——小——玉——兰——”这声音像悦耳的银铃，飘荡在山谷里。飞马奔驰如一朵玉兰花，好一朵丰腴纯洁的玉兰花!

皇家行列又开始前进，就像一只只小甲虫慢慢蠕动在这黑黝黝的山道上。

天，完全黑下来了，就像一把大黑伞，遮没了光明。

前面有一个小山镇，露出星星点点的烛光，就像是山的眼睛，一眨一眨的。

李莲英传达了慈禧太后的指令，今晚皇家行列就宿在这山镇。

这个山镇只有几十间房屋，半山腰上有个小教堂，黑黝黝的。

尹福接连走进几个黄泥墙院，除了土炕和破罐残锅之外，空无一人。镇东头有个院落冒出几缕青烟。尹福走进那个院落，看到有几只像小猫一般大的耗子窜来窜去，院里堆着乱石块，一棵枯槐上吊着几根草绳，晃来晃去。

尹福来到正屋，见灶台前趴着一个蓬头垢面的婆娘，正在往灶台里添树枝。这婆娘有四十岁光景，袒露着黄瘦的上身，肋条明显地一起一伏，像被刀刻出来的，瘦棱棱的两只奶子像小面袋子一样下垂着，乌黑干巴的两颗奶核就像两个硬贴在上面的黑枣。她的裤子就像百叶布，补了一层又一层，膝盖裸露出的肉跟裤子颜色差不多。她赤着双脚，惊惶地望着尹福。

尹福和蔼地说：“老乡，不要怕，皇驾来了。”

那婆娘听了，不甚明白，问道：“什么黄酱?”

尹福又说：“就是皇上和太后来了。”

婆娘又道：“黄酱太厚了。”

尹福见她还不明白，就比画着说：“就是真龙天子来了。”

那女人一听“龙”字，立即磕头如捣蒜，叫道：“龙王爷，您可别再发洪水了，村里人都快死绝了。”

尹福见她还是不明白，无可奈何地打开锅盖，一股呛人的树叶味迎面扑来，原来这婆娘在煮树叶。

尹福走进里面的一间房屋，只见土炕上倚着、靠着、趴着、蹲着九个女孩，个个精赤条条，面黄肌瘦，污浊不堪。大的约摸二十来岁，小的只有二三岁。那些女孩好像一生下来就没有见过衣服，见到尹福也不羞臊，有的朝他怪笑，有的用手指抠着嘴，有的吱吱呀呀说不出话来。土炕上没有炕席，只有一堆树叶。

尹福看了，一阵心酸，没想到在中原大地的山区里还有这样一户人家，真是一贫如洗，竟连皇上都不知道。

婆娘踢踢踏踏走了进来，默默无言地坐在土炕上，一声不吭，目光呆滞。

一个小女孩滚下炕，来到屋角处，站着撒尿，那角落有一个小洞，通到外面。尹福想：这大概就是她家的茅房。

尹福摸出一些银两塞到婆娘手里。

“哗啦啦”，银两撒了一地。

“要这些小板板有啥用？”婆娘神情恍惚地望着尹福。

尹福又摸了摸，终于摸出半个干巴的窝头。那些孩子看见了，蜂拥而上，都来抢这半个窝头。

婆娘一把夺过窝头，掰了几块，各分给她们一块。女孩们狼吞虎咽地吃起来，有一个女孩噎得直喘粗气，脸憋得通红。

婆娘看见了，一把拽过那女孩，一巴掌打在她后背上。她张大着嘴，把碎窝头喷了出来。婆娘把窝头渣捡起来，放进嘴里。

尹福问：“你男人呢？”

婆娘叹了口气：“一连生了九个，都是不带壶嘴儿的。他也不中用了，一气之下，走了。”

尹福又问：“镇上的人呢？”

“夏天闹大水，天上的雷贼响，地动山摇，山上滚下来好多大石头，砸死的砸死，跑的跑，我拉扯着这么多孩子，向哪儿跑？干脆就等死，没想到大石头一过，我这房子没倒，我们娘几个也没有遭灾的，真是上帝保佑！”

“你也信上帝？”

“前些年老闹洪水，镇上有的跑外的人回来说，有的村里不供土地庙了，现在供起教堂来了。镇上的人就借了不少钱修了一个教堂，教堂修好了，没有神父，于是镇上的人又去请了个神父来。从那以后，镇上的人就都拜上帝了，托上帝的保佑。听神父说，对上帝真心就能有好报应，如果假心假意就会有坏报应。这次发洪水，我们全家都没事，就因为我对上帝真心。”

尹福问：“那上帝什么时候才能使你们离开穷困呢？”

婆娘用手搓着奶子上的泥垢，叹了一口气，说道：“唉，命苦呀，生的孩子没有一个带柄儿的，下辈子我一定要托生个男人，女人就是命苦，男人一甩手，走了，可女人却拉扯这么多孩子。”

第十四回　拜上帝险些见上帝　敬真龙何尝畏真龙

镇上还有个小教堂，光绪皇帝像着了魔似的要到那个小教堂去。

他说他要找上帝谈判，责问他的信仰者为什么万里迢迢，漂洋过海，把鸦片这种毒药运到中国？又为什么屡屡发动战争，大肆践踏中国的土地？为什么把圆明园那么美丽的后花园给烧了？为什么已经拥有那么多的洋美人，却偏偏要到东方来戏弄、侮辱和强奸这么多戴小红肚兜兜、穿绣花鞋的小脚女人？

总之，他要会一会这个上帝，问他还有没有良心?!

尹福和李瑞东穿过东倒西歪、疲惫不堪的兵丁，走进一个院落，光绪皇帝就住在北屋。

尹福和李瑞东走了进去，正见光绪焦躁不安地背着双手踱步。

“尹福，带我去教堂。”光绪急急地说。

“皇上吃过了吗?”尹福问。

“吃过了。”

尹福见一个破旧不堪的桌上放着一个碗，碗内残留着粥渣。

尹福挑选了二十名精壮侍卫，保护着光绪皇帝向小教堂走去，李瑞东留了下来。

小教堂离山镇有二里之遥，山上的路经过泥石流的冲袭，已残破不堪，一行人曲曲折折地挨近了教堂，教堂里黑漆漆的，就像一个古堡幽灵般地蹲伏在那里，静静的，没有一丝声息。

“神父可能睡着了，我们不要惊动他。”光绪小心翼翼地开启了教堂的门。

小教堂内忽然灯火辉煌，祭台上燃着数百支大蜡烛。蜡烛分做八排，每排之间，用鲜花隔着，馥郁的香气从教堂门内喷出，好似海潮的漩涡。小门是一列宽大的拱廊，四边有花环，饰以人像，两旁立着两根有壁龛的柱子，柱头是尖的。

一行人走进教堂，正面有一个耶稣受难像。窗子由五彩绚烂的小玻璃块嵌成。教堂内没有一个人。

"是谁点燃的蜡烛？"光绪疑疑惑惑地问。

尹福左右查看着，教堂东面有个半圆形室，有一张沙发床，被褥整齐，墙上挂着一柄小提琴和一顶巴拿马草帽，床边有个长方形桌子，桌上放着《圣经》等厚厚一摞书籍。

光绪由两个侍卫护送来到西面，这里也有一个半圆形室，正中有幅雕像，是抱着圣婴耶稣的圣母像。圣母庄严地微笑着，白皙柔润的脸庞闪着光彩，她的眼睛温柔、善良，充满着诱人的魅力。她披着雪白的轻纱，抱着白纱环绕的圣婴。这幅雕像真是栩栩如生，天衣无缝！

光绪一见这幅雕像，有些如醉如痴，神魂有些颠倒，喃喃地说："你就是圣母玛丽亚吗？你就是纯真无邪、威力无比的圣母吗？"

雕像冷若寒霜，一动不动。

光绪叫道："你快劝劝你的信徒吧，奥斯曼帝国的子孙、法兰西人、英格兰人、罗马人、俄罗斯人……他们侵占了我的国家，他们的铁蹄践踏了龙的故乡，长城在摇撼，龙在呻吟。你不要叫他们的魔掌再伸向太平洋的西岸，请你以上帝的力量阻止他们的炮舰耀武扬威地前进！"

"砰"！一声清脆的枪声。

光绪摇摇晃晃地倒下了，一动不动地躺在冰冷的地上。

两个侍卫吓呆了，瘫软在地上。

眼前的圣母玛丽亚雕像不见了。

原来这雕像是一个人扮的。

尹福闻声跑来，一眼看到光绪倒在地上，有些慌了，急忙伏到光绪旁边，大声叫着："皇上，皇上！"

一个侍卫大声叫道："刺客扮作圣母的雕像开枪打死了皇上！"

尹福翻转了光绪的身子，他双目紧闭，仍然一动不动。

尹福迅速站起身，问道："刺客呢？"

一个侍卫回答："一眨眼的工夫，无影无踪了。"

"都是饭桶！皇上死了，我看你们回去怎么跟太后交代！"尹福一边骂着，一边狠狠地踢了那侍卫一脚。

另外八个侍卫也围拢而来。

大家一看皇上被人开枪打死了，都没了主意。

一个侍卫说："如今皇上死了，咱们回到镇上，太后准要咱们的脑袋。"

另一个侍卫说："不如散伙，逃了吧。"

几个侍卫随声附和着都赞成他的话："不如散伙，逃了吧。"

有的侍卫开始脱宫衣。

一个侍卫扔掉了刀。

尹福怒道："平时皇上待你们不薄，吃香的，喝辣的，如今皇上有了难，你们想溜之大吉，你们跑了和尚还跑得了庙？你们还要不要家中老小？"

一个侍卫哭丧着脸说："尹爷言之有理，我家住北京天桥。太后回到京城，还不派人抄我的家，我家有八十岁老母啊！"

另一个侍卫咂吧咂吧嘴说："我老婆和五个孩子正盼着我回去呢，老婆虽说不上俊俏，可是挺知道心疼人的。老婆要是坐了牢，杀了头，我可就没了脉了。"

还有一个侍卫也挤上来说："我倒是光棍一个，爹娘都入了土了，可是有句俗话，在家靠父母，出门靠朋友，我不能一走了之，把朋友给卖了。你们说咋办就咋办，我听你们的。"

这时又有一个侍卫不好意思地开了腔："我有个相好在宫里，是个烧火的宫女，我们俩相好多年了，她体贴我，我体贴她，我们俩就像是拴在一根线上的蚂蚱，谁也甭想跑！我要是单个跑了，我咋能再进那宫里，寻我那相好的去？"

尹福不耐烦地一摆手，说道："你们少说那些酸溜溜的话，谁也不能走！回去一切由我担着，你们去几个人把那洋床拆了，把皇上抬到镇上去。"

大家见尹福态度诚恳坚决，不再言语了。

四个侍卫来到教堂东屋把沙发床拆了，抬到西屋，把光绪放了上去。

尹福在后面监督，几个人抬着光绪，曲曲折折地往回走。

走了一程，有个侍卫抬不动了，身子一歪险些把光绪摔到地上。

旁边一个侍卫怨道："老兄，晚上没吃饭怎么着？怎么连这么点儿分量都抬不动了？"

那侍卫道："本来晚上就没吃，我有点儿虚，腿一软，就差了点劲儿。"

"有啥害怕的？皇上待咱们不错，从来没对咱们发过脾气，何况他又是龙身。"

"砰，砰……"山镇方向传来几声沉闷的枪声。大家不约而同地站住了，一齐望着黑黝黝的山镇。

“怎么回事?”一个侍卫惊惶地东张西望。

“莫非是神机营的弟兄走了火?”

“不像，这枪声太沉太闷……”

“是不是洋人摸上来了?”

“哪里的事?咱们的银子哗哗地落进人家手里，他们已经撤兵了。”

“会不会是散兵游勇?或是土匪?”

“是不是教堂里的刺客又到了镇上?”

“这回不知又是谁成了枪下鬼?”

“还能有谁?”

尹福说:“咱们走吧，到镇上就知道了。”

一行人又开始移动了。

进了镇街，光绪忽然坐了起来，大家都吃了一惊。

一个侍卫问:“你是人是鬼?”

光绪笑道:“我是你们的皇上啊!”

只有尹福微笑不语。

原来尹福听到教堂里的枪声后，扶起光绪一瞧，没有任何血迹；用手摸了摸他的鼻子，微微有热气，他心内明白，于是默不作声。

光绪皇帝在刺客开枪前的一刹那，正好跪下来要给“圣母”磕头，侥幸躲过了子弹。他急中生智，生怕刺客再开枪，于是索性躺下来装死。他又怕途中遭到刺客枪击，因此一直装死，遮人耳目。

光绪轻松地跳下床，由侍卫们簇拥着走进临时宿处的大院。

尹福问迎面走来的一个太监:“刚才是谁开枪?”

那太监回答:“有人朝太后发冷枪。”

“太后怎样了?”

“太后滚到床下，只是擦破了点儿皮，没事。”

“刺客抓住没有?”

“是个洋女人，骑马跑掉了。”

尹福来到向昀的屋里，向昀正望着屋顶出神。

“又吓着了吧?”尹福问。

向昀笑了笑:“你消息好灵通。”

尹福说：“你这个替身真辛苦。”

“没有办法，皇上见到上帝了?”

尹福苦笑了一下：“差点儿。”

“什么意思?”

“险些挨了圣母玛丽亚一枪，差点儿清东陵又多一座皇陵。”

“可能又是那个意大利黛娜小姐，她就像个幽灵，一直缠着我们。”

尹福有点儿累了，他坐了下来。

向昀见他一副疲倦的模样，说道：“你不用担心我，你够累的了，回去歇息吧，明天还要赶路呢。”

尹福退了出来。

镇街上乱成一团，兵丁们横躺竖歪，有的酣然入睡，喃喃自语；有的喝酒猜拳，打闹不已；有的唉声叹气，牢骚声喋喋不休；王爷、福晋、格格们都在仅有的几个院子里歇息，有的太监在院里找不到位置，也挪到街面上打盹儿。

尹福想查查岗哨再回去歇息，他来到镇街东面，见那几个放哨的兵丁还算精神，拄着大刀或土枪在树丛里张望。

“有动静吗?”尹福通了口令后，问一个值夜的小头目。

小头目摇摇头：“没有，尽是秋虫子叫唤，怪好听的。”

“这山里没准有土匪，他们急了连马都抢。”尹福望望远方，又走了回来。

这时，传来一阵声嘶力竭的叫声。

是女人的叫声，凄厉、哀恸。

尹福寻声跑去，声音发自傍晚时他到过的那个有人家的院落。

是那个婆娘家。

尹福冲进了那个院子，闯进屋子。

一个小姑娘正躺在地上，用小手捂着肚子。

尹福又闯进里屋，一个兵丁如狼似虎地压在那个婆娘的身上，婆娘发疯似的又抓又扯，可是兵丁仍在施暴。

另一个兵丁正与两个姑娘扭打着……

尹福一掌击毙了一个兵丁，把婆娘扶了起来。又一掌把另一个兵丁打翻在地，那兵丁一见是尹福，立即跪下来，求饶说：“尹爷，饶了我吧，我再也不敢了！离家太久了，人之常情啊!”

尹福怒问："你有没有姐妹？"

"有三个姐姐，一个妹妹。"兵丁低着头小声地回答。

"如果你的姐妹遭到强暴，你会怎么样？"

"我……我……"那兵丁回答不上来了。

两个姑娘轻轻啜泣，婆娘痛苦地呻吟着。

"尹爷，您饶了我吧，我在爹娘的在天之灵前发誓，今后再也不敢了。"兵丁的声音充满了恐慌和哀求。

婆娘来到外屋，抱起了躺在地上的女儿，呆呆地来到里屋。

那小女孩哭得像个泪人，叫嚷肚子疼。

尹福揩干了小女孩的泪水，把她抱到怀里，用手理了理她的头发。

"是谁干的？"尹福指着那个小女孩问兵丁。

"是他吗？"尹福问小女孩。

那个兵丁跪着往前挪了两步，叫道："尹爷，我没有干成呀，以后再不敢有这种邪念了，我家有老婆、孩子，饶了我这一回吧。"

尹福唤过刚才反抗兵丁侮辱的两个姑娘，她们是婆娘的大女儿和二女儿。

"来，你们两个一人打他十巴掌。"

其中一个姑娘恨恨地说："哼，脏了我的手！"

另一个姑娘下了土炕，来到那兵丁面前，骂道："畜生，看你还敢撒野！看你今后还敢欺负山里人！"说着，抡圆了胳膊，左右开弓，接连打了兵丁几个巴掌。

"啪，啪，啪……"在这清脆的巴掌声中，她的两个小妹妹"咯咯"地笑起来。

姑娘打了几个巴掌，还觉得不解气，又说道："我再替妹妹打十下。"说着又打了那兵丁十个巴掌，由于用力过猛，兵丁的嘴被打歪了。

"哈，哈，哈……"几个小姑娘欢呼雀跃。

兵丁想矫正自己的嘴，可是无济于事。

尹福踢了他一脚，骂道："滚吧，回去跟你们当班的说一声，让他扣你一年饷银。"

"多谢尹爷！"兵丁像兔子一样赶快溜出去了。

婆娘满腔泪水，对尹福说："大叔，你可真是个好人。这些官兵还不如土匪，前两天这里来了两个土匪，也没对我们娘儿们怎么着。"

"两个土匪？什么打扮？"

“年轻的商人模样，长得挺俊俏的，一脸杀气，身上怪膻的，好像是从挺远的地方来的。”婆娘见尹福挺感兴趣，问道：“怎么，你怎么问他们？”

尹福问道：“你们这里经常来土匪吗？”

婆娘摇摇头：“我们这深山老林，穷得掉渣儿，从来没有见到过土匪。”

“那你怎么知道他们是土匪？”

“他们议论着杀人，说是要杀一个人……”

“他们要杀谁？”

“是一个……叫尹福的，对，叫尹福，说尹福和他们有杀兄之仇，他们要把尹福碎尸万段……”

尹福听了心头一震，心想：会不会是“天山二秀”？

婆娘又说：“两个土匪走后，又来了一个小姑娘，那小姑娘长得像一朵花，她像小蝴蝶一样飞进来，她向我打听附近的道路，我告诉了她。她见我家穷，留下一个金镯子……”说着在土炕的角落里扒出一个包裹，摸出一个金镯子。

“我们这里离城里有十万八千里，压根就没见过城墙什么样，要这些金啊银啊的，也没什么用，大叔，您是我们的救命恩人，您就留下吧。”说着，把金镯子塞给尹福。

尹福又把金镯子塞给婆娘：“你们留着吧，或许有用处。那小姑娘还说了些什么？”

“我问她，你一个如花似玉的人，在这穷山沟里转悠，万一遇到土匪可怎么办？她听了，咯咯笑个不停，她说她是刀枪不入，是玉皇大帝的女儿，天不怕；是阎王爷的闺女，地也不怕。”

尹福心内明白，那小姑娘就是于莺晓的师妹于小玉兰。

尹福出去向一些兵丁、太监要了几件旧衣服，又裹了几个窝窝头来到婆娘屋里，几个姑娘饿虎扑食一般，蜂拥而上，抢了窝窝头就吃。婆娘把衣服分给女儿们，脸上露出笑容。

尹福把那个兵丁的尸首埋了，然后回屋歇息。

睡至半夜，忽听房上有人大叫：“哪个叫尹福，快出来比试比试！”

尹福惊醒，赶快起床下地，顺着窗户往外一瞧，对面房上立着两个白衣人，都是商贾打扮，月光下清秀如玉。

一群兵丁爬上房去，想驱散她们，被她们打得七零八落，有几具尸首栽倒在院中。

尹福冲了出去，一招“白鹤冲天”，飘然上房，站在她们对面。

“你们二位可是‘天山二秀’秋千鹊、秋千鸿姐妹?”

“算你识相,姑奶奶就是秋千鹊。”其中一人“刷”地扯掉头帕,露出一头秀发。

“我与你们有什么冤仇?”尹福平和地问。

“秋千鹤是不是你杀的?”秋千鸿冷冷地问。

原来她们与秋千鹤有关。

“不错,秋千鹤是我所杀,他身为皇上贴身护卫,不效忠皇上,反而欲谋杀皇上,幸而被我发现,难道不该杀吗?”

“秋千鹤是我们的仁兄。”

秋千鹤是南方人,辗转来到北京皇宫,怎么会跟天山有关联呢?

原来这里面还有一段插曲。光绪皇帝的贴身护卫、清宫大内武术教头秋千鹤受袁世凯贿赂,在西遁途中欲害光绪,被尹福及时发现,当场被击毙。袁世凯重金雇用秋千鹤杀光绪,是担心慈禧先于光绪而逝,恐怕光绪亲政后,报戊戌政变自己向荣禄告密之仇。

秋千鹤年轻时混迹江湖,三山五岳,名川显寺,无所不游。南至海南天涯,两广夷居,东至普陀胜地,黄山云海,北至蒙古草原,兴凯湖畔,西至丝绸之路,敦煌宝窟,放浪形骸,尽间恣游。后来听说丝绸之路有一个女儿国,国人皆是丽人,君民平等,和睦如亲,感到稀奇,便思一游。他想:《西游记》中唐僧西天取经路上有个女儿国,《西游记》作者吴承恩可能就是依据这个女儿国所编的故事。他又听说《镜花缘》中也有一个女儿国,不过那个女儿国在东海之上。或许人间真有女儿国,于是他决定到那里走一遭。

主意已定,秋千鹤备足了银两,买了一匹快马,朝西飞驰而来。进入丝绸之路,遇到一片沙漠,快马已疲惫不堪,不善沙地行走,于是他又买了一头骆驼。秋千鹤天生清秀,有一个女人般的苗条身材,装扮成女人不差分毫。他从广西到张掖,仍是男人打扮,进入丝绸之路,他从包裹里拿出准备好的一套女人衣裙,换了衣裙,装扮成一个袅袅婷婷的少妇。他天生嗓音清亮,慢声慢语地学起女人腔,还真有八分像呢。他骑骆驼走到丝绸之路的尽头,也没有见到女儿国的踪迹。大漠荒芜,连个人迹都没有,他又困又乏,于是躺在沙漠上歇息。

也不知过了多少时间,风一吹,传来一阵驼铃的声音,清脆,悦耳。秋千鹤听到这铃声为之一振,抬头一看,正见一行骆驼缓缓而来,前面有一个牵骆驼的少女,胡人装束,骆驼上驮着货物。

秋千鹤迎上去，向那少女打听女儿国的去处，没想到那少女正是女儿国人，她是女儿国宫中负责贸易的女官。秋千鹤一听，喜出望外，当即对她说明了来意。那少女听说他是中原人，也非常高兴，二人偕伴，一起朝女儿国走来。

在与少女的交谈中，秋千鹤才明白了女儿国的来历。原来女儿国国王珠玛原是一个部落的女酋长，她不仅年轻美貌，而且能征善战，特别是骑射百发百中。由于她才貌双全，武艺卓绝，始终找不到一个如意郎君。她征婚的条件是对方必须在一支蜡烛燃尽时把她击败。可是来了那么多王子骑手，都没有征服她。珠玛四十多岁时，虽然余韵尚存，但是万念俱灰，于是决定终生守身如玉，并创立了一个女儿国，召集天下女子到此定居。珠玛深通列国历史，并喜读中原小说。她模仿《西游记》中女儿国的种种作为，把女儿国建成一个人人平等、和睦相处、共耕同织、均食同舞的大同世界。在珠玛的感召下，那些清高孤傲不愿与男人成婚的少女和为找不到爱情而苦恼的失意女人云集而来，与珠玛一道建立了这个国家。

女儿国建在草原上，附近有一条银钩般闪光的小河。没有城墙，只有数不清的雪白的毛毡，在融融阳光的照射下，闪烁着白雪一样的光辉。远处，数不清的羊群蠕动着，宛如一片白色的绸缎，飘洒在天际之中。这里没有一个男人，都是花朵一般的女人，有的在练习骑射，有的在下棋弹琴，有的在织布纺线，有的在田间耕作，欢声笑语，不绝于耳。

小河的下游，几个女人在洗衣服，还有一些女人在洗浴。

秋千鹤望着这蔚蓝色的天空，叹道："想不到天底下还有这么一个神奇的地方。"

少女把骆驼交给迎上前来的一些少女，吩咐她们卸下货物。她们都用惊奇的目光望着秋千鹤，看得秋千鹤有些发窘。

"姐妹们，不要这样，她是中原来的客人。"少女笑嘻嘻地说。

"哦，中原来的，那么远。"

"中原的皇帝好威风呢。"

"不对，是太后威风，她是太上皇呢，听说是垂帘听政。"

"中原的绸子很好看呢。"

少女们叽叽喳喳，议论着。

"珠玛在吗？"少女问她们。

"正在宫里织布。"

少女直呼女王的名字，女王也织布，这对秋千鹤来说很新鲜。

少女带秋千鹤穿过一个个毛毡，来到后面一个巨大的毛毡前，那里站着两排女兵，不卑不亢，腰间佩着宝剑。

“珠玛!”少女叫道。

一个衣着朴素的中年丽人走了出来。

秋千鹤从未见过这么美貌的妇人，她白得耀眼的前额覆盖着玛瑙般美丽的头发，奇妙的鬈发卷成一圈一圈的，难以描绘其风韵的脸蛋上，嵌着两只碧蓝的大眼睛，长着两道弯弯细长的眉毛，眼睛上盖着浓密的睫毛，当眼帘低垂时，给玫瑰色的脸颊投去一抹淡淡的阴影，鼻子细长而挺秀，鼻翼微鼓，嘴唇鲜艳，闭锁在层层迷人的幻梦中。她皮肤的颜色就像未经人手触摸过的蜜桃上的绒毛。

“我的小妹妹!”珠玛快活地抱住少女，在她的粉颊上吻了一下。

秋千鹤想：这大概就是她们的君臣之礼。

少女把秋千鹤介绍给女王，珠玛露出皓齿，笑道：“欢迎你，中原的贵客，快进帐子吧。”

走进温暖如春的毛毡，华丽的氛围，辉煌的灯烛，映得秋千鹤几乎睁不开眼睛。

女王请秋千鹤坐在地毯上，自己端坐在一张书案前，亲切地向他打听中原的事情。

这时进来一个老年妇人，虽然已过花甲之年，仍旧风度翩翩，她见秋千鹤是陌生人，对女王说道：“珠玛，按照女儿国中的规矩，应对她检查一下。”

秋千鹤明白“检查”这两字的分量，登时有点儿慌了。

第十五回　小缸浴秋侠客受窘　大锅饭女臣民开心

珠玛一摆手道："中原来的贵客，就免了吧。"

秋千鹤听到这句话，心里才像一块石头落了地。

珠玛倒了一罐奶茶，递给秋千鹤，说道："一路辛苦，先喝点儿奶茶。"

秋千鹤接过奶茶，闻了闻，有些膻气，多日奔走，忍饥挨渴，有时遇到小泉，趴着灌个水饱，如今见到奶茶，也不管膻气扑鼻，一仰而尽。

珠玛问："请问姓名？"

秋千鹤听了，没来得及多想，随口答道："秋子……"

"秋子女士，你见过中原的慈禧太后吗？"

"没……没见过。"

珠玛有点儿失望，说道："人人都说她独断专行，凶残无比，比当年大唐武则天还要厉害，接见大臣的时候，总是隔着一个珠帘，叫做垂帘听政。皇上听到她的呵斥，要尿裤子，可有这种事？"

秋千鹤见珠玛盘着双腿，也把腿盘了起来。

"听说过，太后年轻轻地守寡，也难怪她养成了怪性子。"

"可是我听说她跟太监也眉来眼去，暗送秋波……"

"那都是聊斋，市井里的小文人有时就爱诌个故事，其实太后还是挺本分的。"

"什么叫聊斋？"珠玛听了，有点疑惑。

"是中原一个文人写的书名，他写了不少鬼神狐仙的小故事，编在一起，出了一本书，取名为《聊斋志异》，就是瞎编的意思。"

"哦。"珠玛点了点头。

“你是这里的女王？”秋千鹤问。

珠玛一本正经地说：“我是这一轮的女王，我国的女王每两年选举一次，由全体国人射箭决定。”

“什么叫射箭决定？”

“就是你把选定的人名写在箭杆上，把箭射在一个大鼓上，然后由国人推选的监督员根据箭的数量，宣布选举结果。”

秋千鹤道：“这个我没听说过。”

“现在西方的许多国家都这样做。一个人最多能连续当两轮女王，而且女王也不能高高在上，要与国人同吃同住同劳动。”

“嘿，这个真有意思，中原可不是这样，一直是子继父业。理所当然，老皇上死了，小太子不管多傻多笨也要继承帝业。”

“你们这叫世袭制，我们是竞选制，你们已经落伍了。”珠玛一边说着，一边从旁边柜子里摸出几块砖头一样的硬东西。

“来，秋子女士，尝尝我国的风味。”珠玛把这东西递给秋千鹤。

“这是什么？”秋千鹤拿着这硬邦邦的东西不知所措。

“这是葡萄砖和哈密瓜砖，就是用葡萄汁和哈密瓜汁制成的，味道很特别。”

秋千鹤咬了一口哈密瓜砖，嚼了嚼，有一股清香味，还有甜丝的味道，于是大口大口地吃起来。

这是，那个女官进来了，换了一身装束，她穿着一件红色的粗布纱丽，把纱丽挽到膝头上，纱丽的边缘扎在腰间。这一身衣服对她那轻盈的身体好似一种负担，同时显出一个少女的骄矜。她那大圈圈的金耳环，显得玲珑小巧。

珠玛站了起来，指着那女官说：“她叫索娜，是负责贸易和宫内日常事务的官员，我请她照顾你的生活。”说着，她笑着转向索娜说：“索娜，你先给这中原贵客找一个舒适的住处，她一定饿了，马上就要开饭了。”

索娜温柔地笑笑：“我那里非常宽敞，就让她和我住在一起吧。”

秋千鹤一听，心内发慌，生怕露出破绽，急忙说：“不行，我晚上睡觉打呼噜，打起呼噜来能把屋子震塌了。”

索娜听了，哈哈大笑起来：“我们这里都是毛毡，无论多大的动静也塌不了，不像你们中原，房屋都是用砖瓦和木头搭的，一错了位，就倒塌下来。”

秋千鹤急得冒出汗来，又说道：“我晚上睡觉爱夜游，有时要走出好几里地。”

“没关系，到时候我陪着你游，去欣赏一下天山脚下的夜景。”索娜愉快地说着。

珠玛说："秋子女士，就不要推辞了，索娜愿意跟你住在一起，她想跟你打听中原那些稀奇古怪的事情，她可是个打破砂罐问到底的人。"

秋千鹤只得和索娜走出王宫，来到王宫后面一个秀丽的毛毡里，毛毡里洋溢着一种青春的气息，一股股馨香，沁人心脾。半空中悬挂着数不清的小玩意儿，用丝绸、羊毛、骆驼毛、草秆等物编织的小草人、洋娃娃、小白兔、小山羊、小老虎、小鹿、骆驼、飞天等栩栩如生的人物和动物，五彩缤纷，映得人眼花缭乱。

地上是华丽的地毯，紫红色的底围，盛开着一朵朵雪白的雪莲花。一排黑漆柜旁，整齐的毛毯、毡壁上挂着羊角、鹿角和一柄宝刀。左侧有个很长的黑漆炕桌，桌上有瓦罐和瓦杯，角落里还有一口大缸。

索娜哼着小曲儿对秋千鹤说："秋子姐姐，你一路上顶风沙，晒烈日，先洗吧。"

秋千鹤一听又慌了，连忙摆手道："不用，不用。"

"国人洗浴就在附近的一条小河里，小河的水清凉极了，碧蓝碧蓝的，是从天山上流下来的泉水，还能治病。"

秋千鹤赔着笑脸道："我身上不脏，不用洗。"

"还不脏呢，我都闻到你身上有一股酸溜溜的味道，是汗腻的。现在洗浴，小河里没有多少人，国人一般都在傍晚洗浴。黄昏来临，晚霞映照小河，一片金光粼粼，国人都到小河里洗浴，叫做群浴，又叫国浴，姐妹们在此时嬉水打闹，非常快活。"

索娜见秋千鹤有点儿脸红，于是说："你们中原女人可能不习惯在河里洗浴，那你就在这缸里洗吧。"她指着屋角里的那口大缸。

秋千鹤瞅了瞅那口缸，点了点头，说："中原有个习俗，洗澡避人。"

索娜爽快地说："我给你准备好，就出去。"

索娜把那口缸擦干净，从外面担了两桶温水倒进缸里，又找出一条长毛巾放到一边，然后出去了。

秋千鹤在门口听听外面没有动静，于是脱衣钻进缸里，忙手忙脚地洗起来。

正洗着，索娜一头闯进来，吓得秋千鹤赶紧蹲下身子。

"我给你找来一块洋皂。"索娜笑着把洋皂放到缸沿上面，然后又出去了。

秋千鹤匆忙洗了洗，便钻了出来，穿好衣服坐到一边。

一会儿，索娜又回来了。

“怎么样？洗一下舒服吧，你一定饿了，咱们去吃饭吧。”

秋千鹤随索娜走出毛毡，他见人们都从毛毡里鱼贯而出，来到一个广场。广场地上有十口大铜锅，闪闪发光，锅内的饭菜热气腾腾：三口大锅是稀粥，三口大锅是馒头，四口大锅各是牛肉、羊肉、胡萝卜和土豆。

国人们整整齐齐排着队，手里都拿着瓦盆和叉子。

索娜也拉秋千鹤站在队里，并递给他一个瓦盆和一个铜叉。

“你愿意吃什么就吃什么，随便吃，吃多少都可以，就是别把胃撑坏了。”索娜小声地说，俏丽的脸庞上泛起笑纹。

有人在击鼓，一共击了三下。国人们开始盛饭菜。

秋千鹤看到珠玛也在队里，珠玛也看到了他，微笑着向他招手。

秋千鹤朝她笑道：“你们这是大锅饭啊！”

珠玛也笑道：“对，是铜饭锅。我们这里的人都自觉劳动，因此人人有饭吃。”

秋千鹤问索娜：“你们这里有酒吗？”

索娜摇摇头：“酒是祸害，因此国家有规定，不许随便喝酒，只有大宴时才准许喝甜酒。喝醉了酒会失态的，容易出事。”

两个人已经排到大铜锅前了，秋千鹤盛了半盆粥，舀了半勺胡萝卜，又拿了两个馒头。

国人们三三两两坐在广场上吃饭，索娜与秋千鹤也找了一处空地坐了下来。旁边的许多人都同索娜打招呼，她们用一种友善的诧异的目光打量着秋千鹤，索娜便把秋千鹤介绍给周围的人们。

秋千鹤发现她们的目光时常落在他的脚上，他明白了，在这些有一双天足的西域女人眼里，中原大清的女子都是小脚。幸亏他穿着一双毡靴子。

秋千鹤见女儿国人的装束五彩缤纷，要比中原女子的装束更美丽。有的穿着鲜艳的紫缎长袍，系着绿绸腰带；袍边、袖口都压镶着二寸多宽的滚花锦边；一头乌黑光洁的长发，梳成了几十条细碎均匀的小发辫，发辫分披两肩，束起来套入背后的辫套中；耳边垂着两串长长的耳坠，颈项上围着一圈用彩珠银牌连缀而成的项串，十分有趣。有的头上搭着黑布镶花边的头帕，盘结着黑油油的发辫，辫子上吊着红色小珠子；黑布紧身上衣裹着鼓鼓的胸脯，胸襟上也坠着红色的项珠，裙子摊在地上，像一团荷叶。有的穿一条淡蓝色艾底丽丝连衣裙，上面罩着一件镶金边银饰的金丝绒红背心；头戴一顶绣着石榴花图案的小花帽，简直是一朵雪莲花。有的穿一件绣着金线的红天鹅绒上衣，罩一件绿呢外套；白袜子、浅口鞋，阔腰带上有根狭腰带，长长的穗子一直拖到臀部。还有的下身穿一条白底绣粉红色玫瑰花的绸裤，露出两只小巧玲珑的脚；上身穿一件蓝白条子的短衫，前面有一处心形缺口，露出那象牙般的颈脖和半个胸脯，下端用三粒钻石纽扣锁住；背心和裤子的接合处被一条五颜六色的腰带遮了起来……

索娜和秋千鹤吃过饭回毛毡歇息。

二人叙了一会儿话，索娜站了起来，说："我要去干活了，你在这里歇息一会儿。"

秋千鹤问："你干什么活儿？"

索娜回答："挤牛奶，宫里规定，女官每天下午要参加劳动。"

秋千鹤也站了起来，说道："那我也去，我觉得这里一切都挺新鲜，在毛毡里待着反而觉得有些憋闷。"

索娜同意了，二人走出毛毡，来到小河边，只见白花花有一片奶牛正在自由自在地吃青草。

索娜找来两个木桶，递给秋千鹤一个，然后来到奶牛群中。

索娜熟练的挤奶动作令秋千鹤赞叹不已。秋千鹤也模仿索娜的动作挤奶，可总是挤不好，一会儿滑脱了，一会儿又把牛奶溢了一地。

他有点儿不知所措。就在这时，牛群乱了，奶牛挤作一团，后退着，逃窜着。附近传来呐喊声，索娜站了起来，木桶掉到地上，牛奶泼了一地。

"天山二秀！"她尖叫道。

鼓角响了，雄浑，悲壮。

秋千鹤也站了起来，只见前面黄尘滚滚，数十骑旋风般卷来，刀锋在阳光下闪着耀眼的光芒，有的淌着殷红的血。

索娜拉着秋千鹤飞快地往回跑。

秋千鹤看到河中正在洗浴的几个少女身中利箭，卧入河底，殷红的血水冒了上来。

索娜和秋千鹤跑着，乱箭擦着她们的耳际"嗖嗖"而过。

迎面驰来数百骑，宝刀闪闪，为首的正是女儿国的女王珠玛，她们朝前方扑去。

索娜喘了一口气，拉秋千鹤停了下来，他们躲到一个毛毡后面。

"'天山二秀'是谁？"秋千鹤问道。

“是一股凶悍残忍的土匪，为首的是两个女贼，无名无姓，她们武艺高强，有一手黑功夫，名叫‘鸳鸯指’，指上有剧毒，人沾上便亡，非常厉害。她们有数百之众，居于天山之上，经常下山骚扰居民。不过，她们的武艺都不及女王，几次比试都是女王获胜，女王一去，我就放心了。”

秋千鹤朝前面望去，一片刀剑猛击之声，黄尘翻滚，看不清楚。

有一顿饭的工夫，女王珠玛率领部众凯旋，部众中有不少人挂了彩，有的马上驮着殉难的国人。

珠玛骑马路过秋千鹤身旁，笑道：“秋子女士受惊了。”

秋千鹤道：“我还以为你们这里是世外桃源呢，想不到也有土匪骚扰。”

珠玛带着部众走过去了。

索娜对秋千鹤说：“咱们也回去吧，按照国中的规矩，今晚要开庆功宴会，还要给死去的姐妹举行葬礼。”

索娜和秋千鹤回到毛毡里，索娜有些乏了，向秋千鹤提议睡个午觉。睡前索娜将几块茶砖放入铁锅，放水熬煮，开沸后又撒了少量土碱，催出茶色。然后将沸开的茶叶水，倒进碗口粗、半人高的圆筒，放进一些酥油，少许盐巴，抓住筒中的木杵，上下搅动，轻提重压，反复数次，使茶汁、油脂和水融合，茶水色泽淡黄。索娜又加进核桃仁、葡萄干。然后她给秋千鹤倒了一罐。

“喝吧，这是酥油茶，你一定渴了。”

秋千鹤闻到一股香味，接过瓦罐喝起来，感到香甜可口，他还从来没喝过这么香甜的茶。

索娜也喝了一罐，然后倦倚在席上。

“来，你也歇息一会儿吧。”索娜拉过秋千鹤，秋千鹤也不好推辞，只得在索娜身边躺下了。

索娜线条俏丽的脸廓上晕着月亮般的皎洁，眉毛浓而黑，睫毛长而柔，黑莓子似的眼睛里，弥漫着从心灵里荡漾出来的亮晶晶的光彩。她那红润的嘴唇，好像两片带露的花瓣，微凹的嘴角边，隐约挂着一丝儿笑意。

她那沁人的呼吸喷到秋千鹤脸上，使秋千鹤有点儿头晕目眩。

“我想看看你的小脚，听说中原女人的脚是三寸金莲，她们从小就缠。”索娜笑眯眯地望着秋千鹤。

秋千鹤听了，有些不自在，下意识地往后挪了挪。

“小脚没有天足好看，跑又跑不动，害死人。听说慈禧太后推行新政，其中一条就是要中原女人放足。”

“我偏要看嘛!”索娜有些任性地说。

秋千鹤的心“怦怦”乱跳，一时想不出合适的话来搪塞索娜。

索娜快活地扑到秋千鹤身上，伸手去脱他的靴子。

秋千鹤有些慌了，挣扎着，满脸通红，汗珠顺着两颊流了下来。

“怎么，你还害羞?”索娜见他不愿意，扫兴地离开了他的身子。

索娜神秘地说：“我还发现你们中原女人一个秘密……”

秋千鹤一听，有些摸不着头脑，紧张地问：“什么秘密?”

“你们的胸多是平平的，不像我们这里的女人，两个奶子像鼓鼓的秋葫芦……”索娜骄傲地说着，用手解开自己胸前那三粒钻石纽扣，露出两个圆滚滚的奶峰。

秋千鹤看着有些晕，但他还是强忍住自己，不敢造次。

晚饭是红枣、大米、葡萄干和牛羊肉熬的稀粥。吃过晚饭，索娜参加国浴去了，只有秋千鹤一个人留在毛毡里。

四周静悄悄的，没有一丝动静。晚霞染红了天际，紫红色的暮霭冉冉笼罩着毛毡，从缝隙中透进来。

女儿国真是太神奇了。秋千鹤暗暗叹道。

真是不虚此行，回去后又可以跟那些朋友侃侃而谈了。

国浴一定很壮观，晚霞映红了蓝天，映红了绿水，映红了天山，金光万道，霞光溢彩，一个个浪里白条，似一朵朵洁白的睡莲，像一只只快活的白蝴蝶……

姑娘们的笑浪从不远处漾了过来。

这时，秋千鹤感到一柄冰凉的剑尖抵住了他的后腰……

他抬头一看，是一个魔鬼般的女人，虽然称得上是一个纤巧的美人，由于面色苍白，眼睛鼻子的轮廓过于突出，眼圆，面颊过于深凹，那张带着贵族仪容的脸庞上，有一对阴冷的大眼睛。她黑绳纱的短褂儿上印着三只飞蝶形的饰纹，微露在外面的衬衣领是黑色的底子绣着三朵白色的梅花。

秋千鹤软了下来，完完全全地瘫在地上。

“你不要怕，我们知道你是中原人，而且是一个男人。”来人低低地说。

秋千鹤一听，更慌了，瑟瑟发抖。

“几天前，我们在山上看到你和你的骆驼。”

“那你是谁?”秋千鹤哆哆嗦嗦地问。

“你听说过‘天山二秀’吗?”女人的声音冰冷彻骨。

“听……说……过。”

“我就是秋千鸿。”

“你们找我做什么?”

“你不要怕。”两颗湛蓝的宝石塞到秋千鹤的手上。

这两颗蓝宝石足有半斤重。

秋千鹤是个见财眼开爱财如命的人，如今一见这么大的蓝宝石，登时心花怒放，两眼泛光。

“你们要我干什么?”秋千鹤又一次问道。

“杀掉珠玛!”秋千鸿每个字都像重锤声，沉闷有力。

“我……不是她的对手。”

“趁今晚举行宴会的时候，你把这药末洒在她的酒里。”

秋千鸿把一个小纸口袋塞到他的另一只手里。

“如果你敢违抗‘天山二秀’的意旨，明晚天山山巅就会再现你的尸首，让老鹰饱餐一顿。”秋千鸿说完，出了毛毡。

这个魔鬼，秋千鹤想不出她是怎么进来的。

秋千鸿，多么神奇的名字，这名字跟他的名字仅有一字之差。

秋千鹤仔细端详着这两颗蓝宝石，宝石闪闪发光，剔透明亮。他高兴得发狂，把蓝宝石藏入怀中，然后又把那一小袋毒药藏好。

人为财死，鸟为食亡。他想起这句话。

索娜快活地回来了，她披散着长长的头发，像一匹黑绸子，又像瀑布。

“今天的水真是太清凉了，真是想不到的舒服，你没有去真是遗憾。”

索娜一边说着，一边来到一个铁柜前，拿出木梳，梳着头。

秋千鹤假装打盹儿，他在盘算如何把这药末倒进珠玛的酒杯。

索娜梳了头，猛听外面响了三声鼓响，对秋千鹤说：“秋子女士，盛大的晚宴开始了，咱们快去吧。”

晚宴在广场举行，四周人头攒动，中间有一个大的空地，珠玛被人们簇拥着站在中央，场内点燃了四堆熊熊的篝火。有一支近百人的乐队，乐手拿着法号、腿骨号、唢呐、大钹、小钹、羊皮大鼓等乐器，喜气洋洋。广场一侧还摆着十缸美酒。

珠玛见到秋千鹤和索娜，连忙摆手招呼他们过去，秋千鹤的心里像有小鹿乱撞，他尽力克制自己，以便不露破绽。

珠玛宣布庆宴开始，人们争先恐后到酒缸舀酒，欢呼声不绝于耳。

几个戴着大头娃娃面具的年轻女人出场了，她们敲打着小鼓，表演着挤牛奶、剪羊毛、捻毛线、织氆氇等动作。

一会儿，又有两个少女翩翩出场，一个戴着牦牛面具，另一个头戴小鹿的面具，在广场上蹦跳嬉戏。

又有十六个女子头戴黑色圆帽，身穿宽袖长袍，一手拿人头盖骨碗，一手拿金刚神橛，做出各种念咒驱邪的动作。

这时，一群白布缠头、戴白面具的女子出场，她们穿花缎子长袍，舞蹈风趣幽默。紧接着是门神舞和战神舞，一个戴乌鸦面具，一个戴猫头鹰面具，舞蹈激烈而雄健。

索娜用手指着："秋子女士，你看，这是青嘎，就是护法神舞。"

秋千鹤望去，只见一个戴白毡帽的护法神，俨然是草原之王。有两个身穿绘满人头骨的披风，腰间系着虎皮裙的死神，手拿铁齐棍和钩命索，与草原之王大战。他们混战一团，转来转去，忽然，有个死神经过秋千鹤身边，在他耳边说了一句："敬酒啊！"然后盘旋而去。

秋千鹤听了，心惊肉跳，他想这个扮作死神的女子就是"天山二秀"之一秋千鸿。

秋千鹤悄悄来到酒缸前，舀了两杯酒，趁人不注意，将药袋抖开，把药末倒入一个杯里，然后来到珠玛身边。

珠玛正看得兴起，高兴得连连拍手。

秋千鹤壮着胆子对珠玛说："女王，我敬您一杯酒。"

珠玛高兴地接过那杯酒，一饮而尽。

第十六回 救情侣尹爷入虎口 刨仁兄狗神指迷津

女王珠玛死了。秋千鹤感到恐惧。

鼓角齐鸣，“天山二秀”带着匪帮围了上来，女儿国人仓皇应战。

秋千鹤躲到一个毛毡背后，看到秋千鸿和另外一个女人指挥匪徒向女儿国的人突袭。

浴血奋战，各有死伤。秋千鹤看到索娜骑一匹白马，手持双刀率领国人拼死抵抗。

尸横遍野，战争持续到深夜，女儿国人溃败了。

“天山二秀”匪帮占领了女儿国。

秋千鸿的侍卫在索娜所居住的毛毡的那口缸里找到了秋千鹤，此时的秋千鹤像一只落水鸡被侍卫拎了起来。

“我叫秋千鹤，是有功之臣，你们不要杀我，千万别杀我！”秋千鹤哀求道。

“我们正在找你，这是新国王的指令。”侍卫恭恭敬敬地说着，带他去见秋家姐妹。

广场四周是全副武装的匪徒，持刀挥枪，一副得意扬扬的样子。

广场上站满了女儿国的战俘，她们有的横眉竖目，有的偷偷哭泣，有的哭丧着脸，还有的受了伤，鲜血淋漓。她们的双手被绳索捆绑着，锁骨处被穿了孔，被一条铁链锁着，上千人连成一片。

秋千鸿、秋千鹄姐妹等人坐在虎皮椅上，两侧是凶神恶煞的匪徒。

高高的旗杆上吊着一个人头，血肉模糊。秋千鹤看清楚了，是珠玛的人头。

秋千鹤低着头，随侍卫来到秋家姐妹面前。

秋千鸿笑眯眯地站了起来，把他介绍给自己的妹妹秋千鹊。

“你立了头功。”秋千鹊淡淡地说。

秋千鹊一副冷相，上身紧绷着一个小马甲，一条黑色皮裤，一双尖头短靴。她那双绿色的眼睛嵌在一张矜持的面孔上，显得狡黠多端、骚动不宁。

秋千鸿叫人端来一个铁箱子，打开铁箱，里面是耀眼的金物、珍珠、玛瑙、翡翠、翠玉、金项链。

“这是赏给你的，够你一辈子受用的。”秋千鸿说。

秋千鹤被安排在旁边的座位上坐下。

这时人群中有人窃窃私议。

“原来她是奸细。”

“是她害死了珠玛。”

“真是知人知面不知心，中原人财迷心窍。”

秋千鹤听到这些议论，头往下低了低，一眼看到那些光彩照人的宝物，心里宽慰许多。

秋千鸿开始对女俘们训话：“从今以后，你们就是我的百姓，我和我的妹妹就是新国王，这位中原人就是宰相……”她用手指着秋千鹤。

秋千鹤有些手足无措，他的本意是带着这些宝物赶快离开这是非之地，回中原去。他总觉得自己已陷入一个陷阱之中，女儿国人一人吐一口唾沫就能淹死他。如今听到秋千鸿任命他为宰相，有些慌了，但又不好反对。

他实实在在怕这两个杀人女魔。

秋千鸿又说道：“你们旧日的国王已经死了，她的灵魂升不到天堂，只能下地狱。”

“你胡说，珠玛的灵魂已进入天堂，她是天山上的白雪，而你们不过是两粒乌鸦屎！”人群中一个美丽的少女大声地喊着。她的脸色苍白，左肢因作战受伤而残废。

“把她的舌头割下来！”秋千鹊冷冷地说。

两个匪徒冲到那少女的面前，按住她，把她的舌头割了下来。

那少女说不出话，仍跳着双脚，撞来撞去。

“把她的奶子也割下来。”

一个匪徒又割下那少女的两个奶子，少女的胸前露出两个红殷殷黑乎乎的血窟窿，她疼得昏死过去。

秋千鸿说：“以后谁敢违抗女王的旨令，这就是下场，谁敢逃跑、怠工、反抗，都要杀头示众！”

秋千鹤在女俘中找来找去，也没有发现索娜。

她或许战死了。如果战死再好不过了，他不敢看索娜的眼睛。

“天山二秀”匪帮大获全胜，举行盛大的庆宴。他们把尸首堆在一起，强迫一些女俘脱光衣服在尸堆上跳舞，还用女俘当靶子骑射。他们用血水洗浴，在酒中加血痛饮，有的还剖开女俘的胸膛，取出肠子、肚子大口大口地吞咽。

秋千鹤有些害怕了，他深知自己已跌进万丈深渊不能自拔，这茫茫戈壁滩，天高路远，中原恐怕是回不去了。

一直闹腾到下午，匪徒们疲乏了，秋家姐妹走进毛毡歇息。

秋千鹤来到秋家姐妹的毛毡向她们辞行。

这是珠玛的居所，从前的馨香一扫而光，如今充溢着血腥气。

秋千鸿说：“你万里迢迢来到这里，还没有领略风情就匆匆而归，岂不是枉虚此行吗？再说你带着珍宝孤身一人回中原，道路遥远，就不怕有人抢劫吗？珠玛虽然死了，但是她的女官索娜逃掉了，她带着残部就在天山上活动。你杀害了珠玛，难道就不怕索娜来复仇吗？”

秋千鹤听了，虚汗顺着脊梁沟儿往下淌。

索娜果然没有死，她就在天山上虎视眈眈地望着女儿国。

“再说征服一个国家是容易的，征服民心却不易呀！你们中原人多是读书人，中原历史悠久，帝王多有统治经验，你就来辅佐我们姐妹治理这个国家吧。”

秋千鹤听了，知道一时推脱不掉，只好默不作声了。

晚上，秋千鹤见秋家姐妹还没有给自己安排居处，便说：“我的宰相府安在哪里呀？”

秋千鸿回答：“正在大兴土木修建王宫和府邸，你就先住在这里吧。”

秋千鹤听了，顿时明白：原来这两姐妹是让他当“面首”。他自知已入虎口，又不敢推辞，便顺水推舟了。

秋千鹤幼时读过几年私塾，通晓一些文章，天性聪颖，善于辞辩，极能随机应变，人云亦云，因此很得秋家姐妹的喜欢。再加上他十几年浪迹江湖，经常出入花街柳巷，颇懂床上功夫、闹春之术，使秋家姐妹如鱼得水，兴高采烈。秋家姐妹天生丽质，洁白如雪，比中原佳人，更懂得云情雨意，使秋千鹤大开眼界，快乐如颠；但是渐渐秋千鹤形销骨立，无论吃多少灵丹妙药，也无济于事，于是他又提出要回中原。

秋家姐妹此时虽迷恋上这个白面郎君，如今见他思乡心切，又多病多愁，只好与他洒泪而别，将他一直送到敦煌才依依而归。

秋千鹤一去就是七八年，真是应了“人为财死”这四个字。他把从西域带来的财富埋在家乡的深山之中，混入皇宫当了大内护卫头目。庚子事变，八国联军入侵北京，皇族外逃。时任山东巡抚的袁世凯生怕光绪皇帝有朝一日掌握大权后报他告密之仇，于是派人送给秋千鹤五万两纹银，让他在皇室西遁路上伺机杀死光绪，以绝忧根。秋千鹤与袁世凯并无过多交情，但他见钱眼开，因此欣然应诺。他寻机加害光绪，却被尹福及时发现，因而命丧黄泉。

尹福得知来人就是“天山二秀”秋千鸿和秋千鹄，不敢轻敌。

他听对方自称是秋千鹤的妹妹，感到不解，于是问：“秋千鹤是皇宫一个侍卫，怎么跟二位有牵连呢?”

秋千鸿说：“闲话少说，你要以一命抵一命。”说着一掌劈来，尹福猛闻到一股血腥气，赶快往旁边一闪。

秋千鹄也攻了上来，双掌呼呼带风，尹福只有招架之功，并无还手之力。

有几个胆大的兵丁上前助尹福，不小心都中了秋家姐妹的鸳鸯指，个个毙命。

喊杀声惊动了向昀，她起身问宫女外面发生了什么事。

宫女告诉她：“来了两个女贼，口口声声要尹爷的命，尹爷正跟他们斗呢，不过，那两个女贼功夫非凡，听说是从天山来的。”

向昀一听，有点慌了：一定是秋千鸿、秋千鹄姐妹，这两个杀人魔头，武艺高强，心黑手辣，尹福未必是她们的对手。

尹福正与秋家姐妹酣战，忽见一个蒙面人窜上屋脊，手持一柄龙泉宝剑，一剑冲向秋千鸿。

秋千鸿敏捷地躲过剑锋，放开尹福，来战那个蒙面人。

尹福一眼认出那个蒙面人是向昀，心里不禁暗暗着急，叫道：“向昀，这里凶多吉少，你快回去!”

向昀也不理会，抖擞精神奋战秋千鸿。

秋千鸿与向昀大战，只剩下秋千鹄一个人与尹福相斗，尹福显得轻松了许多。

秋千鹊愈战愈勇，使出全身力气，两只手掌在尹福头上盘旋。尹福退了几步，用脚踢起一片瓦，朝秋千鹊脸上击去，秋千鹊用左掌一迎，瓦片四溅。

尹福又接连踢起几片瓦朝秋千鹊上中下盘击去，秋千鹊躲闪不及，一片瓦击中她的左肩，她摇晃一下，又站稳了。秋千鹊觉得左肩隐隐疼痛，有些恼火，大叫一声，一掌朝尹福劈来。

尹福躲过这一掌，一侧身发现向昀已招架不住，秋千鸿步步紧逼，向昀已无退路。秋千鸿的两只手掌舞动如风车一般，咄咄逼人。

尹福看到向昀生命危险，不顾一切地冲过去，一掌朝秋千鸿劈去。

秋千鸿正斗得起劲，猛听背后声响，赶忙撇下向昀，转身来战尹福，向昀站立不稳，跌了下去。

秋千鹊乘机绕到尹福背后，一掌击在尹福背上，尹福只觉眼前一黑，栽倒在房上。

秋千鹊还想猛击几掌，秋千鸿连忙阻止说："不要急于杀他，咱们先把他带走，等他醒来问他秋千鹤埋在什么地方，然后再杀他也不迟。"

秋千鹊说："姐姐这个主意不错，我先把他的脚筋挑了，废了他的武功。"

秋千鸿拦住说："乘他昏迷，挑他脚筋，恐怕会被天下人耻笑，不如点了他的穴位，把他带走。"

秋千鹊点点头："姐姐言之有理。"说着一连点了尹福几个穴位，然后背起尹福，飞也似的蹿下屋脊。那些兵丁、侍卫也不敢追赶，只是怔怔地立在那里，只有向昀大声疾呼，也无济于事。

秋家姐妹把尹福带到洛阳附近一个山洞里。

这时尹福已经醒来，知道已陷入魔掌之中，怒目而视。他感到后背火辣辣的疼痛，就像有刀子往身体深处切割，不禁呻吟。

秋千鹊见尹福醒来，问："姓尹的，你把秋千鹤埋到哪里了?"

尹福冷冷一笑，没有回答。

秋千鹊问道："你为何不说话?"

尹福还是不回答。

秋千鸿正在一边烤食物，见尹福不说话，知道他是不吃硬的人，于是走到尹福跟前，细声细气地说："尹大侠，江湖上都知道你是一个好汉，可如今你落入'天山二秀'手中，是我们的阶下囚，也应该识相一些。"

尹福道："我背后中了你们的鸳鸯指，疼痛难熬，快给我上解药。"

秋千鸿答道："可是你要说出秋千鹤埋在何处?"

尹福点点头。

秋千鸿从怀中摸出一个锦匣，打开锦匣，里面有一沓厚厚的膏药。她拿出一贴膏药，让尹福转一下身子。

尹福道："你们点了我的穴位，我如何能活动?"

秋千鸿只得翻转他的身子，掀起上衣，只见后背有一个碗口大的黑斑，颤颤悠悠、黏黏糊糊。

秋千鸿把那副药膏贴在尹福伤口处，又发了气功。尹福顿觉后背疼痛皆无，暖融融的。

秋千鸿又把他的身子翻转回来，说道："尹大侠，你是讲信义的人，现在说吧，秋千鹤埋在何处?"

尹福道："两年前他死在山西，是离恒山不远的一个村子，村名我记不清了，是在村后一个土丘下面。"

"你装糊涂!"秋千鹄一边说着，一边冲了过来，"你怎么会记不住那村子的名字?"

尹福叹了一口气："唉，老了，不中用了，谁没有老的时候，你跟你爹也这么说话? 没规矩!"

"看你还嘴硬!"秋千鹄说着打了尹福一个巴掌。

"真是一窝不如一窝哟!"尹福叹息着。

秋千鹄对秋千鸿说："姐姐，咱们带他去，要是他装糊涂，就剜了他的双眼。"

几天后，河南通往山西的路上出现一辆骡轿车，前面有两匹健壮的骡子驾辕，有个清秀的后生扬鞭赶车，轿帘遮得严严实实，不露一点儿空隙。

轿车风尘仆仆地在大道、小路出没，后生不言不语，一双秀眼盯着前方，轿车内没有任何动静。

轿车在离恒山不远的一个小村庄前停下了，轿车里下来一个后生，他背着一个老汉。

这两个后生，正是秋家姐妹，老汉是尹福。

"是哪个山丘?"秋千鹄问。

尹福环顾了一下这荒坡野村，依稀记起两年前的情景。

尹福终于想起来了，秋千鹤就埋在那土丘上的一棵老槐树下。

老槐已经枯死了，黑漆漆的秃干，没有一丝翠意。

几个人来到老槐树下。

尹福道："就埋在树下。"

秋千鹊用双手刨土，一会儿触到一个软软的东西，她轻轻地把那东西托上来，悲恸欲绝。

秋千鸿也放声大哭，她把尹福放到地上，也扑了过去。

尹福哈哈大笑，眼泪都笑了出来。

"你们仔细看看，那是一条死狗。"

秋家姐妹听到尹福这句话，停止了哭声，仔细一看，果然是一只腐烂的狗。

"你骗我们!"秋千鸿握紧拳头，朝尹福扑了过来。

"杀死他!"秋千鹊也气得两眼昏花。

"我怎么知道他变成了狗。我要是骗你们，怎么会知道这里埋着一条狗？他就是袁世凯的一条狗。"尹福争辩着。

秋家姐妹也怔住了，是啊，他怎么会知道这里埋着一条狗？

尹福也感到纳闷：明明秋千鹤是埋在这里，怎么变成一条狗，莫非有人……这时，秋千鹊发现旁边埋着石头，扒开一瞧，是一块石碑，上面刻着："狗兄秋千鹤之墓。"

秋家姐妹怔住了。秋千鹊见石碑后面还有一段碑文，只见上面写道："秋千鹤遗言：千鹤为狗一生，命丧狗国，已不再赴女儿国任宰相之职。现请大清护卫总管尹福接任女儿国宰相之职，切记。"

秋千鹊看了有些恍惚，问秋千鸿："这是怎么回事？"

秋千鸿也摸不着头脑，喃喃地说："难道人世间真有神的旨意，秋兄没准成神了。"

秋千鹊说："要是神的话，也是一个狗神。"

秋千鸿望望尹福，尹福正襟危坐，满脸红光。

秋千鹊道："我怎么没想出这一招，请尹老先生为宰相。"

秋千鸿道："不知尹老先生意下如何？"

秋千鹊道："问问他。"

秋家姐妹郑重其事地来到尹福面前，秋千鸿朝尹福作了一揖，说："狗神下旨，请尹老先生当女儿国宰相，不知尹老先生是否愿意？"

尹福心里明白，不知是谁人做了手脚，弄出这个滑稽剧，为了脱身索性顺水推舟，于是点点头："宰相可是个大官，唐朝的李白做梦都想当宰相，可是却当了一个诗人，为人家舞文弄墨。让我当宰相，当然是一件美差，只不知这女儿国是怎么回事？”

秋千鹊说：“是一个美丽的富裕的国家，多是女人。”

尹福叹口气说：“中国有句老话，好男不与女斗。孔老夫子也说过，唯小人与女子难养也。这可是个棘手的官，我还是回河南护驾去。”

秋千鸿说：“虽说是个宰相，可也没有什么受累受苦的事，有我们姐妹撑着，万无一失。你就尽管吃香的喝辣的，高枕无忧。”

尹福道：“我这个人跟别人可不一样，我要是当宰相就得像个宰相，可不能像有的人只占着茅坑不拉屎。当然我也不会跟曹操那样，挟天子以令诸侯，我要做管仲、诸葛，名副其实，决不当人架子、官衣服。”

“嗬，你还是个有抱负的人。”秋千鹊的话里有些嘲讽的味道。

尹福神秘地笑了笑，说道：“我还有一个要求。”

秋千鸿问：“尹老先生，您还有什么要求？”

尹福道：“我的穴位还被你们封着，我可怎么动弹呀，宰相可不能是这副模样。”

秋千鸿为难地说：“你要是耍滑头，中途溜了怎么办？”

尹福微微笑道：“我倒有个绝好的主意。”

“什么意思？”

“找一根长长的带子，把我们三个人的腰带牢牢地拴在一起，要跑，三个人一起跑，要停，三个人一起停，这个主意怎么样？”

“绝妙！”秋千鸿也赞赏地说。

秋千鸿到附近村里找来一根宽宽的长带子，将三个人拴在一起，解了尹福的穴位。然后还是由秋千鹊赶车，秋千鸿和尹福坐在轿车里，轿车旋风般朝西卷去。

风雨兼程，几个人风餐露宿，不辞辛劳，很快来到丝绸之路的入口，眼前出现茫茫的大沙漠，风尘蔽日，一望无涯，没有一丝翠色。尹福年轻时曾随肃王爷到过草原，遇到过小沙漠，还没有见过这么无垠的戈壁滩，也没有见过如此猛烈的龙卷风。

三个人找了三头骆驼，开始了艰苦卓绝的跋涉。

“出了地狱就是天堂。”秋千鸿苦笑着鼓励尹福。

尹福心想：未必是天堂，恐怕是地狱的最底层。

出了嘉峪关，在那终年积雪的祁连山下，是浩瀚的戈壁滩。大如斗、小如豆的卵石铺在沙土原野上，无边无际。团团簇簇的骆驼草、芨芨草和红柳散开来，给戈壁滩点缀上一些生机。阳光照在大漠之上，染出各种颜色，一片碧波荡漾的湖水，环湖是参天蔽日的大森林，还有数不清的白色毛毡，像一只只白草帽，飘啊飘。然而，只有片刻工夫，湖水消失了，树木不见了，白草帽也飘得无影无踪，只剩下波澜起伏的沙涛在阳光下闪烁。

尹福不知这是沙漠蜃楼，还以为自己的眼睛看花了，他揉揉眼睛，可是还是没有看到的奇景。天空瓦蓝瓦蓝的，沙漠平展展一直铺到天边，在天和地接头之处，耸立着起伏的锯齿形的沙丘。突然，天空变得灰暗起来，一股股旋风把黄沙卷上天空，打着旋儿在沙漠上飞跑。天蒙蒙，地蒙蒙，昏昏沉沉没有光彩，裸沙深处仍是黄色，整个世界融为黄色。

三个人在沙漠中也不知走了多少天，最后终于看到一片绿洲，天山遥遥在望，金色的阳光照耀着峰巅的余雪，像一朵朵睡莲，洁白、柔和，充溢着梦的情思。

尹福以为又是转眼即逝的奇景，两只眼睛不眨一下，盯着这被一丝丝沙柳聚集着的绿洲。正值秋冬之交的季节，草茂马肥，绿草茸茸，大地好像铺上了一层浩瀚无边的绒毯，金色的蒲公英、蓝色的马莲、粉红色的百合、棕色的马群，一阵轻柔的和风把醉人的馨香，扑入尹福的鼻孔。远远的，绿色的原野上有一团团白云在蠕动，原来是雪白的羊群。

尹福还看到有一条银带一般的小河，河面上有一群水鸟“吱吱”地叫着飞来飞去，还有几只天鹅，披着洁白的羽毛，头上顶着一顶鲜艳的红球，身子随着河水的波浪一起一伏，十分自在。河边还长着像城墙般的黄苇。

一片片毛毡出现在眼前，尹福看到一个个穷凶极恶的土匪手持兵器押解许多女人在田间耕作，女人们正在收获青梨麦。金黄麦畦，一望无涯，一群群奶牛啮着河岸上的青草，一个个骆驼上坐着煞神般的匪徒，挎刀持剑，正在监视一个个女人挤奶。

一群匪徒把秋家姐妹和尹福拥进一座漂亮的毛毡。

侍从请尹福坐在秋家姐妹旁边的毛毯上。侍从从彩柜里取出瓷碗，仔细擦拭干净，摆在茶几上，然后捧来一把装满酥油茶的茶壶，放低轻摇，将茶水倒入碗内。尹福早已干渴，端起瓷碗一饮而尽。

秋千鹊笑道：“你这是‘毛驴饮水’，客人喝茶前要用无名指沾茶少许，弹酒三次，奉献给神、龙和地祇，喝茶不能太急太快，更不能一饮到底，要轻轻吹开茶上的浮油，分饮数次，留一半左右，等主人添上再喝。”

尹福道：“我不能算是客人，我都是宰相了。”说着又指指腰带说：“总不能这样无休无止地绑着，不然叫什么宰相。”

秋千鸿道：“你既然死心塌地在这里当宰相，我们也用不着束缚你。妹妹，把这长带解下来。”

秋千鹄有些犹豫，说道：“万一他跑了怎么办?”

秋千鸿道：“这是仁兄的意思，如果他不愿意在这里享福，只好任其自然，你要拴也拴不住他。”

秋千鹄只得把带子解了下来。

这时一个匪徒头目走了进来，对秋家姐妹作了一辑，问：“二位主人有什么吩咐?”

“我们走了以后，这里有什么动静?”秋千鸿问。

匪徒头目恭恭敬敬地回答：“只有两个女奴想逃跑，被我们砍断了双足。”

“那个叫索娜的俘虏什么样?”

“她虽被挑了脚筋，关在蛇窟之中，可是不知她用了哪些魔法，那些毒蛇不敢靠近她，她靠吃蛇肉喝蛇血而生存，一直活着。”

“原来她还有这等功力。”秋千鸿冷笑着，不知盘算着什么。

“索娜是谁?”尹福问秋千鸿。

秋千鸿不以为然地说：“原是这女儿国的一个女官，女儿国被我们攻破后，女王被害，这个女官带着残部逃走了，后来一直与我们作对。有一次，她中了我们设的圈套，落入我们设下的陷阱，被我们活捉了。”

“你们为何要挑她的脚筋？这是非常残忍的办法。”尹福气愤地问。

“没有办法，她大骂不止，武功又不错。”

晚上，在女儿国广场上照例举办隆重的酒宴，秋千鸿宣布尹福接替秋千鹤担任宰相，匪徒们见来了一个文文气气的老头做宰相，欢呼雀跃。

跳神、跳鬼等表演后，在欢快的乐曲中，走出披绸挂彩的宝马、大象、神牛，它们身上驮着珊瑚树、象牙等，这些五彩缤纷的动物引起观者的狂欢，晚会一直闹到深夜才结束。

尹福与秋家姐妹回到毛毡，秋家姐妹要尹福同她们同居一毡。尹福执意不肯，嚷道：“我一个半老头子，怎么能跟你们同居一起，这成什么体统？也不怕国人笑话。”秋家姐妹见他态度强硬，也不勉强他，只好安排他到旁边一个毛毡里住下来，并派了一个侍卫与他同住一毡，名义上是保护他的安全，实际上是监视他的行动。

尹福行了多日，没有睡过一个好觉，头才沾枕，便酣然入睡。

正睡间，忽听有人说：“好你个尹老头，竟做起宰相梦来了！”

尹福稀里糊涂应道：“你以为我愿做这个宰相，就像闷在蒸锅里。”

那个声音又说：“向西距此半里之地有个蛇窟，里面关着一个美丽凄惨的女人，她叫索娜，她有求于你……”

尹福听这声音像是中原人，又是女童音，非常熟悉，可一时又记不起来。

他摸摸脑袋，发觉不是在梦里，于是爬起身来。

侍卫睡得像一口死猪。尹福想，到底是他看我，还是我看他呢。

尹福穿好衣服，走出毛毡，绕过哨兵，往西走了半里多地，发现有个土丘，上面站着两个哨兵。

一会儿，西北侧有个人影一闪，两个哨兵追了过去。

尹福踏上土丘，只见有个地洞，三丈多深，上面有铁罩子，有个形容枯槁的年轻女人端坐在那里。她披头散发，两目炯炯有神，放射出仇恨的光芒。

她的周围有许多眼镜王蛇、竹叶青等毒蛇，正张开血口，直挺挺立着，伺机进攻。

那个女人一动也不动地站着，她衣衫褴褛，胸脯一起一伏，节奏分明。

女人的两侧有蛇骨和血迹，有些血迹已经干淤，呈黑色。

三条眼镜王蛇似乎已经筋疲力尽，眼神呆滞，黯淡无光，但强昂着头，发出“呼、呼、呼”的威吓声，血红的、箭头似的、分叉的舌头，“突、突”地向前吐着，下半截身子在地上疾速地左右摆动着，就是不敢往前半步，仿佛前面就是万丈深渊。

一条眼镜王蛇软绵绵倒下了，又一条眼镜王蛇倒下了，第三条摇晃两下，也倒下了。但是还有更多的眼镜王蛇冲到“牺牲者”的“位置”上，继续进攻。

年轻的女人脸色苍白，没有一丝血色，她的长发正出现白丝。她虽然瘦削，但是肌肉强健，脸部秀韵依存。

这真是一个坚强的女人，人与毒蛇同窟相斗，她居然占了上风。况且她面对着的是毒蛇的“千军万马”，但她毫无惧色。

这是意志的力量，是气功的神奇之力。

尹福想起中原古时有的气功师有“辟谷”之功，只饮清水，不食粟米和蔬菜，竟神奇般生存半年之久。

莫非这个叫索娜的女人也有“辟谷”之功。

“你是索娜姑娘吗?”尹福问道。

那年轻女人正以全副精力与毒蛇作战，已是疲惫不堪，精力耗尽，不敢与尹福对话。

尹福见状，于是拔镖想杀毒蛇，可是毒蛇众多，他哪里有那么多飞镖呢。正在迟疑，忽然有一包东西摔在他的面前，他打开那个包一看，是许多亮晶晶的绣花针。

难道是于小玉兰来到这里，这个绣花女怎么能走过这漫漫的戈壁滩?不容他多想，拾起绣花针，杀死众多毒蛇。

女人松了一口气，软绵绵地倒下了。

尹福见她生命垂危，立刻撬开铁罩，跳入蛇窟，将她背了上来。

索娜两足残废，浑身瘦得几乎只剩下一把骨头。这时，不知从何处奔来一匹白马，白马在蛇窟前停下来。

尹福暗道：“真是天助我也。”他把索娜扶上马，自己也跳了上去，飞也似离开女儿国。

往西疾驰了有二十多里地，尹福见河边有个破旧的毛毡，于是停下马，自己上前叩门。门开了，出现一个秀色可餐的小姑娘，尹福一见，大吃一惊。

第十七回 天山摘玉兰长英气 女河卧闹篷惊邪胆

这小姑娘正是于小玉兰，那个绣玉兰花的小女孩。

“怎么是你?”尹福非常惊讶地问。

“怎么，我就不能来吗?”于小玉兰俏皮地一撅嘴，脸庞上漾起两个笑涡。

尹福这才明白，原来移走秋千鹤尸首、埋狗立碑及赠针灭蛇的都是这个于小玉兰。

“你为何要帮助我?”尹福问道。

“因为你是我师姐的朋友。”

三个人进了毛毡，毛毡里暖融融的，充溢着清香。

于小玉兰扶索娜躺下，喂她喝了一些奶茶，索娜慢慢地醒了过来。

“你们……是谁?”索娜要挣扎着起来。

“我们不是坏人，是从中原来的……”于小玉兰轻轻地说，声音温柔、悦耳。

索娜把前因后果叙了一遍，尹福听了，大骂秋千鹤无耻。

于小玉兰想了想说：“尹爷，秋千鸿、秋千鹄是西域十恶不赦的女贼，咱们帮助索娜除掉她们再回中原吧。”

尹福点点头。

于小玉兰道：“尹爷先回去，不要惊动秋家姐妹，我先在这里侍候索娜，等她伤好了，我也设法打入女儿国。”

索娜道：“我也召集失散的姐妹，再设法与国内的姐妹接头，咱们一起除掉这些恶魔。”

尹福骑马回到女儿国时，天已微明。他把马放回，自己悄悄绕过哨兵，回到自己居住的毛毡。那个侍卫还在熟睡，尹福拉过一个毛毯蒙头大睡。

尹福正睡间，忽被一阵喧嚷声吵醒。他睁开眼睛一看，侍卫已把奶茶烧好，桌上摆着一碟点心和一盘水果。

尹福问那个侍卫，外面因何吵嚷。侍卫告诉他，蛇窟里的女人不见了，国王为此大发脾气，已杀死看守蛇窟的两个哨兵。

正说着，王宫里的一个管事过来说，国王有请宰相。

尹福随那管事走进秋家姐妹的毛毡，秋家姐妹气势汹汹地坐在虎皮椅上，两侧是持刀的侍卫。

秋千鸿请尹福坐到旁边的鹿皮椅上后，说道："请宰相来是商议一件事情，昨夜有人劫走了女儿国前国王珠玛的女官索娜，这个索娜长年率领残部与我们作对，她的脚筋已被挑断，被关押在我国的蛇窟里，与群蛇为伍，已是筋疲力尽，可是昨夜不知是被哪个大胆的劫走了！"说完双眼紧紧盯着尹福的眼睛。

秋千鹄举着一根亮晶晶的绣花针说："来人就是用这样的针杀死毒蛇的。宰相，你可识得这针？"说着把针递给了尹福。

尹福从容不迫地接过针，笑道："这是绣花针，是用来绣牡丹用的，怎么会到毒蛇的身上？我昨天夜里做了一个美梦，梦见自己到了西天极乐世界，见到了如来佛，还见到了观音菩萨，菩萨卧于洁白的睡莲之上，手里拿着玉指和观音瓶，瓶内插着一支玉兰花……"

秋千鹄冷笑道："那菩萨恐怕不是索娜吧？"

尹福正色道："你这话居心何在？你若不相信我，去问我的侍卫好了，再说，我也从来没有用过绣花针这种暗器，我只用飞镖。"

"只怕是飞镖不够用吧，蛇窟里有那么多毒蛇呢？"秋千鹄的声音冰冷。

秋千鸿劝道："妹妹，事情没弄清楚之前，先不要随意胡猜。据哨兵讲，有个骑白马的女人朝西驰去了，或许是索娜手下的人干的。"

秋千鹄道："索娜已被关了一年多，为什么宰相来的当天夜里就发生了这种事情呢？"

秋千鸿朝秋千鹄使了一个眼色，说道："逃走的这个索娜无足轻重，反正她已是废人。"

"可是她挺有感召力啊！"秋千鹄手握一个玛瑙鼻烟壶，狠狠地吸了一口。

这时，门外闯进一个匪徒头目，他气喘吁吁，手里拿着一支箭，箭头上插着一封书信。

"怎么也不通报一声？"秋千鹄问。

匪徒头目上气不接下气地说："河对岸有人射来一支箭，上面有信……"

秋千鸿接过箭，拔下拴在箭头上的书信，展开一看，只见上面写道：“鸿鹄二贼，昨夜我们夺回首领索娜，国恨家仇，迟早要报。”署名是：“索娜的姐妹。”

秋千鸿把信递给秋千鹄，说道：“还是索娜的部下干的，你委屈宰相了。”

秋千鹄看了信，有些尴尬，对尹福一拱手，道：“宰相受屈了，怪我年纪轻轻，涉世不深，多说了几句，请宰相大度。”

秋千鸿笑道：“中原有句俗话：宰相肚里能撑船！”

尹福也笑道：“但是船也会遇到翻江倒海的时候。”

秋千鹄道：“下午我请宰相到河边射猎，给宰相压惊赔罪。”

午餐后，秋千鹄兴冲冲闯进尹福的毛毡，尹福见她换了一身装束：上穿一件白绫紧身衣，前面有一块薄纱，边缘镶着银鼠皮。白色绣金的外套，缀着深红色的纽扣；头戴一顶棕红色的圆筒帽，缀着一支长羽毛，颈上挂着三绫的金珠项链；下穿一条有蜈蚣锁的黑皮裤，一双阿拉伯式的鹿皮长筒靴，皮带上拴着一柄精致的腰刀，背后斜背着弓箭。

“尹爷，打猎去，我要叫你尝尝野味！”

尹福来到外面，门前停着两匹剽悍的骏马，一匹如红缎子般火红，另一匹似白绸子般雪白，红马鞍上放着弓箭。

秋千鹄骑白马，尹福骑红马，两个人朝河边飞驰而去。

两匹马很快来到河边，尹福抬眼望去，太阳映照河面，有如将河水镀了一层黄金；一群白鸭聚成三角形，最魁梧的一头做向导，最后是一排瘦瘠的，在那镀金的水波上向前游去。河水被鸭子分成二路，无数波纹向左右展开，展到河边的小草里，展到河边的石子上，展到河边的泥里。

白鸭过后，河水恢复了平静。河水清洁可鉴，它那潺潺的流动声，似在低诉一个个秘密。

“尹爷，快看！”秋千鹄惊喜地叫着。

尹福顺着她手指的方向看去，从芦苇丛中游来一对鸳鸯，互相依偎，偕伴而来。

秋千鹄张弓搭箭，一箭射去，那对鸳鸯头一歪，飘浮在河面上，殷红的血水荡漾开来。

秋千鹄得意的微笑着。

又有一行鹭鸶游过来了，共有五只，悠闲自在，叽叽喳喳，不知在说什么。

尹福取下了弓，搭上一支箭，也一箭射去。就像穿糖葫芦一般，这支利箭齐穿鹭鸶颈部而过，这队鹭鸶也飘在河中。

秋千鹊见尹福胜过自己一筹，内心不服，双眼盯向天空，寻觅着猎物。

这时天空中出现一只苍鹰，盘旋而飞，忽高忽低，忽远忽近。秋千鹊急忙张弓搭箭，一箭射中苍鹰咽喉，那只苍鹰急雨般落下。

两个黄雁一会儿飞到天上，一会儿落到水面，扑着翅膀“咯咯咯”地飞着，快活极了。此次尹福不用弓箭，一扬手，一支飞镖飞了出去，两只黄雁落了下来。

秋千鹊过去拾了苍鹰、黄雁等猎物，挂在白马之后，她来到河边，望着河中的猎物发怔。

尹福也下了马，来到河边。

“尹爷，我要是游水去取鹭鸶和鸳鸯，要弄湿衣服，还是你下水去取吧。”秋千鹊说道。

尹爷二话没说，紧贴水面疾行，将到鹭鸶和鸳鸯面前时，一弓身，将猎物一一拾起来。

秋千鹊看呆了。

尹福打了一个来回，又回到岸边，鞋子丝毫未湿，他笑嘻嘻地把手中的猎物挂于红马之后。

原来尹福使的是“踏雪无痕”的轻功！

就在尹福转过身来的一刹那，忽然秋千鹊不见了。尹福正在纳闷，就听到“扑腾扑腾”的水声。

他来到岸边一瞧，两个如狼似虎的女人正与秋千鹊搏打。原来就在尹福挂猎物时，忽然从河底冒出两个女人，各持匕首刺向秋千鹊，秋千鹊闪过，她们又将秋千鹊拖入河中。

尹福见这三个人都熟谙水性，打得难解难分。他望望四周，四周静悄悄的，没有一个人。忽然他生出这样一个念头：何不利用这个机会结束秋千鹊的性命，除去一大隐患，那秋千鸿也就好对付了。

鲜血染红了河面，三个人都不见了。

尹福正在观看，只见一个人头漂了上来，不是秋千鹊，是一个年轻女人的人头。又一个人头漂了上来，也不是秋千鹊，是另一个年轻女人的人头。

一个人探出半个身子，这是秋千鹊，她娇喘吁吁，头发蓬乱，衣服被撕扯得稀烂。

她朝尹福骂道："你这个混蛋！为什么不帮助我！"

尹福把她拖上岸来，她一言不发，坐在河岸上喘气。尹福赔笑道："论你的功夫，还斗不过那两个婆娘?"

"别奉承我了，她们凶狠得像两条水蛇，险些死在她们的手里。"秋千鹊拉扯着衣条，想遮住露肉之处。

尹福脱下外衣，给秋千鹊披上。秋千鹊颜色好看点了，骂道："这两个水鬼，不但抓人还咬人!"

"她们是哪里的?"

"鬼知道，八成又是索娜的同伙。"

二人快快而归，野味的晚餐，云消雾散。

这天下午，女儿国来了一个年轻的尼姑，她骑着一头白象，穿着一件黑袍，露出皮肉的地方全是琥珀色。她的手指上缀满了稀奇古怪的宝石，手指一动，各种颜色的宝石就迸发出神奇的光彩。一只只金镯子在她雅致的手腕上铮铮发响，有的是东方的金丝细工制品，上面有神秘的铭刻文；有的又粗又大，上面坠着避邪驱鬼的小玩意儿。她漫不经心地唱着：

在许多狗里面，
最自由的是野狗；
虽然没有早餐晚餐，
也没有铁链拴着脖颈。

在一切女人里面，
最自由的是尼姑；
虽然没有头饰胸饰，
但不用侍候丈夫公婆……

女儿国人见到这个尼姑，争先叫道：阿尼来了，阿尼来了！

匪徒头目把这个年轻尼姑带进王宫。

秋家姐妹仔细打量着这个风尘仆仆的尼姑，她的头顶秃秃的，泛着青光。

"你从哪里来?"秋千鸿问。

"我是中原五台山的尼姑，要去西天取经。"她不紧不慢地回答。

尹福坐在一边，心里非常难受。这个于小玉兰为了救女儿国的百姓，竟然剪去了一头美丽的秀发。

于小玉兰瞟了尹福一眼，那目光似乎在说：哼，我又不找男人，要这头秀发又有何用？自古以来，女人饰美多是为了取悦于男人。

于小玉兰又说："国王可知道中原流传的唐僧取经的故事？我就是新的唐僧，叫清僧，也去西天取经。我可没有孙悟空、猪八戒、沙僧保驾，我是天马行空，独往独来！"

秋千鹄问："你到哪个西天取经？"

"当然是印度国喽。我途中每经过一个国家，国王都要为我修庙，你们女儿国也应该如此。"

秋千鹄问："我国要是不修庙呢？"

"那可了不得，天打五雷轰，睡觉做噩梦，如来派天狗咬你，观音派红孩抓你……"于小玉兰眉心皱成一个疙瘩，绘声绘色地说。

秋千鸿说："魔高一尺，佛高一丈，天下佛徒甚多，我们还是顺应潮流吧。"

秋千鹄还有些疑惑，问道："你说你是尼姑，要到西天取经，但是何以证明呢？"

"我有五台山住持慈悲大师的文书。"说着，她从怀里掏出一封文书，递给他。尹福不禁暗暗发笑，一抬头，于小玉兰瞪了他一眼。

尹福也走过来观阅文书，频频点头，说："好书法，文笔飘逸，文章秀美，还真是慈悲大师的使者。"

秋千鹄说："也好，就从修建王宫的木料中移过一些，建一座寺庵。"

于小玉兰说："西天路途迢迢，寺庙须在十天内建成，待时我还要举办落成仪式。"

秋千鹄道："只好昼夜建造。"

秋千鹄道："你自称是僧人，你可会瑜伽功？"

"瑜伽功？"于小玉兰一怔，转而说道："我们不练这个。"

"那你会什么功夫？"

"会打坐功，又叫睡莲功。"

"给我们表演一下。"

"表演？嘿嘿，那你这王宫里的地毯可就遭殃了。"说着，于小玉兰从椅上溜下来，朝地上盘腿一坐，两目微闭，口中念念有词。

尹福见了，忍俊不禁，笑了起来。秋家姐妹紧张地盯着于小玉兰。

一会儿，于小玉兰站了起来，只见她打坐之处，地毯皆烂，地上出现半尺深的一个小坑。

秋家姐妹看呆了。

于小玉兰指着尹福说："你们这个宰相怎么这么老？我们中原的宰相多是年轻有为。东周时期有个叫甘罗的宰相才十三岁，三国时期东吴有个大都督叫周瑜，才十六岁。"

秋千鸿笑道："我们引进贤才，不分年岁大小，这位尹宰相是你们中原人。"

"怪不得我见他一脸珠黄呢，原来是中原人。"于小玉兰问尹福："你是哪个旮旯儿的人？"

"直隶人，翻过太行山就是你们五台山。从太行山顶上能看到你们的庙门，弄不好你们庙里的香炉都瞧得见。"尹福回答得干干脆脆。

"噢，连庙门都瞧得见，真成了千里眼了。"

秋家姐妹不敢怠慢造庙这件事，吩咐三百名女奴日夜施工，十天后果然建起一个小巧玲珑的尼姑庵。秋千鸿想给小庵起个名字，就去问于小玉兰的法号，于小玉兰自称法号"莺晓"，于是尼姑庵便取名为"莺晓庵。"

莺晓庵建成的这一天，秋家姐妹在庵中举行隆重庄严的建成庆典，女儿国中大大小小的匪徒头目云聚而来。

于小玉兰庄重地点燃了一支香，插于香炉之上，然后率领众人跪拜在佛像之前。

秋家姐妹与众匪徒正在磕头，忽然觉得头晕目眩，"扑通"、"扑通"，先后倒下了，只有于小玉兰和尹福两个人笑吟吟地站了起来。

原来这是一支熏香，由于于小玉兰和尹福二人口中含了却香丸，因此没有熏倒。于小玉兰说："还不快去敲钟？"

尹福飞也似扑到钟楼内，敲响大钟，钟声雄壮、高亢。

这是进攻的信号。埋伏在附近的索娜部属和女儿国中的女奴们立即行动起来，与匪徒们激战，一时间杀声震天，黄尘滚滚。

尹福回到佛殿，只见于小玉兰手握一柄宝剑，已将秋家姐妹及匪徒头目全部刺死。

尹福说："只可惜没与她们比武。"

于小玉兰说："都什么时候了，还谈什么比武？这两个女人都是西域非常凶残的女贼，早死一天，西域不知有多少人幸免于难。"

两个人冲出寺庙，与索娜的人会到一起，奋力击杀匪徒。

秋家姐妹一死，匪徒们是树倒猢狲散，多数匪徒被杀死，只有少数匪徒骑马四散而逃。

女儿国沸腾了。

狂欢达到了沸点，国人欢呼着尹福和于小玉兰的名字，并把他们高高地抛到空中。

索娜被选为新的国王，女儿国的人们在寺庙后面修建了一座珠玛墓园，珠玛的尸骨不知散失何处，只有她的一颗人头一直保存在一位老妇人的毛毡之下。那颗人头埋在一个精致的瓦罐之中，已成为骷髅。老妇人献出瓦罐，人们将它埋于墓园之中。

一个女人献出保存多年的假发套，那是十年前她用宝石跟一个土耳其商人交换的。这女人把假发套送给了于小玉兰。

于小玉兰嫣然一笑，接过了假发套。

数天后，尹福和于小玉兰在山西的一个岔口分手。尹福望着这个可爱的小姑娘，问道："你到哪儿去？"

"赤条条来去无牵挂……"她诡秘地一笑，消失在皎洁的月色中。

尹福望着神秘莫测的月亮，心中升腾起一种崇高的敬意。他想起那匹白马和那个坐在道路中专心致志绣花的小姑娘。

他又想起莺晓庵中的一炷香，香烟袅袅。

"人生拼的不仅仅是功力，有时也要斗智谋，智谋也是一种功力。一句话闷死英雄好汉，一个小心计有时能横扫千军如卷席。"尹福这样想道。

尹福进入河南地界，一路打听皇家行列的下落，终于听说皇家行列已到了开封府。

皇家行列是十月初二到河南开封的，由洛阳县周南驿出发，计程四百五十里，沿途共历九天。河南开封行宫已预备好几个月了，比西安行宫还华丽宽敞，颇有内廷气象。但皇上一见到奉命从京城赶到开封的庆王奕劻，却又眼泪涟涟。

"宫里怎么样？"光绪问奕劻。

"宫里倒还安静，自和约一画押，各国使臣的态度都改过了。銮驾到京，不但洋兵早已撤退，各国使臣还会约齐了来接驾。"奕劻小心地说着，不时用眼睛瞟着光绪。

光绪又问："这次到底赔了多少东西？"

“赔款四亿五千万两，三十九年付清，加上每年摊还的利息，共计九亿八千二百二十三万八千一百五十两，索款最多的是俄国，一亿三千零三十七万一千一百五十两，其次是德国，九千多万两。法国得了七千多万两，英国得了五千多万两，日本和美国各得了三千万两，意大利得了两千多万两，比利时得了八百多万两。此外，各省还要赔款……”

“唉，赔这么多。”光绪重重地叹了一口气。

“那美国还不高兴呢，一肚子牢骚，还想兴风作浪。这还不说，还削平了天津大沽及京、沽间的一切炮台；天津城外二十里以内，不准咱中国军队驻扎；北京和山海关之间十二处要地由洋兵驻扎。”

“真是岂有此理!”光绪气得用手击桌。

“皇上，您先息怒，还有呢。北京设特殊的使馆区，占地一百二十亩，华人不准居住在内，各国使馆可以自设军队，多则四百名，少则一百名。条约还规定惩办赞助义和团的官吏；惩治和禁止各地反洋社团；停止四五城的文武官秘考；禁止咱中国两年从国外购进军火；还废除总理各国事务衙门，改设为外务部，班列于户、吏等六部之上。”奕劻看光绪气得全身乱抖，不再往下说了。

光绪慢慢平缓下来，又问：“崇绮到底是怎么死的?”

奕劻说：“太后临离京时，荣禄、徐桐、崇绮留京应付，崇绮和荣禄逃往保定，后来崇绮听说他的福晋在北京被洋兵驱至天坛院内轮奸，便自缢死了。八国联军进北京那阵儿，公开抢劫三天，颐和园的珍宝古玩，联军用骆驼队运了几个月，强运到天津的租界；俄军还抢劫了中南海的仪銮殿，能搬动的宝物，他们全搬走了，搬不动的则全部砸毁。有个俄国将军回国时，带走咱中国的宝物竟有十大箱。传教士也乘机大发横财，那个叫樊国梁的法国大主教，闯进户部尚书立山家中，一次就抢走一万两白银的财物。有个美国传教士丁韪良，在北京东城沙滩粮店抢了两万多斤粮食。法军把有的老百姓撵进死胡同，用机关枪扫射。联军还将抢到的妇女，不分老少贵贱，全部赶到东单西裱褙胡同，任联军官兵轮奸作乐。”

“真是罪孽!”光绪听着听着，又动了气。

他在屋内来回踱步，脑门上全是亮晶晶的汗珠。

“咱们的神机营、虎神营呢，洋人的炮一响，他们比兔子跑得还快!”

光绪脸色苍白，颓废地坐在椅子上。

这时，李莲英悄悄溜了进来，朝光绪请了安，说：“老佛爷有懿旨!”

“又是什么?”光绪不耐烦地问。

第十八回　虚中虚虚拾判官笔　错上错错立衣冠冢

李莲英从怀里摸出一张文书，递给光绪。

光绪展开一看，不禁叫道："废掉大阿哥！"

大阿哥溥儁是端王载漪的儿子，是光绪的胞侄，几年前被慈禧立为大阿哥。一因端王载漪支持义和团入京，得罪了洋人，被逐往蒙古阿拉善旗；二因溥儁西遁途中百般顽劣，非君主之才，惹恼慈禧，于是遭此际遇。

光绪此时颇觉快意，倒不是怕溥儁夺自己的皇位，而是不用再吃他的苦头。有一次光绪在廊上倚柱闲眺，突然被什么东西撞了一下，摔得嘴唇都肿了；等太监扶了起来，才知道是大阿哥无缘无故推了他一下。

此时光绪见慈禧决意逐他出皇家行列，心头感到异常轻松。

光绪说："宗社大事，全凭太后做主。"

李莲英说："既然皇上这么说，就写个旨吧。"

光绪写了旨，交给李莲英，李莲英退了出去。

李莲英出去后把皇上的圣旨交给荣禄，荣禄匆匆来到大阿哥的跨院，拉开嗓子，喊了一声："宣旨！"

门帘掀起，白发苍苍的刘嬷嬷一手撑帘，一手往里招手。愁眉苦脸的大阿哥溥儁出来了。

荣禄走向门前，在滴水檐下，面南而立，溥儁向北跪下听宣。

"上谕！"荣禄念道，"皇上懿旨：端郡王载漪之子溥儁，前经降旨立为大阿哥，承继穆宗毅皇帝为嗣，宣谕中外。慨自上年拳匪之乱，肇衅列非，以致庙社震惊，乘舆播越，推究变端，载漪实为祸首，得罪列祖列宗，既经严谴，其子岂宜膺储位之重?”

荣禄念到这里，略略提高嗓门，又念道：“溥儁亦自知惕息惴恐，吁恳废黜，自应更正前命。溥儁撤去大阿哥名号，立即出宫，加恩赏经入八方公衔俸，毋庸当差。至承嗣皇帝一节，关系甚重，应俟选择元良，再降懿旨，以延统治，用昭慎重钦此!”

溥儁伏在地上，哭出声来。

荣禄劝道：“别难过了，等事情过去了，老佛爷一定还让你回来当差。金枝玉叶，自己该知道体面，哭个什么劲儿，没准叫人笑话。”然后，荣禄派人把他送往蒙古阿拉善旗找他父亲端王爷载漪去了。

向昀这些天坐立不宁，寝食不安，李瑞东和木兰花已接连出去几次，也没有寻到尹福的踪迹，连个音讯或传说都没有。

自从那日深夜尹福被两个女贼劫走之后，尹福这个人就像是从人世间消失一样，可是他的音容笑貌一直在向昀眼前、耳畔闪现、鸣响。

尹福是为了救向昀挨了女贼的黑掌，每想到这里，向昀更是焦虑不安。

李瑞东也感到内疚，那日深夜他恰巧不在镇里，他到附近查哨去了。

光绪皇帝几次派人打探尹福的消息，每番听说尹福杳无音讯，也是嗟叹不已。

那些宫女、太监也都喜欢和尊敬尹福，心重的人这些天脸上常“阴着天”。

这天晚上，李瑞东正在房内歇息，忽听门外有动静，于是靠近门口，“砰!”一声枪响，子弹擦着他的头皮而过，打到墙上。

他见势不妙，猛地一关门，回到屋里，一镖击灭蜡烛，伏于顶壁之上。

“砰，砰……”又是一阵枪响，子弹打在墙上。

“李瑞东，你违抗上帝的意旨，死有余辜!”传来一个女人的声音，这是八国联军派来的杀手黛娜小姐的声音。

这个恶魔般的女人。

这个幽灵，始终游荡在皇家行列的上空。

李瑞东没有说话，等待这个幽灵的出现。

幽灵没有出现，木兰花、侍卫等闻声赶到。

有人拿来一根蜡烛，人们才发现李瑞东贴伏于顶壁之上，两只脚盘着一根木柱。

“李爷真是好功夫，变为壁虎了。”木兰花笑道。

李瑞东飘然下来，看到床幔被子弹击穿几个洞，笑着说：“这上面多开了几朵花。”

“是不是那个洋女人又来了，这枪声好响。”木兰花望着墙上的弹痕说。

“是啊，这个鬼女人，缠上我了。”李瑞东掸了掸身上的墙灰，问道，“尹爷有消息吗?”

木兰花摇摇头，眼睛里闪过几丝忧郁。

“是不是他真的离开了人世，那两个女人可是杀人不眨眼的魔王。”李瑞东说到这里，眼睛有些发酸，眼泪禁不住涌出眼眶。

木兰花的泪花在眼眶里打转，她说：“论尹爷的武艺，在江湖上属上乘，可是他中了鸳鸯指，受了伤，可就不好说了。李总管派出几拨人四处寻找，这些人有的已经回来，都说没有尹爷的下落……”

“他会不会真的遭了毒手?”李瑞东喃喃自语道，“那也应该有个蛛丝马迹呀!”

几天后，到山西去的几个侍卫骑马回来，带回来一支判官笔和一件带有血迹的上衣。

李瑞东一看，号啕大哭。

“这是尹爷的上衣，尹爷的兵器呀!”他这一叫，引来了不少人。

木兰花一见也哭个不止，向昀听说找到了尹福的遗物，眼睛哭得桃儿一般。光绪皇帝、隆裕皇后和瑾妃听说尹福死了，也叹息不止。

尹福的人缘极好，皇家行列的人无不哀切，李莲英传达了慈禧的懿旨，在开封府北郊为尹福修了一座衣冠冢。

这天下午，一支出殡队伍浩浩荡荡出了开封北城门，曲折来到北郊一个土丘下。十二个侍卫抬着一口楠木棺木，纸幡飘荡，哀乐悲壮，李瑞东、木兰花、李莲英等人簇拥着向昀走在队伍的前面。棺木里放着尹福穿过的那件血衣和他的兵器判官笔。棺木用五彩绸围罩，棺前高悬书写着尹福姓名和享年的红绸铭旗。

李瑞东带领几个兵丁挖了一个墓穴，然后用绳索吊棺入葬，棺木头朝西南。在西南部挖了一个小洞，放进一盏点燃的油灯。

这时，木兰花瞅瞅李瑞东，小声说：“李爷，忘记告诉尹爷的家人了。”

李瑞东红着眼睛说：“别告诉了，来了见不着尸身，哭得更惨，老佛爷开了这个恩，已经就不错了。”

木兰花又捅捅李瑞东：“你瞧，老佛爷神色不对。”

李瑞东望望向昀，只见她神思恍惚，目光呆滞，已经没有了眼泪。猛地，她从怀里摸出一把剪刀，往胸前就刺……

李瑞东眼快，上前一把握住向昀握剪的手腕，剪刀落地。

“你不要这样，老佛爷！”

向昀叫道：“我要跟他一同去死！”

李莲英赶过来，说道：“老佛爷，龙体要紧，还是回去歇息吧。”说着唤过几个太监，强拉着把向昀拥到轿车上，回开封府行宫。

一个阴阳先生手拿一束茅草从一端走向另一端扫着棺木，一边扫一边说：“旧鬼出去，新鬼进来！”然后人们一齐动手掩埋，堆成圆形坟堆，再用石头压三张纸，以示死者有儿有女。在坟堆下边，用三块石头立一门形，门朝高山，以求家中兴旺。

李瑞东把灵头幡插在坟顶，把哭丧棒插在坟堆向阳的一面。

木兰花把石碑立于坟前，上面刻着：“八卦掌名师尹福老先生衣冠冢。”碑后面刻着尹福的生平事迹。

木兰花遗憾地说：“要是有一张照片就好了。”

李瑞东说：“哪怕是一张画像也好。”

回来的路上，木兰花问李瑞东：“李爷，你说老佛爷为何对尹爷那么痴情，是不是因为她年轻就守寡，太寂寞了？”

李瑞东没有回答，眼睛望着迷蒙的田野，他该如何回答这个问题呢？

“尹爷身上是有一种特殊的味道，是阳刚之气，还是真挚之情，说不准，反正是脱俗。”

李瑞东还是没有说话。

木兰花又说：“老佛爷刚才一时冲动，要为尹爷殉葬。我看要是真的这样，恐怕天下议论纷纷，朝野震惊，连洋人也得目瞪口呆，一个威仪万方的皇太后竟然要为一个清宫护卫殉葬，清史应该怎么写？”

李瑞东想岔开话题，于是说：“清太祖努尔哈赤和皇太极死后都有贵妃殉葬，但是顺治皇帝以后，极少有人用后妃殉葬。”

木兰花说：“我听说秦始皇死后有一万多名贵妃宫女为他殉葬呢！”

李瑞东说：“《西京杂记》中记载着这样一件事：西汉时，有个广川王，常好聚集无赖少年到处游猎盗墓。有一次他们盗掘一座古墓，墓密封很好，墓上覆盖着一丈多厚的石垩，还有一尺多深的云母，所以挖开墓时尸体保存完好。共有一百多个尸首，纵横相枕，或坐或卧，墓中只有一个男人，其余都是女人。后来才弄清楚，这座墓中葬的原来是周幽王，这一百多名女人全是为周幽王殉葬的妃嫔。明太祖朱元璋死后，为他殉葬的有四十名妃嫔和宫女，其中十几名侍寝宫女全是生殉，其余是自尽。明成祖朱棣死后，为他殉葬的宫妃有三十余人。明成祖去世之日，三十余名后妃被带到后堂，后堂内有一张木床，上面有挂绳，宫妃一个个上了木床，脖颈上套了挂绳，太监踢开木床，后妃们接连被挂绳勒死。殉葬的宫妃中有个朝鲜选献的贵妃，临终时对守候在身边的乳母连呼：'娘，我去了！娘，我去了！'话音未落，气绝身亡，好不悲惨！"

木兰花说："如果殉葬人心甘情愿，我看也是一件惊天地泣鬼神的事情，像老佛爷这样，为了殉情而死！"

李瑞东听了，又不言语了。

这时，有一匹白马飞快驰来，马上滚下一个带血的侍卫，高声叫道："李爷，不好了，贼人正在围攻行宫，侍卫们快抵挡不住了！"

围攻开封行宫的是悟慧和尚率领的少林寺僧人。

悟慧和尚那日看到寂聚法师等放走向昀后，心中一直愤愤不平。他邀集一些拜把僧人出来寻找皇家行列，已在开封府驻扎多日。得知皇家行列到达开封，悟慧和尚喜出望外，于是率领僧人向行宫发动猛攻。

守卫行宫的多是侍卫，他们拼死抵抗僧人们的猛攻。一些侍卫把光绪皇帝、隆裕皇后和瑾妃集中到一间房内，然后排成几排列于四周，准备以死保卫皇族，几个侍卫来到向昀屋内，没有找到她。

悟慧和尚和他的同伴虽然人数不多，也就六七十人，可是个个武艺高强，勇猛无比。一部分僧人猛攻行宫，还有一部分僧人奋力抵抗增援的清兵，各有死伤，战斗十分激烈。

行宫的侍卫渐渐不支，他们纷纷退到藏有光绪等人的那间房屋周围。

悟慧和尚道："弟兄们，冲进去，格杀勿论！"他率先冲到前面，用哨棒挡飞击来的飞镖。

一些僧人野蛮地杀死一些宫女和太监，地上尸身纵横，血迹淋漓。

屋内，隆裕和瑾妃挤作一团，瑟瑟发抖。光绪呆呆地望着窗外鏖战的情景，大眼睛一眨不眨，此时他已没有心思怅望天空中的大雁了。

隆裕忧心忡忡地说："开封府那么多兵都到哪儿去了？养兵千日，用兵一时呀！"瑾妃哆嗦着说："荣大人也不知到哪儿去了？"

隆裕恨恨地说："平时他拍马屁比谁都能耐，如今逃得比兔子还快！不知太后到哪里去了？"

"是啊，太后到哪儿去了？莫非……"瑾妃不敢多想，把眼睛瞟向窗外。

僧人们杀红了眼睛，有的胳膊、腿挂了彩，仍在奋力拼杀。

隆裕战战兢兢地说："他们杀死那么多宫女、太监，要是冲进来怎么办？"

瑾妃一听，眼泪簌簌而落，叹道："我妹妹命如此苦，我也这般苦，真是同病相怜。我看这些和尚倒不是野蛮的人，只是杀红了眼，恐怕我们连全尸都保不住。"

隆裕听了，回过头来，训斥说："哭什么！有本事出去杀退他们，没用的东西，就知道睡觉，没一点儿骨气！"

向昀正在屋内吃大枣，忽听外面杀声震天，知道事情不妙，于是走出屋来；正见李莲英引着一个老宫女匆匆朝后院走去，于是也尾随而去。

李莲英引着那个老宫女七绕八绕来到后花园里，二人转进一座假山，假山上盖满了青苔和虎耳草，远远望去，仿佛覆盖着一张碧毡；有一座石亭拥立在假山石上，底层前为空阁，后为石窟；上层前为平台，后为亭屋。平台三面有石栏，正中有圆形石案，旁有石凳环绕。

向昀跟了过去，不见二人踪迹，有些疑惑。

她见假山石，或如猛兽，或似鬼怪，纵横拱立，上面苔藓成斑，藤萝掩映，其中微露羊肠小径。

向昀走进小径，看到茂竹旁边有口枯井，正走到井边，就听背后有人叫道："向昀，你到这里干什么？"

向昀听有人叫出她的真实姓名，吃了一惊，回头一瞧，正是李莲英。

他脸色阴沉，行色匆匆。

"我是太后，为何不能到这里？"向昀鼓起勇气说。

"混账东西！"李莲英应声骂道。

"小李子！"井下传出一个老妇人的声音。

"喳！"李莲英往井边移了几步，躬了躬腰。

"兵荒马乱的，就让她下来吧。"又是那老妇人的声音。

"老佛爷，这……"李莲英有点犹豫。

井下传出咳嗽声："她还能翻得了天。"这声音软中带硬。

李莲英朝向昀点点头。

向昀来到井边，看见竖着一个小木梯，于是顺着木梯走到井下。

井下漆黑一团，潮湿，气味难闻。

向昀看到旁边坐着一个老妇人，背对着她，正襟危坐，不露声色，就像一堵厚墙。

向昀看不到她的面孔，但感到这老妇人气势咄咄逼人。

她的衣服不抖一下，身子一动不动，如同一尊雕塑。

向昀知道，她就是慈禧太后，那个令人谈虎色变的老佛爷，曾使无数人跪伏在她石榴裙下的太上皇，满腹机谋机关算尽的专制魔鬼。

"老佛爷，我给您请安。"向昀战战兢兢地说，头低下了。

老妇人身子未动一下，仿佛是从她心底发出的声音："委屈你了。"

这四个字轻描淡写，但重若千钧。

向昀听了，忽然感到鼻孔发痒，眼睛泛酸，酸甜苦辣一股脑儿往上翻。她不知说什么好，竟停顿了一会儿工夫。

死一般的沉寂。

沉寂在某种意义上来说，比喧哗更可怕，更使人感到发骨悚然。

向昀如今实实在在尝试到了这种感觉。

向昀欲进不能，欲退不能，欲言又不知该说什么好。多少年来她听说过有关慈禧的种种传说，传言慈禧如何在圆明园靠金嗓子勾引了咸丰皇帝，成为兰贵妃；又如何在咸丰病故时，折服了肃顺等王爷强臣；慈禧又如何施计害死慈安贵妃，独揽大权，垂帘听政；如何害死同治皇帝的皇后和光绪皇帝的皇妃，如何镇压了戊戌变法运动，使谭嗣同、康广仁等六君子血染北京菜市口……

总之，在向昀的心目中，慈禧是一尊恶煞神，是一只魔掌，遮盖着大清帝国的蓝天。

可是，向昀从未见过慈禧，如今她与慈禧只有半尺之遥，自己又在扮演假慈禧的角色，真是离奇的巧合。

这老妇人真有坐功。向昀暗暗叹道。慈禧端坐在那里，纹丝不动。

向昀想到这里，有点儿自惭之心。她觉得自己倒像善财童女，侍坐一边。

脚步声，杂沓的脚步声。有人飞跑。

"什么人?"有人大声喝道。

飞快的脚步声。杂乱沉重的脚步声。

向昀想：李莲英飞跑的目的是为了引开追击者。

“这儿有一口井。”是一个年轻男子的声音。

“嘿嘿，老子正渴得嗓子冒烟，这下可好了。”又是一个男子的声音，略微哑了一点。

“不知比嵩山的泉眼怎么样？”

几个人绕到了井边，有棍棒撞井台的声音。

向昀有些慌了，心里感到一阵冰凉。

“下面是什么？白乎乎的东西……”一个人叫道。

向昀看看慈禧，她就像一尊泥塑，贴在那里。

“快出来！不然往下扔大石头了！”一个中年男子发出粗鲁的声音。

向昀往上一看，几个光秃秃的脑袋，闪着光泽。

向昀不容多想，“嗖”地跃了出来。

两掌轻轻一拨，拨倒了两个僧人。

“围住她，不能让她跑了。”僧人们一窝蜂朝她追去。

向昀向前狂奔，跑过竹林，跑过小桥，跑过秀亭。

正跑间，忽被一人拦腰抱住，那人呵呵笑道：“太后，辛苦了。”

向昀想伸掌击他，但手已抬不起来了。

那人点了她的穴。

那人正是少林寺悟慧和尚。

后面的僧人也追了上来，有几个僧人扬棍就要击打向昀，被悟慧和尚拦住。

“且慢，留着她自有用处。”

“什么用处？此时不杀，更待何时？”一个僧人说。

悟慧和尚说：“咱们不但要杀她，还要杀皇上、皇妃。现在固守行宫的侍卫还不投降，他们又添了‘鼻子李’等援兵，咱们迟迟攻不下来。时间一久，敌众我寡，咱们恐怕要吃亏。不如把太后带到行宫，以太后要挟那些人投降，让他们交出皇上、皇妃，这不是一个妙策吗？”

众僧人齐声称好，都说悟慧这个主意妙。

悟慧等人押解着向昀来到光绪躲藏的房屋前。此时，李瑞东、木兰花等人已冲进那个房屋，但仍无力杀退少林寺僧人。

悟慧和尚把向昀推到前面，他一个人躲在向昀身后喊话：“皇家小子们，你们听着，现在我们抓住了慈禧太后，你们赶快投降，如不投降，我们就在这里杀掉慈禧!”

屋里无任何动静。

悟慧接连喊了几次，屋里没有人应声。悟慧有点儿火了，又把向昀向前推了几步。

这时，有个僧人凑上前对悟慧和尚说：“悟慧，我想起来了，这皇上对太后积怨很深，他巴不得咱们杀死太后呢！太后一死，皇上有了实权，该是多美的一件事。”

悟慧听了，恍然大悟：“我怎么忘了这件事，怪不得那边没动静，这可怎么好?”

这时，悟慧听到对面屋里有女人哭嚎的声音：“太后，太后！你可不能死啊，你一死，丢下我可怎么活啊!”

“啪”一记响亮的掌嘴声，那个女人立即停止了哭声。

向昀对那屋子喊道：“屋里的人听着，你们不要听这些秃驴的鬼话，以前朝廷是委屈了少林寺，我到少林寺时，已跟寂聚法师谢过罪，并答应了寺里的要求。如今这些人无端滋事，竟敢在光天化日之下，劫我皇驾，围我行宫，杀我宫人和士兵，这是背信弃义的行为，与寂聚法师的初衷背道而驰。”

隆裕又“哇哇”大哭。光绪接连瞪她几眼也无济于事。

瑾妃觉得有些奇怪，她与慈禧相处数年，觉得慈禧像变了一个人。

悟慧听了向昀这一席话，怔住了。他想不到这妇人会说出这一番话。在他看来，慈禧是一个权力欲和求生欲都非常强烈的女人，她有至高无上的权力，有享不完的荣华富贵，她决不愿意死，死意味着一切都化为乌有，这些荣华富贵，生不能带来，死不能带去。

悟慧想到这里，怒从心头起，扬手就要猛击向昀的头盖骨，欲将她置于死地。

“掌下留情!”但听一声大喝，从房上卷下来一人，悟慧只觉手腕一疼，鲜血淌了下来。

第十九回　少林寺摇落木兰花　开封府遥忆珍妃井

屋里的人不约而同凑到窗前往外一看，都异口同声地叫道："尹爷!"

棺木已入土，坟前已立碑，碑文是明明白白刻着尹福的生平事迹，判官笔和上衣已作为尹福的遗物永久埋存于地下，可是尹福神不知鬼不晓地又冒了出来。

他究竟是人是鬼？是真是假？

正是"铁镯子"尹福，他已万里迢迢寻到这里。

风度儒雅，风尘仆仆，一团正气，两目炯炯。

当他端端正正出现于僧人们的面前时，僧人们都怔住了。

向昀惊喜地叫道："尹爷，原来你没有死!"

尹福正要答话，猛见眼前有个东西一闪，急忙将头一侧，原来是一支飞镖击过。

尹福要给向昀解穴，悟慧和尚手持少林寺天齐棍闪出来。

尹福下意识地去腰间抽取判官笔，才记起判官笔不知遗失何方了。

尹福以掌代笔，与悟慧厮杀。

悟慧来了一招"霸王竖旗"，然后一招"玉女穿梭"，用棍去戳尹福心窝。

尹福闪过了一招"泰山压顶"，左足尖里扣，右足尖外展，上身右转向东，左掌同时向左向后转至头顶上方，掌心向上，右掌随之从左肩外侧落至腹前，掌心向上，直扑悟慧。

悟慧见尹福来势凶猛，一招"金牛卧地"，然后一招"跃步劈棍"，棍风呼呼作响。

众僧人齐声喝彩，一同高唱天齐棍歌：

少林天齐棍，出手震天门。
开步内外拨，挑拨散风云。
调招起舞花，迎敌封缠棍。
劈打扫两侧，法如风火轮。
退使绞肠沙，进使蛇吐信。
应后回马枪，对横急翻身。
应弱虎扑食，应强溜如云。
若攻先备防，护体严如森。
遗敌破一口，怒施风雷棍。
跃步如流星，亦名罗王阵。
练成此棍法，出世旋乾坤。

在僧人们的呐喊声中，悟慧力量倍增。他抖擞精神，左右抡棍，连接几招“怀抱琵琶”、“济公倒扇”、“武松立擂”……

尹福退后几步，他见悟慧胜心很甚，不免有些急躁，于是就想用躲闪法磨损他的志气，使他精疲力损，然后再想办法制服他。

悟慧见尹福步步后退，左躲右闪，还以为他力怯，于是攻势更加凌厉。接连使出“金鸡缠蝶”、“降龙卧虎”、“回马捣棍”等狠招。

悟慧占了上风，更加得意，大声喊道：“弟兄们，快把太后杀了！”

僧人们一听，急忙闪了出来，直扑向昀。向昀见状不妙，就势一滚。

“鼻子李”李瑞东见情况紧急，与木兰花率领侍卫冲了出来。

木兰花乘机抱起向昀，往回就跑。

尹福在旁边看见，急忙喊道：“快解她的穴道。”

一个僧人在一边看到，急忙朝木兰花发镖。

木兰花听到背后风响，急忙闪身，一镖呼呼击过，钉上房屋的框上。一是木兰花抱着向昀不方便，二是这飞镖是连珠镖，一镖过后又来一镖。木兰花躲闪不及，一支飞镖结结实实钉在她的背上。

她摇晃了几下，抱着向昀摔倒在地上……鲜血染红了她的白衣裳。

“木兰花！”尹福在一旁看到，大声叫着。

木兰花微笑着使出全身力气，给向昀解了穴位。

“木兰花！”向昀抱住木兰花悲伤地叫着。

木兰花微微睁开眼睛，朝向昀温柔地笑着断断续续地说：“向……昀姐……

我死后……你们要……把我埋在……尹老师那座衣冠冢里……”

向昀万万没有想到木兰花也知道自己的身世。她怔怔地抱着这个由温热渐渐冰冷的躯体，抱着这个只有十七个年头的青春身体，双手不由自主地颤抖，两行热泪像断了线的珠子，落在木兰花的胸脯上。

木兰花的胸脯永远停止了起伏。

尹福见木兰花身中暗镖身亡，不由大怒，迅疾转为反攻。

他一招“紫燕抛翦”，击飞了悟慧手中的天齐棍；然后乘悟慧返身的一刹那，双手将悟慧高高抛起；悟慧此时已大汗淋漓，精疲力竭，尹福大吼一声，声若惊雷，竟将悟慧抛出墙外。

这么一个文质彬彬、文雅儒静的小老头，竟将那么魁梧的一个和尚高高抛出墙外，众僧人目瞪口呆，都说八卦掌厉害，陆续逃窜而去，一会儿便逃得无影无踪。

僧人们一退，外面的援兵陆续杀到。

尹福抱起木兰花的尸身，不禁泪如泉涌。木兰花是尹福最喜爱的学生，不仅品貌端正，而且聪慧勤奋，在宫中是武艺佼佼者。尹福最喜欢的是她在深宫花木丛中，没有丝毫的媚骨和俗气。有些出身昂贵的世家子女，反而俗态百出。可是这个出身寒门的黄花闺女，在有些人看来她可能是一拍后脊梁就吐蚂蚱儿或蛐蛐儿的人，可是却有着冰清玉洁般的傲骨。她有自己的见解，有真善美的心灵，她青春永驻。

按照木兰花的遗愿，尹福、李瑞东等人将她安葬于开封府北郊尹福那个衣冠冢里，尹福取出判官笔，庄严地埋下了这个青春的身躯，亲自为她的坟墓培土。

墓前换了一个石碑，碑前镌刻着：木兰花之墓。

碑后的碑文是：这里埋葬着一个令人难忘的女人，她如繁星，永远闪烁。

这是尹福对木兰花的礼赞！

晚上，向昀仍沉浸在巨大的悲痛中。木兰花，一个小宫女，为了救她，走完了十七年的生活历程，一朵鲜花过早地凋谢了，花骨已逝，只留下花香、花泥。

向昀觉得她的花魂仍在房中回荡。她与木兰花接触不多，但每逢见到她总觉得她与荣子、娟子等宫女不同，她不像其他宫女那样絮絮不休或专爱在背后论长议短，要不然就是谈论哪个妃子的发式好，哪个太监长得端正。木兰花又不像那些豆蔻年华、情窦未开的纯情女孩，她有些深沉，深沉得不像她的年龄，那两弯眉毛就像两个幔帐，变换着赤橙黄绿青蓝紫的色彩，神秘，动人。她的两只杏眼，就像两口深深的泉井，清澈、深邃，令人不可捉摸。

人往往只有在离开人世以后，人们才能想起她的许多长处。

李莲英进来了，满脸堆着笑。

“老佛爷对你很满意，她说她没有挑错人。”李莲英的一双媚眼闪着狡黠的光。

向昀一动未动。

“老佛爷说把这个赏给你。”李莲英从怀里摸索着掏出一个翡翠玉镯，拉过向昀的右手，往她手腕上套。

向昀把手闪开，淡淡地说：“我不稀罕这个，北京城快到了，你们说话可要算数。”

李莲英收起翡翠玉镯，皮笑肉不笑地说：“老佛爷放屁从来带响，一到北京，就把那老家伙从新疆弄回来。”

向昀叹了一口气，她又想起了木兰花。

李莲英朝门口瞅瞅，往前凑了几步，小声说：“丑话说在前头，你可不能走漏风声。”

向昀没有理睬他。

“跟你那个相好的也不能……”

向昀愤怒地看他一眼。

“你可别忘了那口井……那口井很深呀……”李莲英说完，迈着沉重的脚步出去了。

什么井？是开封府后园里的枯井，还是北京皇宫里的珍妃井？

在她的心灵深处，仿佛有一个长长的投影，愈来愈大，愈投愈长……

李瑞东等人此时正围拢在尹福身边听他讲女儿国的故事，女儿国的趣闻轶事使大家感到十分新鲜。

“国王是大家选出来的，这事听起来真新鲜。”一个侍卫抹抹嘴道。

“咱们中原的皇上都是世世代代相传，龙生龙，凤生凤，耗子生来会打洞。”又一个侍卫道。

一个侍卫挤上前说道：“那陈胜是个长工，朱元璋是个和尚，不也一样当皇上？”

李瑞东道：“陈胜、朱元璋都是农民起义的头领，人家有本事呗。”

一个老侍卫道："康有为、梁启超变法那阵子，不是也主张选举吗?"

尹福道："那叫君主立宪，皇上还是代代相传，可是总理大臣是选出来的，跟日本国一个样，就是这样老太后也不答应。"

李瑞东道："我听说有个叫孙文的人，他主张民主共和、打倒帝制，已经在南方闹了几次起义，都被朝廷镇压了。"

一个侍卫道："我也听说过这个人，老佛爷对他恨得要死。听人说他有三头六臂，刀枪不入，又会呼风唤雨，一会儿跳到日本国，一会儿跳到美国，是神通广大的人。"

尹福笑道："那不是孙文，那是孙悟空。"

人们哄堂大笑。

那侍卫呵呵笑着："反正都是孙，天下姓孙的都是一家人。"

另一个侍卫拍拍他的肩膀："噢，你姓孙，就说天下姓孙的是一家人，那东吴皇帝孙权也是你祖宗了?孙武、孙膑等大兵法家也跟你有亲戚关系喽!"

人们听了，又是一阵大笑。

一个侍卫说："是孙文武艺高，还是咱尹爷武艺高?"

尹福笑得前仰后合："这可不能比，那孙文虽是一介书生，不会武艺，可是个一呼百应的大人物，他虽不会武艺，可对武术非常重视，他说武术是强国强民的重要手段。他的手下有许多武林高手。"

"都有哪些武林高手?"一个侍卫问。

"像'神腿'杜心武，他是孙文的同党黄兴的保镖，还有不少人精通南拳、洪拳，在两广一带赫赫有名。"

一个侍卫问："尹爷，女儿国住的是毛毡，像被毛毡裹住一样，闷不闷呀?"

尹福道："一点儿不闷，又舒服，又宽敞。"

"晚上睡得着觉吗?"

"人乏了，头沾地就睡着了。"

"奶茶是什么东西?往茶里放牛奶，这喝得惯吗?"

尹福道："一个民族有一个民族的习性，人家可能还看不惯咱们中原的小脚女人呢!"说到这儿，尹福开心地大笑，大家也跟着笑起来。

李瑞东道："东洋人就像着了迷似的，把小脚女人当成一件希罕事。八国联军入侵北京那阵儿，有的洋兵专门搜集女人的绣花鞋……"

尹福一抬头，猛然看到正对他的窗户处伸进一个乌黑的枪口，他一推李瑞东，一扬手，用飞镖击灭了蜡烛。

“砰……”枪响了。

屋内一片漆黑，几声枪响，子弹在屋内乱飞，有的侍卫“唉哟”、“唉哟”乱叫。

尹福和李瑞东接连向外面发镖。

枪声停止了。尹福悄悄开了门，闻到一股香水味儿，窗前地上有一小摊血。

李瑞东也走了出来。

“又是那个鬼女人，有本事亮亮相。”李瑞东说着，也来观看地上的血。

不远处还有一支飞镖，飞镖头沾着鲜血。

李瑞东拾起来，赞道：“还是尹爷的镖法好，是你的飞镖。”

两个人来到屋里，有两个侍卫受了枪伤，一个伤在胳膊上，一个伤在腿上，李瑞东请来御医，为两个受枪伤的侍卫包扎了伤口，并把他们送到各自的房间。

李莲英、荣禄、马玉昆等人听到枪声，也赶来查看情况，尹福把刚才发生的情形对他们讲了，他们听说皇族没有伤亡，便回去了。

十一月初四，两宫自开封启驾，繁华热闹。此时各省大员，或则亲自来到，或则派人伺候，衣冠辉煌，更何况新装的仪仗，名目繁多，一路上令人眼花缭乱。又赶上天气晴朗，旭日当空，秋风徐徐，天高气爽。銮驾自开封府行宫出北城，只听见新铺黄沙的跸道上，马蹄、脚步、车轮，杂沓应和，沙沙作响，偶尔有招呼前后的一两声清脆掌声，反而显得庄严肃穆。

一出城，又是一番光景：护驾的官兵，夹道跪送；一望无际的红缨帽，恰似万朵桃花，盛开于艳阳天中；一片刀光闪烁，映得人睁不开眼，就像一片片银色鱼鳞般的湖波。

尹福见了不禁好笑：这么多兵马，竟连八国联军也抵挡不住，倒被几个居心叵测的人弄得人仰马翻。

銮驾来到黄河渡口的柳园，预先已备好黄幄，略微歇息。等河边摆好香案，请光绪皇帝致祭河神，焚香奠酒，撤去香案，方始登船。

船是新制的龙船，在正午阳光直射之下，辉煌耀眼，但见黄罗伞下，光绪皇帝扶着向昀，徐步行过文武大员与本地耆老跪送的行列，踏上加宽的步板，步入平稳的船头。

光绪转过身来，放眼遥望，一片锦绣河山，太平盛世的景象，不禁破颜一笑。想起两年之前从京都仓皇出奔，饥寒交迫的苦楚，不禁感慨万千。

暖日的金光，射击着黄浊的河浪，太阳光就像一抹黄金，染了河滩、河水和龙船。河流仿佛是一条条宽阔的长带，轻轻地、慢慢地起伏着、飘舞着、抖动着。双双对对的紫燕，轮番从高空向下俯冲，带起串串小花，像抛撒着玛瑙色的珠玑。

光绪全神贯注地看着、听着，仿佛自己随波逐流跟着黄河一起去了。他眯缝着眼睛，便看到光怪陆离的颜色，蓝的、黄的、红的、金的、绿的……还有水流似的阳光在倾泻。

河边辽阔的平原，暖风夹着野草的香气，徐徐而来。浩荡的黄波继续奔流，好像一片思绪，没有波浪，没有皱痕，只闪出黄色的光彩。

光绪看不到那片水了，他闭上眼睛想听个明白。连续不断的水声包围着他，使他头晕目眩。忽然，河流隐灭了，风景隐去了，只有一片柔和的气氛在那里升腾——一个秀色可餐的少女冉冉而来，她的白裙在飘动，秀发在飘动，一双忧郁的大眼睛……

“啊，珍儿。”光绪失神落魄地朝她扑去。

“皇上，您怎么了?”尹福走过来扶住了他。

光绪清醒了，哪里有什么珍妃，不过是一种幻觉。

黄河的波浪，一浪接一浪，金光熠熠。

“皇上，请进舱吧。”尹福说着，扶光绪进了舱。

向昀、隆裕、瑾妃等人已坐在舱里，桌上摆着苹果、鸭梨、红枣、葡萄等水果，还有一些五颜六色的糕点。

隆裕望着舱外赞道：“总算难为他们，办得这么有排场，不知比当年康熙爷、乾隆爷南巡的情形怎么样?”

“自然比得上!”瑾妃答道，“不说别的，十一月初四，秋冬到了，还像桃红柳绿的春天一样。”

隆裕说：“这倒是真的，要说黄河的风浪有多么险，简直就没有人相信。”

瑾妃拂了一下香气：“这全是托老佛爷的福气。”

向昀听了，笑笑没有说话。在这种众目睽睽之下，她不愿多说话，生怕露出马脚。

李莲英忙乎了一阵儿，露面了。他来到向昀面前，说道：“老佛爷洪福齐天，黄河说变脸就变脸，狂飙一起，浊浪排空，凶多吉少，可不是闹着玩儿的事。”

隆裕把一颗红枣塞到嘴里，顺手拿了一个通红的苹果递给瑾妃：“瑾主，吃个苹果，一路上图个平安。”

瑾妃接过苹果，让身后的宫女削了皮，然后津津有味地吃起来。

光绪坐在那里，无意地朝舱外瞧了瞧，只见河边停着一只渔船，渔船船舱中间，摆着一张小方金漆桌子，桌上摆着宜兴酒壶。

一碟圆滚滚的花生米，一碟咸菜丝，一个白发苍苍的老人正坐在那里津津有味地酌酒。老人好像不知皇驾已到了身边，全没有偷眼观看的意思，只是闷着头在那里慢悠悠地呷酒。

他的脸上刻着岁月的痕迹，一圈圈叹息，一个个深纹。

真是神仙过的日子。光绪咂了一下嘴，很有些神往的意味。“与君一杯酒，与尔同销万古愁……”他想起唐代大诗人李白的这句脍炙人口的名诗。

等随扈的王公大臣、侍卫兵丁都上了船，万桨齐飞，龙船徐徐划动，划过波平如静的河面，向对岸驶去。

此时正是午膳时分，舱中光绪等人面前的长案撤去水果席，换上一席丰盛的鱼肉席，有醋熘、干炸、红烧、清蒸、酱爆、油焖等做法，皆是黄河大鲤鱼。主食是馒头、花卷、烙饼、糖包、豆包等，光绪等吃了，都觉得别有风味。

尹福吃了一尾红烧鲤鱼，也觉得香甜可口。

隆裕一边嚼着鱼头，一边讲：“这鱼做得实在是太好吃了。”

李莲英道：“此鱼不是宫中的厨师做的，而是当地人做的。”

“怪不得这么好吃。”隆裕说完，又拣了一尾鱼到自己的碗里。

光绪说：“赏给厨人每人五十两银子。”

李莲英说：“喳！”

尹福吃完午膳，离开船舱，来到后面尾舱，伸头往里一看，正见几个一丝不挂的当地年轻妇人狼吞虎咽地吃着饭。这些妇人面容憔悴，皮肤黝黑。

尹福问旁边的一个兵士管带：“她们是什么人？”

管带回答：“是大总管从当地渔村里找来的几个厨娘。”

“为什么不穿衣服？”

“大总管说，怕她们逃走。”

原来李莲英恐怕找来的这几个当地妇女逃跑，才不给她们衣服穿。

尹福说：“上了船还能逃到哪儿去？”

管带回答：“她们都是渔家女子，水性极好，刚开船时，就有一个女子跳水逃走了。”

尹福说：“皇上，太后都在船上，让她们看见不雅，还是给她们弄条裤子吧。”

管带有点为难，迟疑着没有说话。

“就说是皇上的意思。”尹福说完走开了。

老天爷的脸，说变就变。中午还是艳阳天，一会儿太阳不知躲到哪里去了，渐渐地黑云滚滚。狂风乍起，起初很像八十岁老人的嗓子里留下来的残歌剩曲，又像个失去理智的疯子，把整个河水闹得癫癫狂狂，乱碰乱撞。龙船乱晃，旌旗扫着船桅，发出“刷拉拉”的响声。

肿胀的云朵，正乘着风势拥上来，严严地罩住了天空，低低地黑黑地垂悬着，由于压项的浓云越铺越厚，再加上黄尘弥空，天渐渐地黑下来了。

船里的人大都呕吐，皇上、皇妃、宫女、太监以至士兵都不停地在呕吐，起初吐的是稀稀拉拉的食物，再后来泛出了一股股绿水。

大叫“鸿运齐天”的李莲英此时也翻倒在船板上，身子像球似的滚来滚去，衣服被污物弄脏了，他强忍着一股股难闻的气味，挣扎着，支撑着，两眼不离他要看着的方位。

尹福强忍住晕眩，紧紧护着光绪皇帝和向昀。

光绪脸色青绿，用手支撑着胸口，他已经没有气力再呕了，一双失神的眼睛望着地上不断滚动的瑾妃。

瑾妃已失去平日的秀丽和威仪，人在痛苦的时候，哪里还顾得上什么礼义廉耻。她的头发蓬乱，衣衫不整，失落了一只绣花鞋，玉葫芦似的奶子也吊儿郎当地露出半个。有几个不怕死的兵丁还拼命往前爬着，一双双贼眼像贪腥的猫儿一样，盯在这半只裸露的白奶子上。

隆裕萎缩在一个角落里，双手死死攥着栏杆，这栏杆仿佛就是她的生命支点。她那油粉色的脸已变成猪肝色，裤裆里灌满了尿，散发着骚气。此时她深深懊悔刚才多喝了两碗黄河鲤鱼汤，这些汤使她增加了负担，如今虽然包袱卸了，但后患无穷。

黄河不愧为黄河，它咆哮起来，威严无比。刚才还秋高气爽的天空，一会儿变成一个阴沉沉的悲惨世界。风像恐怖的音乐，不停地吹奏着，狂风赶着黄浪，一浪高过一浪，汹涌澎湃。

向昀完全被黄河这强大的气势感动了，她踉踉跄跄站起来，拢了拢乱发，观看着黄河这磅礴的景象。

突然在这惊涛骇浪之中，窜出几只小渔船，渔船上立着一些彪形大汉，渔船像利箭一般朝龙船驶来。

尹福看到这些渔船，大声叫道："有强盗!"

一些兵丁手持洋枪晃晃悠悠跑来，倚住龙船的栏杆，朝渔船上的人开火。子弹"嗖嗖"地擦着那些船而过，落进浪里。

"船太晃，打不准。"神虎营一个管带沮丧地对尹福说。

"快把太后、皇上、皇妃搀进后舱。"尹福对迎面跑来的李瑞东说。

李瑞东和一些太监急忙搀扶着向昀、光绪、隆裕、瑾妃等人向后舱跑去。

正跑着，忽见几个袒露上身的厨娘手持菜刀杀来，这些厨娘正是方才那些制作鲤鱼的当地妇人。

光绪一见，腿一软，跌倒在地。

第二十回 暗救胡七入黄河水 明接皇驾取黄粱镇

尹福在前面率领兵丁、侍卫阻击渔船上的人上龙船。此时，渔船已纷纷驶近龙船，因为距离近，一些子弹打翻了几个渔民。但这些渔民水性极好，扎了一个猛子又浮上来。

几个渔民正攀上龙船的船帮，荣禄命兵丁向他们射击。两个渔民中枪栽了下去，为首的一个虬髯大汉正是胡七。他手舞大刀，接连砍倒几个兵丁。尹福不想伤害胡七的性命，急忙叫道："让我来收拾他。"他一个箭步，冲到胡七面前，不顾龙船剧烈颠簸，取出判官笔。

"哈，哈，尹大侠，咱们又会到一起了。"胡七仰天大笑，挥刀朝尹福劈来。

尹福见这刀势凶猛，连忙闪身，一跤绊倒在一个兵丁的尸首上。

胡七的刀锋利，再加上用力过猛，一刀扎到舱板上，一时拔不出来。

荣禄在一旁大叫："尹爷，杀死他！"

尹福本不想伤害胡七，因为生怕乱枪伤害胡七的性命，所以才速来与他拼杀，如今见胡七破敌心切，用力过猛，刀锋扎到舱板上拔不下来，自然更不愿伤害他的性命，虽然听到荣禄的召唤，但是一动不动，伺机进攻。

荣禄见尹福怔在那里，又招呼众兵丁上前杀他。有两个不怕死的兵丁想拣个便宜，分别从胡七两侧冲上去，用金枪挑他。只见胡七大吼一声，跃开地面有三尺之高，两条腿分开，一脚一个，竟把那两个兵丁踢得脑浆迸裂。

"快开枪！"荣禄大叫，慌忙退了几步，躲到舱板后面。

"砰！"有个兵丁开了一枪，不知是真开枪，还是走了火。

"不要开枪，免得误伤他人。"尹福一边大叫，一边又逼向胡七。

尹福把判官笔掖在腰间，问胡七："好汉可识水性？"

胡七道："老子从小在大运河里扑腾，赛过黄河鲤鱼，难道还怕水吗?"

尹福心想：你不吹牛便好。于是一招"猛虎下山"，朝胡七扑来，胡七急忙一招"狮子摆头"，尹福一个"骑马蹲裆式"，竟把胡七高举过顶。要说尹福总共八十多斤，举起一个二百余斤的壮汉，实是不易，众人见了齐声喝彩。

有个士兵只顾看尹福高擎胡七，正在兴头上，没提防一个渔民钻了上来，朝他肘窝戳了一刀，那士兵连哼都没来得及哼一声，便软软地倒下了。

尹福高举着胡七，在舱板上连转十几圈，虽然胡七用双脚乱踢，但是丝毫挨不着尹福。

荣禄见状又大声叫道："摔死他！摔死他！"

有的士兵也叫道："把他摔成肉饼，我们熬汤喝。"

尹福微微一笑，轻轻地来到船栏前，往前一送，胡七飘悠悠被送了出去，一头插入黄河之中。

尹福目不转睛地盯着河面，一忽儿只见胡七踩水漂了上来，神色慌张，十分羞愧。一只小渔船驶来，船上的渔民救起胡七，胡七深知尹福饶他一命，立在船头，朝尹福拱拱手，一言不发，吩咐渔民划船而去。

李瑞东在尾舱与渔家女展开厮杀，这群手持菜刀的"厨娘"，把李瑞东当做了鲤鱼，菜刀上下飞舞，不离李瑞东左右。

李瑞东生怕光绪、瑾妃等人受难，手持子午阴阳锥紧紧缠住那些菜刀，只听"叮叮当当"之声，十分悦耳。

左侧杀来一些兵丁，拼命护住光绪、隆裕、瑾妃等人。向昀仗着自己有几分武艺，迟迟不肯后退，两个渔家女扑向她，抡起菜刀左劈右砍，向昀从一个兵丁手中夺过大刀，与那两个女子杀作一团。

向昀瞅准机会，一脚踢飞一个女子的菜刀，然后一刀削去了她的秀发，

那个女子见她厉害，不敢恋战，一纵身，跃入波涛滚滚的黄河之中。

另一个女子见女伴临阵脱逃，不敢再战，一招"玉女穿梭"，也跃入河中。

剩下的几个渔家女见"太后"如此神勇，又见胡七率人撤退，也不愿久战，于是打了一声呼哨，陆续跳入河中。

虎神营、神机营兵士赶到，洋枪齐发，向河中胡乱射击。

鲜血染红河水，现出一个渔家女的背脊，就像一尾漂浮的大鱼。

尹福赶到，喝令兵士们停止射击，他说："贼人已退，不要再开枪了，免得惊扰皇上、太后。"兵士们一听，也就不再射击了。

这时风势大减，河面平静许多，龙船乘风破浪，不一会儿便到了北岸。北岸

新店的驻军已出动许多大船前来保驾，可是胡七等人已逃得无影无踪，河面上连对方的船影也消逝了。

皇家行列在黄河上受此惊吓，不敢多待，经延津、汲县、淇县、宜沟驿、安阳，很快到达直隶的第一站滋州。

直隶办皇差，由藩司周馥总司其事，銮舆及王公所坐的轿子，预先与河南商量，多给津贴，联站抬送，此外一切供应，都有河南的先例在，加以首站的滋州知州许之轼谨慎周密，所以一切顺利。

皇驾在滋州驻跸一日，十一月十三日启跸，奔往邯郸。

邯郸北面有座葛山，山上有个有名的黑龙潭。当地人将这潭视为龙王的别府，如遇大旱祈雨，都祈祷于这座幽秘阴森的寒潭。明朝嘉靖年间，又在这里敕建一座龙神庙，因此它的名气大于京师西山的黑龙潭。如果北方久旱不雨，礼部就会奏请降旨，到邯郸的龙神庙来祈祷。传说龙王一发“铁牌”，雷公电母，雨师风姨便各显神通，降下倾盆大雨。从此这座黑龙潭所在的葛山就取名为祈雨山。

直隶藩司周馥最怕皇族顺路到祈雨山去烧香逛山，碰到流寇杀手有危险不说，最令人头疼的是整个供应调度大乱特乱。

原来乘舆巡幸，扰民最甚。事先要筹划周密，何处设行宫驻跸，何处设尖站午膳，皆有算计。大致銮舆一日只行三四十里，总在十五至二十里的镇甸上设尖站，道路稍长，中间歇一歇脚，略微用些茶点，名为茶尖。一切供应，事先早已预备妥当，即如劈站、宿站应备二十万斤，茶站减办，而尖站只得一万斤。如果因游山拈香，多出半天路程，则宿站变为尖站，还不要紧，尖站变为宿站，临时哪里去觅一座行宫，更何处可以变出随扈贵人的二三十座公馆？

周馥是近午时分来到葛山下的行宫的，这个地方虽小，却有乾隆年间所建的一座行宫，名气甚大。唐朝卢生在此处曾做一梦，黄粱未熟，便已享尽富贵荣华。此处有座点化卢生的吕洞宾祠，祠西便是行宫。这座镇因此故事得名“黄粱镇”，黄粱一梦，万缘皆空。此外这座镇还有一个不吉利的名字叫“丛冢镇”。当年秦兵攻打邯郸，杀人遍野，战况惨烈，赵国一亡，寡妇倍增。为保卫邯郸而死的壮丁四十万人，在城外掘坑埋葬，这虽是两千多年前的故事，几经沧桑，丛葬的遗迹早已湮没，但一听到这个镇名，不觉使人毛发悚然，有与鬼为邻之惧。

周馥快马加鞭来到黄粱镇行宫前，皇驾还未到，可是有一个显赫人物先到了。周馥一看，竟是新任直隶总督袁世凯。

袁世凯脑满肠肥，满面春风，身穿一件崭新的官袍，由几个随从护卫，威风凛凛地立于道路中央。

周馥连忙过去问候袁世凯。袁世凯原是山东巡抚，近日才任直隶总督，他未到任前由周馥暂行代理。袁世凯听说皇驾已入直隶境内，特地赶来接驾。实际上袁世凯心怀鬼胎。他在一八九八年戊戌变法中因出卖维新党人而赢得慈禧太后青睐，但光绪皇帝对他耿耿于怀。袁世凯是个惯使两面三刀的伪君子。

在变法初期，他表面支持变法，很有些慷慨激昂，取得了光绪皇帝的信任。当时袁世凯任天津小站北洋新军的首领，手中握有一支现代化的军队。在变法风雨飘摇之际，光绪皇帝听从谭嗣同的建议，临危召袁世凯进京，让他在荣禄于天津阅兵时，奉旨杀掉荣禄。

袁世凯当时立即跑到天津向荣禄告密，出卖了光绪皇帝和维新党人。

荣禄迅疾来到京城颐和园慈禧寝宫，向慈禧全盘托出。

慈禧大怒，当即来到皇宫，当时光绪皇帝还在睡觉，她扯开光绪的被子，叫道："你真糊涂！没有我的今天，还能有你的明天吗?"随后把光绪皇帝囚禁于中南海瀛台。以后，谭嗣同、康广仁、杨锐、刘光第、林旭等六君子在菜市口英勇就义。梁启超仓皇逃到天津，后由日本使馆人员掩护，东逃日本。当时康有为正在上海办事，闻言也急忙逃往国外。自此，光绪皇帝与袁世凯结下仇怨。

袁世凯深深明白：光绪皇帝存在一天，他的命运就在飘摇之中。慈禧太后虽是实权人物，但是年事已高，一旦过世，光绪很可能执掌大权，那他说不定就要被碎尸万段，因此他一面做好逃往国外的准备，一面又千方百计加害于光绪皇帝。

袁世凯在两年前皇族西遁途中，就已重金收买了清宫大内头领秋千鹤，让他在途中伺机杀害光绪皇帝，以绝后患。秋千鹤因碍于尹福、李瑞东等武术名家为光绪皇帝保驾，一直未有机会下手。后来虽然有了一个挨近光绪的机会，但被尹福发现，反而丧命。袁世凯谋害光绪的计划破产。以后，袁世凯又想雇用新的杀手，但一时找不到合适人选。此时，皇驾从西安回京，已抵达直隶境内，袁世凯有些慌了手脚，于是带着几个心腹，亲自来到这黄粱镇迎驾，寻找将光绪置于死地的时机。可是周馥还认为袁世凯升任直隶总督，想取悦于慈禧太后，亲自前来接驾，以表忠心。

周馥把担心慈禧到葛山烧香一事对袁世凯讲了，袁世凯想了一下说："不要紧，到了尖站，你去找李总管，拜托他务必想个法子，打消此事。”

此时，只见前面黄尘滚滚，皇驾已徐徐而来。

周馥看李莲英扶着慈禧太后的轿杠经过大门，脚步放慢，在吆喝“小心”时，周馥在他的行装下摆上拉了一把。

李莲英低头一看，恰好与周馥仰望的视线碰个正着，瞬间目语，便获默契。

李莲英将身子横着挪开一步，在门洞中等候。周馥等皇帝的轿子一过，随即起身赶了过去。

李莲英问：“什么事？”

周馥愁眉苦脸地说：“听说皇太后要上祈雨山拈香。这一来，可麻烦了。”

“这时候还逛什么山？我不会让你为难的，不过有一件事要问你。”

“什么事？”周馥听了，有些紧张。

李莲英说：“老佛爷这些天老惦记着火车，准备了没有？”

周馥道：“一切都准备妥了，在正定城准备了五辆，太后一辆、皇上一辆、皇后一辆、瑾主一辆，还有一辆作为备用。”

李莲英说：“有几个老宫女一路上劳苦功高，备用的这辆就由我和几个老宫女坐吧。”

“一切听您吩咐。”

周馥、袁世凯随李莲英到屋内去给太后、皇上请安。

光绪的视线与袁世凯的视线碰个正着，袁世凯的脸就耷拉下来，眼皮也拉下来，再不敢看光绪一眼。

光绪浑身像触电般颤抖，嘴角神经质般地嚅动，气得两手乱抖。

真是仇人相见，分外眼红。

向昀问道：“这个黄粱镇真是当年卢生做黄粱美梦的地方吗？”

周馥回答：“正是唐朝卢生做梦之处，东面有座点拨卢生的吕洞宾祠。”

向昀又问：“此地可有个祈雨山？”

周馥点点头：“有一座祈雨山，原名葛山。”说到此处，用眼睛瞟了一下李莲英。

李莲英凑过来道：“太后一路辛苦，这祈雨山十分陡峭，山上常有土匪出没，太后和皇上就不要去了，派礼部官员到祈雨山黑龙潭致祭一下龙神就得了。”

向昀点点头，缓缓道：“也罢，小李子。”

“喳！”李莲英干干脆脆地答道。

"这件事就交给你去办。"

"喳！"

向昀又转向袁世凯，问道："你是哪一天接事的？"

"臣是皇太后万寿那一天在山东交卸，十月十一日起程，十六日接印的。"

"直隶地方很要紧，又兼了北洋大臣，责任很重。"

"是！臣蒙皇太后、皇上特加拔擢，恩出格外，日夜战战兢兢。好在离朝廷近，有事随时可以请训，谨守法度。"

向昀道："你能谨守法度自然是好，以后你将如何整顿直隶？"

袁世凯振振有词地说："那年奉匪作乱，直隶受灾严重，此番摊派赔款，直隶的包袱也不轻，民困财尽，实在有些为难。"

袁世凯轻咳两声，又说："不过有道是，事在人为。臣受恩深重，决不庸庸碌碌，一事无成，上解京饷，下缓民困，唯在振奋有为。直隶的吏治，废弛已久，臣要赏罚分明，大胆整肃，除弊兴利，振作民心。"

向昀假意露出笑容："你能这样做，我就放心了。你要参的人只要有根有据，朝廷支持你。"

"是！"袁世凯伏在地上磕了一个响头，"皇太后圣明，臣一定鞠躬尽瘁，死而后已！"

"鞠躬尽瘁，死而后已。"这八个字出自诸葛亮的《出师表》。这使光绪想起三年前那个风雨飘摇的晚上，在昏灯下，袁世凯向他慷慨激昂地说出"臣赴汤蹈火，在所不辞"的话。

其实光绪和维新党人那时都不知袁世凯的底牌。袁世凯祖籍河南项城，少年学不及第，常使枪弄棒，以恶少闻名遐迩。他以为军功可以飞黄腾达，就投奔到表兄吴长庄处。吴长庄当时为山东提督，不久袁世凯随吴长庄驻兵朝鲜。那时李鸿章是淮军和北洋海军的创始人，又是著名外交家。袁世凯见李鸿章不很器重吴长庄，于是就找机会向李鸿章说吴长庄的坏话。后来李鸿章果然将吴的兵权削去一半交给袁世凯率领。随后年方二十六岁的袁世凯由李鸿章保奏为三品道员。中日甲午海战以后，袁世凯见李鸿章年过古稀，于是就将自己在朝鲜办理的军事、外交之事及同李鸿章来往的电报编成一本小册子，分送给王公大臣，含沙射影地攻击李鸿章，从此投入素与李鸿章存有芥蒂的荣禄的怀抱。荣禄是慈禧的心腹，袁世凯可谓是找到了更大的乳娘。

袁世凯就是这样一个见利忘义、投机取巧、反复无常的小人，可是历史总是与人们开玩笑，常将这样的人推上政治舞台。维新派和光绪帝关键的一步棋就错在了袁世凯身上。袁世凯是见风使舵的政治老手，他在关键时刻把宝押在荣禄、慈禧身上。按势力，当时朝廷重臣多是后党；论兵力，天津小站仅有新军七千，而荣禄却握兵有六万人之多。袁世凯这一宝若押错了，就等于全盘输光，会遭到满门抄斩。诡计多端的袁世凯虽然在谭嗣同面前表态：“我袁某杀荣禄鼠辈，岂不是和杀一条狗一样容易！”但他决不会干这种傻事，第二天他就径直来到天津总督衙门，向荣禄密告了一切。

这时，向昀又说：“从前北洋花的钱不少，可是练兵的实效在哪里？提起来真叫人伤心，洋枪一响，如鸟兽散。”

袁世凯道：“北洋积习，非一朝一夕之事。自从荣大人整顿，已有政绩。那年拳匪之乱，若非董福祥不听节制，不会有那样不可收拾的局面。整顿军务，首要在整饬纪律。直隶幅员辽阔，大乱之后，门户洞开。臣打算先招募精壮，训练一支精兵，淘汰冗弱，才不至于引起变故。这笔练新军的费用，臣打算分年筹措，目前准备从赈捐中提出一笔支用，是否可行，请皇太后、皇上的旨。”

向昀说：“你跟荣禄去商量。”

几个太监端来几盘大蜜桃，青色中泛出红色。

“这是直隶深州的特产大蜜桃，请皇太后、皇上品尝。”周馥一边招呼太监把蜜桃放到向昀等人面前，一边殷勤地笑着。

李莲英对向昀说：“已派人尝过了，这桃实在是甜。”

向昀拣了一个大蜜桃，咬了一口，只觉甜得浆汁四溢，仿佛甜入心田。

周馥道：“这叫红蜜，个大甜蜜，称为‘魁桃’，至今已有两千年历史。深州地处滹沱河故道，属沙质土壤，由泥沙冲积而成，地下水很甜，是蜜桃生长的绝妙之地。”

光绪还在气头上，周馥道：“皇上请尝蜜桃。”

光绪皱了皱眉：“我有些不舒服。”

向昀道：“既然皇上不舒服，就先下去歇息吧。”

光绪被两个太监搀扶着离去。

瑾妃见这桃汁多甜蜜，吃过一个后，又拿起一个。

周馥笑道：“瑾主应多吃几个，这深州大蜜桃又有美容之效。”

隆裕听说，本来吃过一个，感到肚腹有点儿胀饱，于是又拿起一个蜜桃来吃。

向昀又问袁世凯：“练兵总有好的帮手，你手下可有好的人才？”

袁世凯见光绪离去，腰板挺直了一些，舌头也灵转起来。

“禀告皇太后，编修徐世昌的见识和才干都不错。”

向昀问：“徐世昌是翰林吗?”

“徐世昌是光绪二十年丙戌的翰林。他笔下虽不出众，却很有智谋。我还有两员战将都是非同一般的人物。”

“哪两位?”

“一位是冯国璋，一位是段祺瑞，文武兼备。”

向昀满意地点点头：“好，国家正需要人才，你要注意多搜罗人才，将来对朝廷有用。”

“是。”袁世凯恭恭敬敬地回答。

向昀又问到迎銮情形，袁世凯答道：“皇太后、皇上所御花车，专门由督办铁路的盛宣怀预备了五辆。其余扈从人等座车、行李车，共需要车厢二百节，臣已督饬唐绍仪向各国公使交涉，调拨齐全。唐绍仪曾面询各国公使，皇太后、皇上回京，应如何恭迎？各国公使表示，先要知道大驾莅京的确期，当照会外务部询问。照目前行程，如果正定、保定各驻跗一天，本月二十五日可以到京，是否照这个日期通知各国公使？请旨办理。”

向昀看了看李莲英。

李莲英道：“老佛爷已跟我说过此事，正定、保定总要多住一两天，准日子不能定，反正月底以前一定到京。”

“是！臣照此通知好了。”

黄粱镇的晚宴自然十分丰盛，周馥早已叫人准备了德州烧鸡、天津狗不理包子等富有地方风味的食物。大家吃得很开心，说得也很尽意，吃后便各自回房屋歇息了。

李莲英的房屋里，这个一手通天的大太监可没有歇息，他正同袁世凯商讨一件机密大事。

袁世凯挽了一下马蹄袖，呷了一口茶，眯缝着一双像鹰眼一样犀利的小眼睛，低声说：“此次来还是为皇上的事。几次失去良机，如今不能再拖下去了。待他东山再起，荣中堂、你、我，还不得灭门九族啊?”

“荣中堂怎么没有来?”

“他怕目标大，碍眼。”

李莲英道：“尉帅所言千真万确，可还有什么妙策呢？此番西遁途中，你那得力的干将秋太监不是也夭折了吗？那个尹福精明干练，老奸巨猾，守得太紧……况且还有那个歪鼻头李瑞东保驾，难啊！”

袁世凯道：“最近，皇上不是经常请御医看病吗？咱们就在这个‘病’字上做文章。”

李莲英频频颔首，然后沉吟着说：“此事要慎之又慎。”

袁世凯站起身来，递过一个金丝绒面的盒子，说：“承您费心，这里是三十万两银子，请总管笑纳。”

李莲英弓着身子，双手接过盒子，打开盖子，眼睛里闪出光来。

“多谢尉帅惦记奴才，以后奴才再图报应。”

袁世凯拱了拱手，一瘸一拐地拜辞而去。

尹福从镇西巡哨回来，夜，更深了。秋日已逝，冬季到来，寒风吹得人全身发冷。树木稀疏，星月显得格外冷清。

越往北走，越有北国的味道。

尹福看到一个院落里闪出一个年轻妇人，嘤嘤哭着，向东走去了。

尹福非常奇怪，于是走进院落。

第二十一回　尹教头领教葆艳乳　光绪帝重温黄粱梦

尹福悄悄来到院里，看到北屋西厢有烛光，于是凑到窗前。

只见一个老妇人背朝窗户，斜倚在床上。有个俏丽的农村少妇上身只穿一件大红兜肚，露出两只雪白的奶子。

少妇小心地用手撩住自己的一只奶子，送到老妇人的嘴边。

老妇人吮了几口，忽然用手拨开奶子，怒道："这奶怎么也有些不对味呢？你们这儿的水土不好，滚！"

少妇紧咬着嘴唇，麻利地穿好上衣，一言不发，快步走了出来。

尹福猜想：这个老妇人定是真正的慈禧太后。

在皇宫时，按时服珍珠粉和人乳，是慈禧必不可少的葆艳之术。宫里养着不少乳娘，经过精心挑选，她们的姿色、奶子、奶水都属上乘。乳娘每日吃山珍海味，大鱼大肉，以便多滋生好奶，但却不能加一点儿盐。据说吃了咸盐，好的营养就低了。因此乳娘天天吃这些无滋无味的鸡鸭鱼肉，如同吃药一般。同时，乳娘还要抛开自己的丈夫和孩子，一直住在深宫。挑选乳娘非常苛刻，据说乳娘的长相要影响吃奶人的长相，因此相貌必须漂亮标致。入宫前须由太医院御医们仔细地检查她们的身体，看是否有暗疾。每日进乳之前都要按时洗澡，以保持身体的洁净。方才进乳的这两名乳娘是李莲英匆匆在镇上找的，她们不但每日吃盐，而且操劳家务，耕作田间，常常汗流浃背，身上难免有些异味，自然难遂老妇人心愿。

尹福刚刚退出来，便见一人从东匆匆而来，他认出是李莲英，急忙闪到暗处。

李莲英快步走进那个院落，尹福尾随他走了进去。

李莲英走进那间房屋，小声说："奴才给老佛爷请安。"

"事情办妥了吗?"老妇人轻轻咳嗽一声，问道。

"妥了，直隶特做了五辆花车，现在停在正定，周馥和袁世凯都到了。"

"哦。"

"皇上见到袁世凯，气色不大好。"

"一物降一物。"老妇人停了一下，又问，"现在追杀皇驾的还剩哪几股了?"

李莲英回答："陕西莲花寺花太岁已死，'天山二秀'秋千鸿和秋千鹄已退，少林寺和尚自开封府失败后再无音讯，顺源镖局的'通臂猿'胡七在黄河偷袭未成，也不知去向……"

"八国联军方面呢?"

"那个洋女人一直没有露面。"

老妇人沉吟半晌，缓缓地说："越是要到北京城，越要小心谨慎，洋人和对头都不会甘心的。"

"喳!"

李莲英往前凑了一步，低声说："皇上好像越来越恍惚了，那口珍妃井……"

"我自有办法……"老妇人长长地出了一口气。

光绪熄了蜡烛，躺在床上，辗转反侧。

白天见到袁世凯，他就像在茶水中吃了一只烂苍蝇，欲呕非呕，欲吐又吐不出来，心里弊闷得难受。他从心里腻烦这个胖头胖脑、油腔滑调的家伙。晚上他几乎没有吃什么东西，以至瑾妃来到他的房间，想跟他亲热，也遭到他的婉言拒绝。他想到那落入深井的珍妃，不由得又掉下一串眼泪，多么可爱的一个女人，大大的眼睛，弯月似的眉毛，灵巧的嘴，说出话来，爽利、动听。她才二十多岁，那么活灵灵的一个青春躯体被埋在那么一口冰冷的井里，身上还压着几块沉重的大石头。

那美丽的躯体可能已经腐烂了，已经两年多了，雪白肥硕的蛆虫蠢蠢欲动。衣裙已烂成一条一条的……光绪想到这里，不由打了一个寒噤。西遁途中，光绪并没有惶惶不可终日的神态，反正心爱的女人也给她们害死了，自己活着也觉得无聊，就让洋人或者义和拳民众杀死算了。东归途中，有些人感到轻松，他却觉得心情日益沉重，觉得北京城就像一个沉重的密不透气的黑漆棺木，每走一步都觉得步履蹒跚。从开封府出来，他不再像隆裕、瑾妃她们那样蜷伏在车厢里，他毫无遮掩地高高坐在那驾车的车夫旁边，以散淡的神气观望着四面的野景，像一个旅行中的诗人一样。

李莲英过来几次劝他，他置之不理。他嘴上没说，心里暗暗骂道："你这头骟驴，不男不女，非人非马，有什么资格来管我？有朝一日，我非杀了你不可。"

他与车夫并坐，倒把车夫美坏了。

车夫美滋滋地想：自己不过是一个赶车的下人，如今竟和当今皇帝肩并肩坐在一起，真是光宗耀祖的一件事情。

过黄河以后，车夫遇到一个做生意的老乡，那老乡见他与光绪促膝相聊，还以为他混了什么大官，背着包袱一路跟过来献殷勤："老哥哥，咱们是他乡遇故知，你家的香火旺了，可别忘了咱从小放屁崩坑的乡亲。"要不是兵丁过来赶走他，他一路能跟到这黄粱镇来。

一路上，光绪觉得自己就像庙会上的那长串糖葫芦，引得那么多男女老少前来围观。起初那些护卫的禁兵，还想装腔作势地把他们吓退，但一看他们手中捧着的鸡蛋、酒食一类的东西，又不想真的把他们驱散。因为这些皇族是决不会轻易吃喝的，只能归了这些禁兵。

光绪清清楚楚地记得，有一次来到一个村镇，有个年轻的乡村少妇，一手抱着自己的孩子，一手提着一篮鸡蛋，走到他的面前，用一种无限信任的语气对他说："皇上，请您不要见笑，这鸡蛋在我们家里算是最好的东西了，给您留着补补身子。您操劳国家大事加上一路辛苦，够累的了，我们只有一门心思，就是希望您能领我们过好日子，以后再不受洋人欺负……"光绪听了，流下泪来。多么好的老百姓，多么纯朴的人民，可是自己……他有时从车上跳下来，跟那些老百姓天南地北地谈论着，喝他们的茶，饮他们的酒，吃他们煮的熟鸡蛋，当然这些食物都是由太监先尝试一下。他觉得自己做了一二十年的皇帝，只有这一次才不经过那些善于文饰的官员的传递，直接倾听到民间的声音。

其实在西安时，趁太后忙着办理庚子事变善后事宜的机会，他常带着王商等贴身太监悄悄溜出宫去，随便在城里或乡下闲走，处处留心察看民情，有时在酒楼茶馆坐上半天，毫无拘束地与人闲聊。

种种民间寻访，使他认识到朝廷无论是吏治、赋税、教育，还是征兵、练兵等方面，都有许多亟待改善的地方，他那一颗泯灭的雄心，又升腾起来，必须振作起来，他相信有朝一日掌握实权，他可以给老百姓减少许多痛苦，他能够做秦皇、汉武、唐宗、宋祖那样有作为的君王，在帝王史上留下光辉灿烂的一页。

但是光绪一想到慈禧，就记起她那对阴森森的眼睛，就像两口深井，闪着蓝幽幽的光。他又想到李莲英、荣禄、袁世凯这一班人，他们就像魔影一样缠绕着他，像走马灯一般在他四周转。

一想到这里，他又黯然失神。

光绪就这样昏昏沉沉地睡着了。

光绪正睡间，忽然被人叫醒，抬头一看，是个头戴方巾的书生，他身穿沉香色夹绸直缀，粉底皂靴，手持白纸扇。

“你是谁?”光绪睡眼蒙胧地问。

“你熟读经史，怎么连我都不认识?我是唐朝的卢生，我曾在这里做过黄粱美梦。”书生惊讶地说。

“你是人是鬼?”

“我当然是人，我是个读书人，一肚子书灰，不会舞枪弄棒，不做刺杀之类的粗举，皇上不要害怕。”书生淡淡地笑着。

“你的梦有意思吗?”

“有的梦有意思，有的梦没意思，我做的梦自然有意思。”

“要是好梦，自然愿留在梦里。”光绪痴痴地说。

“你要愿意做好梦，我带你去做，你不要忘记这是黄粱镇。”

“但愿能梦见珍妃。”

卢生带光绪逶逶迤迤来到一个去处，两侧的豆麦发出清香，令人甜醉。夕阳流连石枫枝上，枫叶醉红了脸。有个小小的山村笼罩在金色的霞光里。不知从哪里传来的笛声，宛转、悠扬。

光绪随卢生进了村，只见尽是疏疏落落地草顶泥墙小房，家家都没有篱笆。卢生带他走到一个院前，板门虚掩；院内一棵老白果树，粗大的枝丫伸出院来。

两个人走进院，房后有一株古老高大的槐树，枝叶茂盛，像一团墨绿色的云彩。

正面三间正房，斜面有两间半小南屋，沿东西两墙各栽着一排高大的向日葵，叶子足够蒲扇那么大，那一盘盘的大花轮，比脸盆还丰硕，杏黄色的大花瓣，从边沿上往外翻卷着，好像一群幼儿的小手。屋檐下挂着几串红辣椒，红得耀眼。

“谁呀?”屋内传出一个少妇的声音。

光绪听了有些耳熟，急忙小声问卢生：“这是谁?”

卢生道：“你进去就知道了。”

光绪迈进门槛，一只懒散的大黄狗缩睡在角落里，一个大灶正呼呼冒烟，灶口火焰翻卷着，火舌四蹿，灶上有个大锅，盖着笼屉。

屋里闪出一个俏丽的少妇，土黄的瓜子形脸庞，镶着一双明亮的大眼睛，中等身材，穿一身合体的黑布衣服，脚穿一双青布鞋。

"怎么？珍儿，你怎么到这里来了？"光绪见了，惊得后退几步。

那少妇正是珍妃，她见了光绪，也惊得像触电一般。一会儿，她镇定下来，拢了拢秀发，将光绪让到屋里。

两个人默默地坐在土炕上，中间隔着一个红漆炕桌，桌上有两个碎边的茶碗，旁边摆着一叠烟叶。

还是珍妃打破了这长时间的沉寂："皇上过得好吗？"

光绪不自然地搓着双手道："跟丢了魂似的，怎么能好呢？你不是被太后丢进那口井里了吗？"

珍妃叹了一口气："哪里，太后本想带我走，但我执意不走，我但愿我死在京城里。太后见说不服我，便对我说：'国难当头，皇族逃命要紧，我不愿跟你多啰唆。你不愿逃命也可以，但不能再以皇妃身份出现，免得你被洋人抓住，玷污了身子，对朝廷的名声不好，你也不要再来惊扰皇上；我把一个宫女投入井内，就对外说把你投入井内，借以遮人耳目；自此你就隐姓埋名，我可以饶你一命。'我答应了，于是乔装混出皇宫，藏于北京珠市口东街源顺镖局的义和拳团部，想和义和拳众一起与洋人决一死战。谁想洋兵势大，义和拳败退下来。于是我随着义和拳南撤，路上又遇到洋兵截杀。一个洋兵还以为我是红灯照，抓住了我，把我带到高粱地里想污辱我；正在他动手剥脱我的衣裙之时，有个赶车的车夫恰巧正在旁边方便，他听到我的喊叫，冲过来用石头砸死了那个洋兵，把我救了出来；然后用骡车一直把我带到这里，这里是他的家。我见这车夫老实厚道，勤俭善良，第二年便嫁给了他……"珍妃说到这里，脸庞微微泛红。

光绪一眼看到炕头上睡着一个婴儿，红红的脸蛋，稀疏的头发，睡得正香。

光绪一听，泪如雨下，大声说："你是个负心的妇人！"

珍妃一听，眼泪"刷刷"而下，用衣角拭泪说："我怎么算是负心呢？你是当今的皇上，可是如同木偶，只是一个影子皇帝。你被皇太后囚禁瀛台，我也被打入冷宫，我们每天不能见面，就这样空熬到老，还有什么意思？再说皇太后也不会放过你，她日日夜夜地算计你的性命，你如同一只孤零零的小鸟，关在金丝笼里，身不由己，身为皇帝，又不能行皇帝之权。我日日夜夜望着你的空影子又有何用？我当你的妃子，遭到那么多女人的嫉妒，可谓'树大招风'，时时刻刻不得安宁，还要学防人之术。人生如白驹过隙，转眼就是百年，每日提心吊胆地生活，人生又有何意味?”

珍妃悲悲切切正说着，忽然闯进一个袒露上身的小老头，手里握着一根短烟袋，一脸苍白的连鬓胡子，穿着一条露出烂棉花絮的裤子，那个肮脏像，就像是从煤灰里拣出来的。

珍妃停止啜泣，站起来说：“这就是我的丈夫。”

光绪一见，气得差点儿晕过去。

小老头见自己婆娘在哭，一把揪住光绪说：“你是从哪儿钻出来的小白脸，竟敢调戏我的婆娘!”说着，抡拳便打。

光绪急忙辩说：“我是当今的皇上啊!”

小老头一听，勃然大怒，叫道：“你若是皇上就更该打，你已有三宫六院七十二嫔妃，还来调戏我的老婆，在皇宫是你说了算，在这屋里是我说了算。皇上怎么样?皇上也是人，再说你这个皇上是祖宗传下来的，还不像人家刘邦、李世民、朱元璋是靠自己的本事打下来的。”小老头愈说愈怒，接连又打了光绪几个耳光。

这时，卢生走了进来，对小老头说：“当家的，别打了，他真的是皇上，他是你老婆的前夫，人家是到咱黄粱镇做梦来的。”

小老头听了卢生这一席话，怔怔地问珍妃：“大侄子说的话儿可是真的?”

珍妃的眼泪像珠子般落下来，点了点头。

小老头朝光绪拱拱手：“对不住了，我卢大不是那种不讲情义的人，我到外头走动走动，给你们一个叙旧的机会；可是你要把我老婆拐走，我的拳头可不饶你，你就是钻到皇宫里去，我也要把你挖出来。”

小老头是个直脾气人，说完一跺脚出去了。

卢生朝光绪、珍妃说：“你们一别有两年多，也该好好叙叙，我不打扰了。”说完，飘然而出。

珍妃默默地坐在床头，显得局促不安。

光绪也坐在床头，他对珍妃说：“过去不是一个甩得掉的包袱。”

珍妃点点头，半天才说：“拥有一两银子的人，有一两银子的快乐，拥有百万银两的人，有百万银两的烦恼，我虽居蓬门秋草，疏窗细雨，夜夜孤灯，却了却了许多烦恼。”

光绪叹道：“与其花时间和精力去凿许多浅井，不如花同样的时间和精力，去凿一口深井。”

珍妃抬起美丽的面庞，注视着光绪，缓缓地说："宽宏大量是一种美德，它是由修养和自信、同情和理解组成的。一个宽宏大量的人能给人留下许多美好的记忆。"

光绪不说话了，他呆呆地打量着这间简陋的房屋，一个破旧的衣柜，两个缺腿的木凳，地上杂物狼藉，壁上遗留着一道道雨痕。

光绪感慨地说："珍儿，你就生活在这样一种环境里，我叫工匠给你们建造一套房间吧。"

珍妃摇摇头，说道："虽然简陋，但乐趣无穷；人，只要卸掉了一切包袱，其乐无穷。你风尘仆仆来到这里，一定饿了，我给你煮一点儿小米粥吧。"

光绪刚要拦阻，珍妃已来到中屋，抄起一个水瓢，在一个口袋里挖了些小米，然后打开锅盖，取出蒸好的窝头。她又把大锅刷干净，倒了清水，把那瓢小米倒进锅内，然后盖上锅盖。

光绪看着珍妃这些麻利的动作，感慨两年前的皇妃竟然改变为一个家务缠身的家村少妇。

这时，只听门外有人高叫："洋鬼子进村了，洋鬼子进村了！"

光绪一听，腿一软，瘫在地上。

光绪醒来，才发现自己做了一个梦。

这时天已微明，光绪只觉脑袋发沉，伸手一摸，额头发烫，浑身有些发抖。

光绪皇帝真的病了。

李莲英请来御医，御医给光绪号了号脉，又摸了摸光绪的额头，沉吟不语。

李莲英问御医光绪得了什么病。

御医缓缓地说："胃有虚火，饮食不周，气积于胸，抑郁太久，又遭风寒和惊悸，病得不轻。"

御医开了几服药，李莲英拿过药单看了看，吩咐一个太监随御医去取药。

光绪已经睡熟，口中喃喃梦呓。

尹福见太监熬了药，将药罐放在桌上。太监见药滚烫，用嘴轻轻吹着。

尹福望着光绪苍白瘦削的脸庞，心里有一种说不出来的滋味。

隆裕、瑾妃也过来探视光绪，瑾妃眼睛哭得桃儿一般。隆裕把手轻轻按在光绪额头上，光绪醒了。

光绪睁开眼睛见到瑾妃，发疯般地直起身子，大声叫道："珍儿，珍儿！"眼泪簌簌而落。

尹福知道他又思念珍妃了。

瑾妃走过去，用两只纤纤玉手攥住光绪的双手，只觉他两手冰凉。

“珍儿，你不能离开我……”光绪将头偎到瑾妃怀里。

瑾妃脸一红，有些不知所措。

隆裕有些不自然，往后退了退身子。

光绪的两条胳臂像铁钳一般锁住瑾妃的细腰，憋得瑾妃有点喘不过气来。

“皇上，你不要这样……”瑾妃吃力地挣脱着。

“你不要再跟那老头子过了，那是一口井啊……”光绪瞪着惶恐的双眼，哀求着瑾妃。

李莲英进来了。

“快给他喂药，他的病好厉害。”李莲英对太监说。

太监端着药碗来到床前，颤声对光绪说：“皇上，奴才服侍您用药。”

光绪瞪圆了双眼，满是血丝，大声叫道：“这是毒药！我不喝，我不能喝！”

李莲英催促道：“他病得不轻，快给他灌药。”

“啪！”药碗被光绪碰落，掉在地上，地上起了一簇小火苗。

“药里有毒。”尹福叫道。

是毒药，众人见了目瞪口呆。

“是谁配的药？谁投的毒？”隆裕大声叫道。

“是那个姓张的御医。”李莲英假装吃惊地说。

尹福冲进御医的居室，只见他直挺挺吊死在屋梁上，尸身已经冰凉。

没有遗嘱，也没有任何可疑的地方。

尹福查验尸身，在他的后背发现有一个针孔，梅花针！

尹福想：御医为何要谋害皇上，他一定是被人买通，在药中掺毒，那么他是受谁的指使呢？

他想到了袁世凯。

袁世凯向皇太后、皇上告辞，匆匆回天津去了。

屋内，向昀在辗转反思：自古以来，女人的丈夫死后，做婆娘的要守寡终生；这些陈腐的教条，在几千年的中国社会中成了金科玉律。以至于一个三岁的男娃要娶一个正值芳龄的少女；古代有一个烈妇因为胳膊被男人碰了一下，便砍断胳膊，以表示对丈夫的忠心；有一个死去丈夫的女人，竟然抱着一个写有丈夫名字的木头人度日……诚然，她也厌恶那种朝三暮四、水性杨花的女人，每当她遇到这种女人，便生出厌恶的感觉，这种荒淫过度的女人简直是行尸走肉，她们空有女人的一副躯壳，一个肉架子，但是称不上是真正的女人，只不过是男人的一件玩意儿。

向昀知道尹福是一个保守的男人，他很爱他的妻子。她正因为爱他，才尊重他的人格，尊重他的所作所为。但是她决不愿意做尹福的妹妹，“妹妹”这个词将使她的爱情失去光彩，使她受到屈辱，她当然不能忍受。她想对尹福说：“你对你的妻子是一种感情，对我应该又是一种感情……”但她迟迟没有开口讲这句话，她没有勇气讲这句话。

门一开，李莲英又探头探脑地进来了。

“今儿是十一月二十四日，火车到保定城后，驻跸四天，定于二十八日再乘火车回京。”

向昀点了点头，她虽然躺在这样柔软的铁床上，但她知道她是一个木偶。

一想到这里，她就感到凄凉、怅然。

第二十二回 乱枪急力保皇銮驾 烈焰腾惊碎鸳鸯梦

这天下午，火车进了保定站。

只听洋鼓洋号，喧闹盈耳。尹福从玻璃窗中往外望，只见一队新建陆军，高擎洋枪，肃立正视；领队的军官，出刀斜指。再前面是当地的文武官员，红顶辉煌，油光满面。

火车徐徐停下，车门刚好接着月台上铺的红地毯。

那个军官从地毯旁边疾趋上车，进门立正，行了一个军礼。

这军官身穿黄呢子新式军服，生得十分魁梧，双目炯炯发光。

光绪随着向昀下了火车，步上地毯。

擎枪致敬的队伍变了队形，沿着地毯成为纵队，军官一声令下，尽皆跪倒。

地毯的另一面是以周馥为首的文武官员，垂手折腰，站班迎接。

向昀问那个军官："你叫什么名字?"

"卑职段祺瑞。"军官恭恭敬敬地回答。

尹福也走下火车，尾随瑾妃后面，忽然他看到跪拜的士兵中，有个人胳膊一抬……

尹福见势不妙，猛地扑向向昀和光绪，把他们扑倒在地……

"砰!"就在此时，枪声响了，子弹打中了尹福的左肩。

众人大惊失色，那个叫段祺瑞的军官拔出手枪，朝刺客连开三枪，刺客倒在血泊之中。

众人围到刺客身边，原来他是段祺瑞卫兵班的一个士兵。

"皇太后、皇上受惊了。"军官淡淡地说着，搀扶着向昀登上一辆漂亮的轿车，光绪等人也鱼贯而上其他轿车。

李瑞东跑到尹福身边时，御医正为他包扎伤口。

“伤得重不重?”李瑞东着急地问。

“不重，左肩探破了点儿皮。”御医回答。

行邸布置得十分讲究，桌围椅帔一律用金黄缎子，彩绣五福捧寿的花样，富丽堂皇，华贵非凡。

周馥换了衣服，率领属下参见，行了大礼。

向旳厉声问周馥：“刚才响枪是怎么回事?”

周馥搪塞说：“是新军一个士兵走了火。”

“胡说！走火？枪口怎么对着我们?”

“军官正在调查。”周馥有点儿紧张，额上渗出几滴汗珠。

向旳说：“皇驾如在直隶境内出现变故，拿你是问!”

“是，是，我要保证皇驾的安全。”

光绪也说：“太后的话听清了?”

“听清了。”

光绪咬牙切齿地说：“皇驾有个闪失，拿你和袁世凯两人是问。”说到“袁世凯”三个字时，光绪故意加重了语气。

周馥停了一会儿，说道：“皇太后、皇上一定累了，请先更衣休息，周馥马上过来伺候。”

中午，有一桌燕菜席送到行邸。向旳、光绪、隆裕、瑾妃、李莲英、荣禄、尹福、李瑞东、周馥一同来到坐席。

向旳说：“把那个叫段祺瑞的军官叫来一起吃饭。”

周馥便派人去叫那个军官。

段祺瑞来了，他朝向旳、光绪叩头请安，又朝众人行过礼后，便谦恭地坐到一旁。

光绪身体仍感不适，吃了一些，由瑾妃搀扶着回屋歇息去了。

向旳问周馥：“这一年多，有人提到景仁宫那主儿不?”

周馥知道她是指珍妃，因为珍妃生前住景仁宫。

“奴才没有听说。”

“你是不敢说吧?”向旳的语气咄咄逼人。

这种宫闱之事，当然有不少人议论，只是不便上奏，因为所有的议论，都认为慈禧太后做得太狠，而且也不必要，即使珍妃随扈，她难道就能劝说得光绪皇帝敢于反抗太后，收回大权？

周馥见她逼问，只得搪塞说：“奴才实在不知道有谁提过这件事，只记得有个翰林填过一首词，谈到这件事。”

“怎么说？”

“是一首《声声慢·落叶》。全词是：鸣蛰颓砌，吹喋空枝，飘蓬人意相怜。一片离魂，斜阳摇梦成烟；香沟旧题红处，拼禁花憔悴半年！寒信急，又神宫凄奏，分付哀蝉。终古巢鸾无分，正飞霜金井，抛断缠绵，起舞回风，才知恩怨无端。天阴洞庭波阔，夜沉沉流恨湘弦。摇落事，向空山休问杜鹃！”

向昀听了，眼泪涟涟。

周馥道：“听说有一首香山乐府本的长歌，说联军入京，珍主儿不及随扈，投井殉国，贞烈可风，殁而为神，一定会在冥冥中呵护两宫。”

向昀又问段祺瑞：“你们的洋枪不知练得如何了？”

段祺瑞回答：“别人不敢说，我要开枪，说打他的右眼，决打不着他的左眼。”

向昀说：“火药是我国发明的，可是却被洋人先偷了去，又造枪又造炮，反过来打我们，真是岂有此理！”

荣禄眼珠一转，忽然想出一个绝妙的主意，于是说：“都说尹福刀枪不入，轻捷如燕，如果用枪打他，不知打得着打不着？”

尹福听了这话，知道荣禄想借刀杀人，微微一笑，说道：“我可以试试。”

隆裕笑道：“尹福，你有几个脑袋，就说大话要试试。”

向昀道：“刚才刺客已经打了他一枪，天下人哪里有刀枪不入的？当初义和拳说刀枪不入，只是一种希望，是神话。”

尹福道：“刚才我是为了救皇太后和皇上，没有想到要躲子弹。”

荣禄道：“既然尹大侠执意说要试一试，那就让大家开开眼。”

尹福已站了起来，站到一边。

段祺瑞有些犹豫。

荣禄道：“有枪的还能怕没枪的？”

“我怕误伤。”段祺瑞担心地说。

尹福道：“打死人算我自作自受。”

“那就到院里，这里屋小人多。”段祺瑞手心出了汗。

两个人来到院里，荣禄等人靠着窗户往外看。

尹福站在段祺瑞对面，他们只有十尺之遥。

段祺瑞抽出了手枪。

向昀感到浑身的血液在沸腾，胸口“怦怦”地乱跳。

“打吧。”尹福轻松地说。

“砰!”枪响了。

尹福像兔子一般已窜到段祺瑞背后。

“真快!”段祺瑞赞道。

尹福又站到段祺瑞对面。

“开枪!”

“砰、砰、砰”!段祺瑞连开三枪。

尹福又闪到段祺瑞背后。

段祺瑞笑道：“大内高手胜过新军快枪，我算是服了。”

向昀说道：“好了，不要再开枪了，大家都已经见识过了。”

晚上，尹福来到向昀屋里，向昀正在看李汝珍著的《镜花缘》。

“尹爷，有什么事吗?”向昀放下手中的书。

尹福坐在她的旁边，说道：“二十八日上午八点钟上车，午刻便能到北京城。最近，联军杀手黛娜一直没有动静，皇驾就要到北京了，我想他们是不会善罢甘休的，越是到这时，你越要多加小心。”

向昀看着尹福，心里涌起一股感激之情。

尹福又说：“这几日我总是心神不安，总预感着要出什么事情。”

向昀说：“你真好，总为我担心。”

尹福道：“我是大内的护卫，不为皇太后担心，还为谁担心?”

“去你的，你敢拿我开玩笑!”向昀笑着捶了他一拳，但拳头落在尹福肩头时却很轻。

虽然很轻，尹福还是“唉哟”叫了一声。原来这拳头碰着了尹福的伤口。

向昀猛地醒悟是碰着了尹福的伤口，急忙问：“伤口还疼吗?”

“不疼。”尹福回答。

“我看看。”

“有什么看的?”

“我是太后，我下的旨你还敢不服从?”

尹福犹豫了一下，脱掉上衣，露出左肩的枪伤，伤口微微结痂，紫红紫红的。

向昀看了，心疼地说：“唉，都是为了我……”

“不是为你，是为了皇上。”

“你怎么这样说?”

“刺客肯定是袁世凯派的，他是对着皇上来的，因此我猜测，那天刺客的枪口是对着皇上的。”

“可周馥却说是士兵的枪走了火。”

“欲盖弥彰！周大人未必知道是袁世凯所为，他是怕承担更多的责任。可是那日那个军官可能知道。”

“你说的是那个叫段祺瑞的军官?”

尹福点点头：“对，他是袁世凯的心腹，他与冯国璋号称是袁世凯的左膀右臂。”

向昀说：“这么说，我们还要多加小心。”

尹福道：“我已同李瑞东商妥，我们轮流护皇上，一旦太后去世，皇上说不定能重振朝纲，或许咱中国还有希望。”

尹福想了想，又说：“我还有一种担心。”

“担心什么?”

“皇驾到了北京，慈禧能饶过你吗?这个老奸巨猾的家伙，会不会对你下毒手?”

向昀听了，怔了一下，嗫嚅着说：“这个……我可没想过……”

“不怕一万，就怕万一呀!”

十一月二十八日，皇驾进入回銮的最后一程。

上午八时许，火车从保定缓缓出站，从容地朝北驶来。

第五节花车上，一个衣着朴素的老妇人身倚火车窗口，若有所思地望着冬日田野的荒凉景色。她的身子微微颤抖，仿佛这古稀之躯已耐不住北国陡峭的冬寒。

她的桌前放着一杯清茶，茶水上飘动着一颗硕大的红枣，与其说它红，倒不如说它有些紫。

红枣在茶水中浮荡着，随着花车的颠簸，一起一伏，摇摇欲坠……

李莲英走了过来，他斜眼瞧瞧没有人进来，便对老妇人说：“老佛爷，还有两个钟头，火车就进北京城了。”

老妇人没有转过身来，目光仍停留在一闪即逝的树木上，她的心目中，这段颠沛流离的日子也就像一闪即逝的树木一样，这段辛酸与屈辱，惊悸与躁动，就像这落叶，永远地被忘却，永远地被埋葬在这荒冢之中了。

“瑜贵妃怎么样了？”她用苍老然而遒劲的声音问。

瑜贵妃是穆宗的妃子，同治十一年大婚，又选了后妃。自穆宗因“天花”崩逝，慈禧太后所恨的是皇后阿鲁特氏，所宠的是初封慧妃的敦宜皇贵妃，而所重的是瑜贵妃。因为瑜贵妃知书达理，极懂规矩，而且禀性淡泊，与人无争。德性之外，她才具过人。当皇驾仓皇逃遁，宫中人心惶惶，众人日夕以泪洗面之际，幸亏瑜贵妃镇静，挺身而出，指挥太监分头守护宫门，又抚慰各处宫眷，力求安静。瑜贵妃还与众妃及众宫女相约，如果联军闯进深宫，施加横暴，那就集体自尽，以保洁身。因此她发给宫中女人人手一柄匕首。联军进京后，大内归日军管辖，一切交涉都由瑜贵妃主持，内务府大臣承命而行，管理得井井有条。宫中不但没有遭到兵灾，宫眷和宫女没有一个遭到洋兵骚扰，而且居然能保持皇室的尊严，这一来瑜贵妃身价百倍，威望日隆。因此，慈禧自然对她存着畏惮之意。

瑜贵妃已成为慈禧的潜在劲敌，是崛起的新的政治对手。刚刚从屈辱、饥饿、干渴、痛苦的逃亡途中走过来的慈禧，又开始面临新的挑战，又开始运筹新的治人篱下之术。

李莲英回答：“瑜贵妃托庆王捎话来，皇宫寝殿后院一点儿没有动。”

老妇人听了，轻轻舒了一口气。原来在长春宫与乐寿堂后院，慈禧埋着几百万两的现银，瑜贵妃说这话的意思，是表示这批银子尚在。

“瑜儿如此能干，我应该给她记头功。”老妇人不紧不慢地说着。

“那不成，该记头功的应当是您，如果没有您千辛万苦地拉扯着队伍出来，而是当了洋人的俘虏，咱大清国不就完了？”李莲英一边说，一边瞅着老妇人的侧脸。

老妇人没有任何表情，她停了一会儿，又说：“那记二功的是瑜儿，记三功的该是尹福。”

“那李鸿章呢？”

“他的外交不太成功，赔的银子太多，修颐和园都没银子了。”

李莲英没有再吱声，他想：说李中堂没有在谈判桌上捞到便宜，着实有点儿冤枉，赔银子的数目最后是太后定下来的，要不是来往奔波，日夜劳碌，李中堂还不至于这么快过世呢。

李莲英正寻思着，忽听火车外面传来一阵疾驰的马蹄声。他将头探到窗外，正见一个人骑着一匹枣红马飞驰而来。

李莲英觉得事有蹊跷，连忙来到尹福所在的第二节花车里。

尹福已注意到那匹快马。

骑马人驱马飞驰几乎与火车同一个速度。

尹福吩咐让火车开慢一些，然后对那骑马人叫道：“你是谁？为何追这火车？”

那骑马人气喘吁吁地说：“我知道一个大阴谋，你们若赏我两万两银子，我就告诉你们！”

尹福对李莲英说：“李总管，事情紧急，咱们先给他两万两银子吧。”

李莲英疑疑惑惑地说：“不会是诈财吧。”

“看样子不会，他有几个脑袋？”

李莲英回到自己所歇的第五节花车，取了两万两银子，用包裹裹了，来到第二节花车交给尹福。

尹福把包裹扔给那个骑马的人，骑马人满心欢喜地接过包袱，用手捏了捏，拴于腰间。

“你说吧，是什么阴谋？”尹福大声地问。

骑马人说：“前面大桥上的铁轨让人扒了，火车会翻车的。”

他说完，一拍马屁股，飞快地往回奔去。

尹福问：“是谁扒的？”

骑马人已无踪影。

尹福急忙吩咐司机停车。

李莲英嘟囔说：“我看他像是个诈财的，这两万两银子算是白送他了。”

尹福与李莲英带着十几个侍卫下了火车，朝前一望，在几里地之外，果然有一座桥。他们走了一程，来到桥上，果然见桥上的一些铁轨被扒下来扔到一边。

尹福说：“火车到这里，肯定会翻到河里去，真是危险。”

李莲英道：“八成是那个骑马人先扒了铁轨，再来敲我们的竹杠，这不是在太岁头上动土，老虎嘴里拔牙吗？”

尹福为难地说：“咱们是门外汉，再说也没有工具，怎么修呢？”

李莲英跺着脚道：“都是李鸿章、左宗棠他们这些人闹着办洋务，修的什么铁路，我看这火车还没有轿车舒服、保险。”

尹福说：“我记得车上有一个铁路道员随同我们前往，快把他请来。”

李莲英回去了。

一会儿，那个铁路道员带着几个士兵赶来了。

这名铁路道员检查了一下这段铁路，放心地说：“还好，螺丝没有少一个，如果螺丝、铁轨让他们扔到河里，咱们可就走不成了，只有改乘轿车。”

在他的带领下，侍卫和兵丁们一齐动手，一顿饭的工夫，便把铁轨铺好了。

这时，火车停留的地方传来激烈的枪声。

尹福叫道：“不好了，有人劫火车了！”他带着兵丁、侍卫往回跑去。

这一列车，共计挂了三十多节车厢，除了太后、皇帝、皇后、瑾妃、随扈大臣的座车以外，大部分车厢装的是慈禧太后的行李和各省进贡的珍异礼物。因车厢有限，东西太多，又加上再有几个小时就能入京，因此随行的兵丁和侍卫不足二百人。

尹福赶到火车停留的地方，正见两侧土丘埋伏着的人朝火车射击。

火车上持枪的兵丁、侍卫也朝对方还击。

酣战之时，尹福清清楚楚看到第五节花车车厢窗户有个老妇人一动不动，眼睛望着眼前的一切。

枪声和喊声，她似乎没有听见，就像在另外一个世界里。

尹福朝东面土丘望去，一眼望见一个金发女郎正在指手画脚地说什么。

尹福一眼认出她就是八国联军杀手黛娜小姐。

这个幽灵，她终于出现了。

尹福对李瑞东说：“你带人掩护我，我去干掉那个黛娜。”

尹福沿着荒草小路，悄悄绕到东面土丘后面。

尹福见一个土匪正伏在树后朝火车开枪。手一扬，一支飞镖穿透了他的后背。

尹福爬到他面前，拿起了那支洋枪，朝黛娜瞄准射击。

“砰！”黛娜摇晃了一下，倒下了。

“不好了，官军从背后抄上来了！”一个土匪一边叫着，一边滑下了土丘。

其他土匪一听，一哄而散，争先去抢停在土丘后面的马匹，东面的土匪崩溃了。

尹福再去找黛娜，黛娜不见了。

东面的土匪一撤，西面打伏击的土匪也无心恋战，边打边退。

尹福见清兵人少，不便追赶，吩咐他们上车，火车像脱缰的野马一样，向北驶去。

火车通过大桥时，尹福心里一阵紧张，火车安全地通过了大桥。

李瑞东松了一口气：“真是过五关斩六将，连华容道都过了，险些栽在这里。”

尹福像是自言自语地说：“但愿这是最后一关。”

尹福到各车厢查看一下，发现刚才一场激战，有二十多个兵丁和侍卫伤亡，皇族和大臣中只有一人吓晕过去，没有一人伤亡。

尹福一直走到最后一节车厢，只见有个兵丁正在打盹儿。

尹福朝车厢内看去，都是各省进贡的宝物，一箱箱摞在那里，十分整齐。

忽然他发现车厢后面的玻璃碎了，又看到一只箱子后有一缕青烟袅袅而升……

“哎呀，不好！”尹福大叫一声，扑向那个箱子，从箱子后拽出一个炸药包。

那个兵丁已经惊醒，一见炸药包，大叫一声，拔腿就朝前跑去。

尹福扯断燃烧着的雷管，将炸药包朝车下抛去。

尹福从容地朝前面走去，车厢内不断有人问道：“炸药包呢？”

“咱们快逃吧！”

有的兵丁从窗口跳下去，摔断了双腿，也有的丧命于车轮之下。

一个胖胖的太监想往下跳，可是身子却被窗口堵住，丑态百出。

尹福一个个地解释着，一会儿车厢才安静下来。

尹福看到刚才那个兵丁发疯似的又跑出来，他见到尹福，吃惊地问：“尹爷，你还没有死？”

他显然是吓昏了。

一个管带过来，打了那个兵丁一巴掌，训道：“扰乱军心！”

那兵丁嘴巴被打歪了，歪着嘴还叫着：“火车要爆炸了，要炸了，我们跟皇上、皇太后一起要升天了！”

管带气愤地抽出宝剑，尹福想拦已来不及了。

兵丁的脸被劈成两半，他再也喊不出声来了。

尹福来到第二节花车车厢，光绪等人争着问他后面究竟发生了什么事情。

尹福照实讲了。

天气阴沉，满天是厚厚的、低低的、灰黄色的浊云。田堰层叠的荒野模糊了。

东北风“呜呜”地叫着，枯草落叶满天飞扬，黄尘蒙蒙，混沌一片，简直分不出何处是天，何处是地了。

北国的冬天，确是无情，如薰焦的珊瑚，被厉风摇撼得屈折了腰身，尖锐地号叫着。偶尔有几只寒鸦，呼啦啦拍打着翅膀，在铅灰色的空中飘来荡去，发出一片沙嘎的聒噪。

“这讨厌的鸦!”光绪本来轻松的情绪全被乌鸦扰乱了。他想起旧日中南海瀛台那棵高大的老槐树，据说也有一百年的历史了，在那高高的枝丫间有一个乌鸦窝，讨厌的乌鸦不断聒噪，使他更加烦躁不安。他几次叫太监拆掉它，可是每次拆后不久，这乌鸦窝又黑乎乎地架在那里，像一个黑棺，重重地压在他的心口，喘不过气来。

“回去一定要叫太监锯掉那棵老槐树，那棵树是万恶之源，非锯掉不可!”他暗暗地下了决心。

火车驶过卢沟桥、丰台镇，缓缓地进入北京南郊马家堡车站，车厢里一片欢呼雀跃。

尹福远远地看到迎驾的文武百官，早已沿着两旁跪好，也有许多洋人，含笑在看热闹。

尹福仿佛看到一个妇人的笑脸，那是他妻子的脸庞，过多的劳累，已经吸干了她青春的余韵，显得憔悴而苍老，但是两眼充满了期盼。忽然，那笑脸又换成一副模样，美丽而痴情，一双大眼睛深不见底，洋溢着神采……

火车停了，首先下车的是李莲英，他仿佛没有看到跪接的百官，径自掉身往后，去照料行李。接着是皇帝下车，亦不理百官，匆匆上轿。他想的第一件事是去看那口冤气冲天的深井，然后锯掉那棵老槐树。

然后，向昀由一个太监搀扶着下车。

一个洋女人抱着一只皮箱突然从迎驾的洋人行列中冲出来，朝向昀扑去。

尹福正在第一节花车中观望，猛地看到那个女子，大吃一惊，叫道：“黛娜!”

黛娜疯狂地跑着，她那金色的头发像一团红云，飘散着。她跑的动作，跑的曲线，就像是一条饿急了的野狼，不顾一切，竭尽全力，使出了身体内的全部余力。

“轰隆!”巨大的爆炸声，强大的气浪四散开来，血肉横飞，鲜血淋漓。

“向昀!”尹福不顾一切地从窗口扑下来，踉跄地扑到浑身是血的向昀面前，向昀简直成了一个血人，白衣裙已炸成一条一条的，仿佛是被红彩染过。

向昀尚有一息，双腿已经炸断，她听到尹福的哀声呼唤，睁开了美丽的双眼，微笑着说：“我……爱……你!”说完，头一歪，双眼永远地闭上了。

“向昀！向昀!”尹福大声地哭嚎。认识尹福的人从未见过他如此大哭，因为在他们的心目中，尹福是一个从不掉泪的汉子。

第五节花车上下来一个老妇人，她傲然地环顾一下惊慌失措的人们，毫无表情地朝前走去。她旁若无人的傲然举动，吸引了众人的视线。

李莲英连滚带爬地窜了过来，朝老妇人叩头请安：“老佛爷，请上轿吧。”

尹福抱起向昀的尸身，疯狂地扑到那个老妇人脚下，悲痛地呼号着：“她都是为了你呀!”

老妇人淡淡地说：“她尽了力了，罪也赎了。”说完，一步步走向轿车。

华贵的轿车在寒风中瑟瑟发抖。老妇人临上轿前，转过头来，阴沉沉地说：“我就是天，大清帝国就是地!”

轿车远去了，仿佛载着一个遥远的噩梦，远去了……